HEYNE <

Max Scharnigg

Der restliche Sommer

Roman

WILHELM HEYNE VERLAG
MÜNCHEN

Sollte diese Publikation Links auf Webseiten Dritter enthalten, so übernehmen wir für deren Inhalte keine Haftung, da wir uns diese nicht zu eigen machen, sondern lediglich auf deren Stand zum Zeitpunkt der Erstveröffentlichung verweisen.

MIX
Papier aus verantwortungsvollen Quellen
FSC® C014496

Verlagsgruppe Random House FSC® N001967

Vollständige Taschenbuchausgabe 05/2020

Printed in Germany
Umschlaggestaltung: Nele Schütz Design, München,
unter Verwendung des Originalumschlags von
Lübbeke Naumann Thoben, Köln
Covermotive: iStockphoto (levkr, DNY59)
Druck und Bindung: GGP Media GmbH, Pößneck
ISBN: 978-3-453-42347-3

www.heyne.de

Für J.

Paul

Für wen schreibst du, fragte sie, es war früher Nachmittag.

Für die Schatten der Orangenbäume, wollte er sagen. Nur damit sie die Zunge herausstreckte und so tat, als wäre sie von einer Kitschrakete getroffen worden. Für die Sirenen, wollte er sagen, denen er jetzt tatsächlich seit einer geraumen Weile zugehört hatte. Sie näherten sich in der Ferne und entfernten sich wieder in der Ferne. Unwahr kamen sie hier oben bei ihnen an, wie die Meeresbrandung auf einer Postkarte unwahr bei ihrem Empfänger ankommt. Diese Sirenen schienen ihm heute wie eine Warnung, ein vorsichtiger Hinweis, der ihm versichern sollte: Ja, Paul Neulich, es gibt noch Unglück in dieser Welt.

Ich schreibe für uns, sagte er. Keine ausgestreckte Zunge, aber auch keine Nachfrage.

Er hatte den kleinen Schreibtisch in den Schatten gestellt, den die breiten Fensterläden auf die Terrasse warfen. In den ersten Wochen war vom Meer noch ein kräftiger Westwind gekommen, und sie hatten die Fensterläden mit einem Strick an die Hauswand binden müssen, damit sie nicht wild schlugen. Ein paarmal waren sie ausgerissen, und das Geräusch, mit dem der Wind das schwere Holz dann an die Wand geworfen hatte, war das Wütendste, was sie auf ihrer ganzen Reise gehört hatten. Nach dem Wind war, von einem Morgen auf einen Nachmittag, die Hitze gekommen. Es war die Hitze, das war ihnen bald klar geworden, auf die der Ort gewartet hatte. Erst jetzt, wo die Tage von früh an gleichmütig hell ausgeleuchtet waren und über den Resten der Stadtmauer schon morgens die Luft flirrte, passte er genau zu seinem Schattenriss, hatten die Leben hier den rechten Takt und die Palmen in die gewünschte Trägheit gefunden. Erst in dieser breiten Sommerhitze bröckelten die kalkweißen Hausfassaden mit den immer müden Jalousien im richtigen Licht und nährten mit den herabfallenden Putzstücken die kleinen Bäume, die sich überall dort halten konnten, wo die Gassen einen scharfen Knick machten, so scharf, dass das Steinpflaster mürbe aufgerissen war und ein bisschen Erde freigegeben hatte.

Schatten war von nun an das Wichtigste, und die Einheimischen suchten ihn mit dem Instinkt von Tieren. Sie verschwanden tagsüber, hielten ihren Sommerschlaf in den dunklen Wohnhöhlen ihrer Vorfahren, verraten höchstens durch ein Pfannenklappern oder einen leise gestellten Radiosender mit Tanzmusik. Wer jetzt noch in den gleißenden Straßen mit dem Pflaster aus kleinen Steinen herumging, war Tourist. Je wärmer und farbloser die Tage wurden, desto mehr Besucher kamen. Sie führten mit ihrer Vorstellung von einer südlichen Kleidung ganz andere, synthetische Farben in den Ort ein, ließen sich dazu in sieben Tagen Arme, Beine und Hals röten und die Haarspitzen von Meerwasser und Sonne bleichen. Der Stamm der Urlauber, so schien es Paul, kam eigentlich kaum mit dem Stamm der Einheimischen in Berührung. Die Gruppen bewohnten den kleinen Ort in zwei getrennten Schichten, die sich nur gelegentlich zur Geldübergabe trafen. Die Gesichter der Einheimischen, hatte Sara in der erste Woche gesagt, haben so viele Falten, weil sie den Schatten so dringend brauchten. Er hatte nichts gesagt, aber eigentlich war er fest überzeugt, dass es doch eher das Meer war, das sich darin niederschlug. War es nicht jahrhundertelanges Hinaussehen und Augenkneifen, das diese Furchen aufwarf?

Sie hatten sich gestritten, erst heute Morgen. Es war einer jener Streits gewesen, bei denen sich zwei Menschen aus einer Laune heraus daran erinnern, dass sie vor nicht allzu langer Zeit noch Inhaber eines eigenen Lebens gewesen waren und ganz frei in ihren Entscheidungen. Frei im sinnlosen Herumstreifen am frühen Morgen, frei, am Vorabend das Lächeln des jungen Hutverkäufers zu erwidern. Frei auch im Liegenbleiben, obwohl die Signora schon zweimal vernehmlich mit ihrem Putzwagen gegen die Tür der Cabana gefahren war, in jenem besinnungslosen Unverständnis, das die ganze Welt Liebenden nach elf Uhr morgens entgegenbrachte. Nicht einer davon, eine Verdichtung aus allen diesen Momenten war der Anlass für ihren Streit gewesen, wie eine gemeinsam aufkochende Verstimmung, die in ein lustloses, aber doch akribisches Berechnen aller kürzlich erlittenen Ungerechtigkeiten mündete, das sich über Mittag und ihre Kaffeetassen hinweg fortgesetzt hatte, wenn auch mit anderen Mitteln. Sie hatten dann geschwiegen und gegenseitig so getan, als gäbe es hinter dem anderen etwas zu erkennen, als würde sich in seinem Rücken schon etwas abzeichnen, das ihn ersetzbar machte. Dazu gehörte es, später auf dem Markt unvermittelt in Seitenwege abzubiegen, ohne den anderen am Arm zu ziehen, und nicht auf ein Wort der Zustimmung zu warten, bevor sie den Händlern etwas abkauften. So war der ganze kleine Markt von Tavira Zeuge ihrer Verstimmung geworden und hatte dabei gute Geschäfte gemacht. Sie waren beide schlechte Schauspieler.

Als sie wieder oben bei der Cabana angelangt waren, Tomaten, Artischocken, zwei Doraden und zwei Kilo Boshaftigkeits-Bananen, die sie gekauft hatte, denn er ertrug den Geruch bei Hitze nicht, hatte die Signora ihre Bettlaken zum Lüften über die Hängematte geworfen. Die Einsamkeit ihrer sanft schwingenden Decken, ein Anblick wie Schlagsahne vor den alten Weinstöcken. Alles war in diesen Laken und nichts, als hätte die Sonne alle Spuren gebleicht und die Decken neu aufgeladen. Das schwebende Bett war die Wende an diesem Tag gewesen, und beide wussten es.

Er hatte zugesehen, wie sie erst die Einkaufstaschen auf den Boden und dann sich Kopf voran in die sonnenwarmen Decken und Kissen fallen ließ, zugehört, wie sie so baumelnd ihr Lied vom Fußballtorwart Theodor in den Stoff sang, eine Angewohnheit, die mehr Geräusch als wirkliches Lied war. Und er hatte ihre erwartungsvolle Stille danach absichtlich lange verstreichen lassen. Dann hatte sie laut Octopodes! gesagt, aber was sie eigentlich sagen wollte, war: Beachtung, jetzt. Gestern beim Essen waren sie sich uneinig gewesen, wie die Mehrzahl von Octopus lautete, Octopusse ja wohl nicht, und er hatte schließlich Octopoi vorgeschlagen.

Aber es ist griechisch, sagte sie jetzt triumphierend, immer noch in die Decke. Kein lateinischer Plural! Ist das deine große humanistische Bildung, dass du nicht mal Latein von Griechisch unterschieden kannst, ha? Sie lachte, und er musste die Hängematte mit beiden Händen auseinanderziehen, in die sie eingewickelt war wie ein Fisch im Netz. Musste sie auf eine Stelle an ihrem Nacken küssen, gleich unter den Haarflaum, und spürte dabei, wie ihr Lachen ganz nah an seinen Lippen vorbeipurzelte. Es war eine Stelle, die er sich früh gemerkt hatte, etwa so früh, wie man sich die entscheidende Straßenkreuzung auf dem Weg in ein neues Zuhause merkte. Von dieser Stelle an ihrem Hals, das wusste er, ging es für ihn immer weiter. Sie liebten sich schwankend und hastig in dem fliegenden Bett, die beiden Orangenbäume standen davor wie schamhaft abgewandte Passanten, aber nur so lange, bis sie lachte: »Es geht nicht, es geht nicht.« Dann nahm er sie und zog sie wortlos und ohne sich umzusehen, hinein zu ihrem Bett, das ohne die Decken ganz kahl im hellen Nachmittagslicht stand. Darauf breitete er sie in aller Seelenruhe aus, bis jeder Winkel ihres Körpers ausgeleuchtet war und sich mit Wärme vollsaugen konnte.

Später hatte sie gefragt, für wen schreibst du? Und er hatte gelogen. Nicht ganz, denn natürlich schrieb er für sie beide, seit sie unterwegs waren. Es waren die Honorare für die Ratgeber-Kolumne, die seit zwölf Jahren regelmäßig auf sein Konto flossen, ein unerschütterlicher Viervierteltakt, der ihm in seinem vorherigen Leben schon eine Wohnung zur Hälfte bezahlt hatte und ein oder zwei Autos und der sie beide nun schon fast ein Jahr voranbrachte, von einem Meer zum nächsten. Wenn diese Lebensader eines Tages endete, würde er nicht mehr August Sternberg sein, nicht mehr der geheimnisvolle Benimmlehrer und Gentleman im Stil-Teil des Magazins, den er Woche für Woche für die Leser auf siebzig Zeilen gab, wie ein Straßenkünstler in Florenz den Vivaldi gab. Bei ihm waren keine Perücke, Geige und Tonband zur Verwandlung notwendig, sondern lediglich der alte Rechner und eine kleine Handbibliothek mit versnobten britischen Adels- und Etiketteführern plus seiner gespielten hochnäsigen Strenge. Deutschlands Benimm-Papst Nummer 1, so warb das Heft mit ihm.

Also, August Sternberg würde ihm nicht fehlen, wenn irgendwann das Ende für die Kolumne kam. Auch nicht die

Zuschriften der Leser, die immer entweder unerträglich unterwürfig waren und sich von ihm am liebsten jeden Gang zur Toilette (»Wie erklären Sie die Skepsis der Deutschen in Sachen Bidet, lieber Herr Sternberg?«) als stilistisch korrekt absegnen lassen wollten. Oder ihm wie Jagdtrophäen gesammelte Anzeichen der verrohten Gegenwart vorlegten (»Wäre nicht die Unsitte des Telefonierens in den Speedtrains ein treffliches Thema für Ihre Kolumne, hochverehrter Herr von Sternberg?«). Natürlich gab es mindestens genauso viele Leserbrief-Schreiber, die getroffen um sich beißen mussten und Briefe voller Unterstellungen schrieben, wonach es mit Herrn Sternbergs Noblesse oder seiner Weltläufigkeit ja nicht weit her sein konnte, wenn er dieses oder jenes zu erwähnen vergaß, in Heft 14 auf Seite 50, in seiner sogenannten Kolumne. Und überhaupt, es gäbe doch wohl Wichtigeres auf der Welt als dieses hochwohlgeborene Gefasel. Die Redaktion war so nett, die meisten dieser Briefe nicht an ihn weiterzuleiten.

Der Vorwurf des Gefasels hatte ihn von Beginn seines Schreibens an verfolgt. Wichtigeres auf der Welt. In der Tat, das gab es. Er erlebte es seit fast einem Jahr mit Sara. Aber das Unwichtige, mit dem August Sternberg das Geld verdiente, war es schließlich, das diese zehn Monate erst möglich gemacht hat. Nicht nur deswegen fand er den Einwand unsinnig. Alles Unwichtige war wichtig, und alles Wichtige war zugleich unwichtig. Seit sie zusammen dem Sommer hinterherreisten, hatte er keine Nachrichtensendung ganz gesehen, die paar Zeitungen, die er gelegentlich mitnahm, langweilten ihn von der ersten Schlagzeile an. Alles, was dort stand, war unwichtig für sie. Mehr noch, er konnte sich nicht mal eine Welt vorstellen, in der diese Dinge einmal wichtig gewesen waren. Was ihn dagegen jeden Tag sehr interessierte, war der Abdruck von Saras duschnassen Füßen auf dem alten hellroten Ziegelboden in der Cabana. Schon ihr langsames Verschwinden von den Rändern her bereitete ihm Unwohlsein. Wichtig war der Klang seines Namens in ihrem Mund, die lang anhaltende Kühle ihres Hinterns nach dem Schwimmen, wichtig war der Pfad, den sie zum Meer nahmen, ohne an der Straße entlangzumüssen, wichtig war blühender Hibiskus vor ihrem Fenster, der jeden Tag schon seine Blüten öffnete, während sie noch schliefen.

Ihre Telefone hatten sie früh, in der vierten oder fünften Woche, ins Meer geworfen, das war noch in Sorrent gewesen. Erst sie und dann gleich er, sonst hätte es komisch ausgesehen. Sie hatten zwar nicht darüber gesprochen, aber der Grund war, dass sie die Anrufe in Abwesenheit nicht mehr ertrugen. Drei Anrufe in Abwesenheit, während sie erschöpft ein paar Stunden geschlafen hatten, zwei Anrufe in Abwesenheit, während sie auf die weite Sandbank vor der Stadt spaziert waren. Ein weiterer Anruf, während sie darüber berieten, wie lange sich hier eine Ahnung vom verklingenden Tag am oberen Bildausschnitt hält. Länger als irgendwo sonst jedenfalls, so war es ihnen vorgekommen. Dann war wieder eine Nachricht bei ihr eingesummt, und ohne zu lesen, hatte sie das Telefon lachend in die Nacht geworfen.

Erst als sein Gerät schon eine Weile mit einem schmalen Geräusch in der Brandung verschwunden war, war ihm eingefallen, dass damit nahezu alles versenkt war, was ihn mit der Welt verbunden hatte. Alle Nummern und die Nachrichten waren darauf gespeichert gewesen, auswendig kannte er nur den alten Anschluss seiner Mutter, weil der noch aus einer Zeit stammte, als man sich Nummern merkte. Sein Steuerberater, seine Redaktion, der Verlag seiner Bücher, die gesammelten Vermieter ihrer Appartements und Ferienhäuser, die paar Freunde und auch Sonja würden unter seiner Nummer fortan nichts mehr hören. Oft hatte er als August Sternberg schon über die Tugend des analogen Merkens geschrieben und über die wahre Liebenswürdigkeit desjenigen, der nicht alle Geburtstage oder Adressen an sein Gerät ausgelagert hat. Was das betraf, hatte er allerdings nie auf die eigene Predigt gehört, sondern fleißig weitergesündigt, wie alle anderen auch. Das tat er übrigens oft. Wenn ihn die Menschen bei Lesungen darauf ansprachen, dass seine Hemdmanschetten nicht ganz in der richtigen Länge über den Sakkoärmel ragten oder er wider besseres Wissen das Gürtelleder nicht korrekt mit seinen Schuhen abgestimmt hatte, hatte er es sich angewöhnt, die vorsichtigen Nachfragen mit einer lässig in die Richtung des Anklägers geworfenen Hand abzukürzen und alles zur schelmischen Absicht zu erklären. Was soll's? Ärzte rauchten auch alle.

Er hatte also in Wirklichkeit viel weiter geworfen als nur die etwa neun Meter, die er schaffte, wenn er in dem anderen Arm Sara hielt. Darüber war er auf ihrem Rückweg durch das Gischtdunkel ein paar Minuten erschrocken gewesen. Dann aber hatte Sara etwas vom Salzwasser gesagt und dass es bei allen wichtigen Dingen im Leben dabei wäre, als Tränen, als Meer und noch irgendwas, das er heute vergessen hatte. Und schon davor hatte er sein ertrunkenes Telefon vergessen. Wie viele solcher Nächte am Strand hatte es seither gegeben. Wie viele Wellen waren seither an ihren Füßen ausgelaufen. Und jede einzelne war nichts als die Vorbereitung auf die nächste, so wie jeder Tag mit Sara nichts war als die Verheißung auf den nächsten.

Es wäre also vor allem das auf sein fernes Konto tropfende Geld, das ihm ohne Ratgeber-Kolumne und August Sternberg fehlen würde. Dieser Gedanke beschämte ihn. Fast wie jemanden, der vor lauter Hoffen auf eine Erbschaft den Verwandten vergisst, der sie mit seinem Weiteratmen noch verzögert. Aber so sind Menschen vermutlich, und warum sollte man vor sich selbst vornehmer sein, als man ist?

In den Jahren, seit denen er fast ausschließlich die Texte für die Kolumne schrieb und in die Redaktion schickte, hatten sich diese Redaktion, das Heft und damit wohl auch sein Beruf verändert. Wie und aus welchen Gründen, das hätte er gar nicht genau sagen können. Er hatte gemerkt, dass sich die Absender auf den Rechnungsbelegen alle paar Jahre geändert hatten. Aber das hatte am Ergebnis so wenig geändert wie die immer schneller wechselnden Redakteure, die ihn betreuten. Er galt als pflegeleicht, was nichts anderes bedeutete, als dass er nichts dagegen hatte, wenn man eine Wortwiederholung tilgte oder aus einem Relativsatz zwei Hauptsätze machte. Das Magazin selbst hatte rund um die Sternberg-Kolumne mehrere neue Formate ausprobiert und dabei eine ganze Mannschaft an Art-Direktoren und stellvertretenden Chefredakteuren verbraucht, und sogar der Verlag hatte zweimal den Besitzer gewechselt. Wenn Paul es heute in die Hand nahm, kam ihm das Heft leichter vor, irgendwie flatternder, und die Seiten waren gleichzeitig voller und leerer als früher. Aber das war vielleicht auch nur, weil er es sich als August Sternberg angewöhnt hatte, alles Neue ein bisschen verdächtig zu finden. Gelegentlich musste er nachts darüber nachdenken, wie sie in der Redaktion mittlerweile wohl über ihn sprachen. Saßen jeden Monat Menschen an den Konferenztischen, die bei dem Namen August Sternberg gespielt nachsichtig lächelten und ihn insgeheim für ein Fossil hielten, das fragwürdig lange mitgeschleppt wurde? Diese Fragezeichen ließen ihn in schlechten Nächten wach bleiben. Er war 45 Jahre alt, viel zu jung, um schon Fossil einer journalistischen Übergangszeit zu sein, die offenbar nicht schnell genug verscharrt werden konnte. Viel zu jung, um mit einer Kolumne im Arm beerdigt zu werden. Aber auch zu alt, um noch in eine Redaktion zurückzukehren, in der sich alles verändert hatte. Sobald er auf Kollegen traf, was er im Allgemeinen zu vermeiden suchte, fingen sie sofort an, über diese Veränderungen zu sprechen. Nichts war dabei offenbar wichtiger, als ihm gründlich die Augen zu öffnen, dem Außenstehenden mit dem großen Namen und dem alten Vertrag. Ihre mittelfristigen Visionen, in denen es wahlweise keine Zeitungen, kein Papier oder keine Autoren mehr gab, enthielten bei allem breit gestreuten Schrecken immer nur eine Konstante – sie selbst, die so wissend davon berichteten, konnten nichts dafür und sahen auch noch keinen unmittelbaren Handlungsbedarf. Sie raunten nur hinter vorgehaltener Hand. Weil sie wussten, einer wie August Sternberg, der jede Woche als Honorar das einstrich, was ein Volontär heute im Monat bekam, musste jegliche Veränderung als ungünstiges Vorzeichen für seine Zukunft deuten. Diesen Gefallen tat er ihnen nicht, zumindest nicht, solange sie neben ihm standen. Wenn sie sich entfernt hatten, mit ihren übergroßen Sakkos, sorgte er sich natürlich doch.

Als Sara gefragt hatte, schrieb er nicht an einer Kolumne. Er antwortete vielmehr auf eine ungewöhnliche Nachricht aus seiner Redaktion, genauer des Ressortleiters Wulfstedt. Der darin zu wissen wünschte, warum die Sternberg-Kolumne in letzter Zeit so spürbar an Biss verloren habe, als ob es darauf eine klare Antwort gäbe wie: Es hat eben zu wenig geregnet.

Tatsächlich hatte er das Wort »spürbar« verwendet, und dann waren in dem Schrieb auch noch die Begriffe »zahnlos« und »wischiwaschi« vorgekommen. Letzteres hatte der Themenauswahl gegolten. Die Redaktion schickte jeden Monat eine Auswahl aus Leserfragen und aktuellen Heftthemen, und Paul war es dann überlassen, wozu August Sternberg sich äußerte oder ob er lieber ein paar selbsterforschte Knitterfalten im Verhalten seiner Mitbürger aufbügeln wollte. An diesem Vorgehen hatte es in den letzten Jahren nie irgendwelche Kritik gegeben, geschweige denn so etwas Groteskes wie ein »wischiwaschi«. Nicht nur deswegen war die Frage von Wulfstedt eine Überraschung gewesen, auch der Tonfall dabei kam Paul unnötig angespitzt vor. So schrieb man vielleicht die zweite oder dritte Ermahnung in einer Sache, aber sicher keine erste vorsichtige Anregung an eines der wenigen Aushängeschilder, die das Heft noch hatte. Erst war er erschrocken und dann verärgert gewesen. Nicht wegen Wulfstedt, sondern vor allem grundsätzlich, weil es da nun ein Störgeräusch gab, das seine Aufmerksamkeit von Sara abziehen wollte. Es war, als hätte ein missgünstiger Kellner im Restaurant den Stuhl auf den Nachbartisch gestellt, obwohl man gerade noch eine Flasche Wein bestellt hatte. Deswegen hatte er die Fragen lange unbeantwortet in seinem Rechner gelassen. Als Verdauungszeit gewissermaßen und um Wulfstedt zu signalisieren, dass seine Trillerpfeife nicht bis hierher reichte. Und deswegen auch hatte er Sara nicht gesagt, was er an diesem Nachmittag vor der Cabana eigentlich schrieb. Eine Antwort nämlich, in der das Schwierigste war, ihr eine gewisse Gleichgültigkeit zu verleihen. Sonja hätte er vielleicht davon erzählt, aber was hätte Sara schon damit angefangen? Sie war so weit weg von einem Wulfstedt, den er als großen, etwas windschiefen und unendlich trockenen Mann in Erinnerung hatte.

Der Abend kündigte sich jetzt mit einer ersten leichten Veränderung aller Farben an, die Konturen der weißen Häuser kanteten für eine kleine Zeitspanne noch schärfer in den blauen Himmel, der Blick klarte sich ohne das Hitzeflimmern kurz auf, bevor alles wieder in den sanften Sirup des Abends getaucht und endlich darin aufgelöst wurde. Bürgerliche Dämmerung, dachte er. Er mochte dieses System, seit er irgendwo davon gelesen hatte. Bürgerliche, nautische, zuletzt die astronomische Dämmerung. Die Sterngucker als diejenigen, die immer noch etwas sehen, wenn die Bürger schon ins Bett getappt waren, so hatte er sich das immer gemerkt, aber niemals richtig nachgeschlagen. Noch dämmerte es also bürgerlich, und so fühlte er sich auch. Der warme Wind trug ihnen jetzt vernehmlich das Rauschen der Dünung zu, mit ihm stiegen Möwen auf, und gelegentlich verfiel eine von ihnen in ihr hämisches Gelächter, als hätte sie unten etwas entdeckt, über das man sich nur wundern konnte. Die Vögel ließen sich so jeden Abend noch ein paar Stunden lang heben und senken. Nichts gab es für sie hier hoch über dem Ort zu holen, nicht als ein bisschen Aufwind und die Aussicht.

Er vermutete, der Ressortleiter Wulfstedt hatte bestimmt schon länger nicht mehr auf einer portugiesischen Terrasse im Schatten von alten Fensterläden gesessen. Und sicherlich noch nie neben einer Frau, die gerade gleichzeitig ihre gesammelten Muschelschalen von gestern sortierte und die Artischocken putzte und von der man auch bei längerer Betrachtung nicht genau hätte sagen können, welche von beiden Tätigkeiten sie mit mehr Hingabe versah.

Nach den Artischocken gingen sie noch hinunter zum Kiko's. Kikos Tapas war, nach allen Dingen, die mit Sara zu tun hatten, vielleicht das Beste, was ihm in diesem letzten Jahr passiert war. Kiko selbst war eine winzige Portugiesin, deren Gesichtszüge in den letzten dreißig Jahren unter einer Naturgewalt erodiert waren, die mit Lachen nicht ganz ausreichend beschrieben ist. Kiko war das Lachen, sie musste heute dafür keine Miene mehr extra verziehen. Ihr kleines Restaurant lag auf der Kehrseite des Hafens, dort, wo wirklich Fischkutter anlegten und nicht nur die Delphinboote und Ausflugsyachten, wo getankt, beladen und Dinge ins Hafenbecken entleert wurden, die in kein Hafenbecken gehörten. Weil ein paar Reiseblogs berichtet hatten, was jeden Abend in Kikos Küche passierte, sah man täglich eingecremte Paare zwischen den aufgebockten rostigen Schiffsrümpfen herumirren. Hausnummern gab es nicht, und die Navigationssysteme in den Telefonen wähnten ihre Besitzer hier schon längst in Seenot.

Ein Blick auf die winzige Wandtafel, auf der Kiko die Tagesgerichte notierte, sagte ihm, dass der Tag, der mit dem kleinen Streit begonnen hatte, mit einer Cataplana enden würde, die auch den Nahostkonflikt beilegen könnte. Das einzig Bedauerliche war, dass Kiko jeden Monat noch einen kleinen Tisch mehr in den Raum zwängte. Nicht aus kaufmännischem Kalkül, sondern weil es ihr leidtat, jeden Abend ein Dutzend Paare wieder hungrig zurück ins Hotel schicken zu müssen. Neben ihnen platzierte sie in diesem neuen Flüsterabstand ein junges Paar, das kaum gesetzt, überhaupt nicht flüsternd, dafür aber mit hessischem Dialekt die erste Einschätzung der Situation vornahm, in einer Lautstärke, als würden sie auf zwei Eisschollen auseinandertreiben.

»Hu, is ja echt winzig hier, aber schon irgendwie voll die Hafenkneipe, oder? Das muss ich gleich mal der Moni schicken. Faggey, mein Guthaben ist schon wieder weg.« So fiel es stückig und unvollständig aus der jungen Frau, während ihr Kopf hennenhaft herumruckte. Paul war fasziniert. Es war ihm schon oft aufgefallen, dass die Urlauber, die ihnen hier begegneten, ganz egal ob Briten oder Deutsche, die Fremde mit einer unerschütterlichen Distanzlosigkeit nahmen und sich mit der Direktheit von Abrissbirnen bewegten. Sie schienen stets einer Kompassnadel zu folgen, die immer nur in eine Richtung zeigte: auf sie selbst. Oder bei jungen Paaren eben bisweilen auch: auf sie beide. Vielleicht brauchte man solches Benehmen, an den Frühstücksbuffets der großen Hotels oder im Labyrinth der Sonnenliegen? Vielleicht aber war es auch gar kein Symptom des Urlaubs, sondern allgemein eines der nachrückenden Jugend. Falls er je in direkte Konkurrenz zu einer dieser weitgehend ungehemmten und zielstrebigen Personen treten müsste, würde er jedenfalls hoffnungslos den Kürzeren ziehen, das wusste Paul Neulich. Er wäre so hilflos unterentwickelt wie ein Schmetterling auf einem Flugzeugträger, und kein britisches Etikettebuch könnte ihm dabei helfen.

Der junge Mann am Nachbartisch aber tat ihm leid, das war an diesem Abend nach wenigen Minuten klar. Nicht, weil er sich unter der breiten Standortanalyse seiner Freundin duckte wie ein Hund, der in rhythmischen Abständen mit dem Kopf wackelte, sondern weil Paul sich selbst in diesem vielleicht 22-jährigen Gesicht erkannte. Eigentlich sollten sie Warnhinweise auf junge Gesichter kleben: Achtung, könnte Spuren Ihrer eigenen Geschichte enthalten.

Tin

Das Aufstehen gehörte schon unter normalen Umständen nicht zu seinen Stärken. Er war eigentlich immer eher für das Liegenbleiben gewesen. Schon beim Schulfußball war er, wenn ihn einer gelegt hatte, so lange am Boden geblieben, bis der Sportlehrer nachsehen kam. Eine ganze Weile hatte er aber dann als Erwachsener dem Drang, liegen zu bleiben, erfolgreich widerstanden. War mit den anderen aufgestanden und hatte wie sie mindestens 14 Stunden in der Vertikalen verbracht, stehend in der U-Bahn, dann im Büro an den Stehtischen, die sie in ihrer Firma als Innovation für *alle* eingeführt hatten und nicht nur für die Rückenkranken. Abends dann noch in der Innenstadt, da wurde von ihm erwartet, an improvisierten Tresen rumzustehen oder sogar zu tanzen, was seiner Erfahrung nach ohnehin die undurchsichtigste und auch gefährlichste Form des Aufrechtseins war.

Seit Sara ihn aber gefoult hatte, war er einfach wieder häufiger liegen geblieben, nur war niemand nachsehen gekommen. Eigentlich war es das Einzige, was seitdem in seinem Leben neu war. Und natürlich eine ganze Menge Sachen in Kartons, die er sich bestellt hatte, aber das zählte wohl nicht. Würde er je von einem Segelboot in einen Ozean fallen, würde er sich langsam hinabsinken lassen, bis auf den Grund, und weiterliegen. Warum auch nicht? Tin Hasenglock war nicht mehr der Mann, sich gegen die Schwerkraft aufzulehnen. Und wenn er in den elf Monaten, seit Sara ausgezogen war, nennenswerte Fähigkeiten trainiert hatte, dann höchstens im Erkennen von aussichtslosen Kämpfen.

Er schätzte aber, so, wie die Dinge jetzt standen, würden auch all die notorischen Aufsteher und Aufrechtsitzer, aus denen die Welt bestand, erst mal liegen bleiben. Er war nach dem Schlag ein paar Meter durch die Luft geflogen. Möglicherweise würde sich in seiner zukünftigen Erinnerung auch ein greller Lichtblitz dazu finden, aber das hatte noch Zeit. Jetzt lag er jedenfalls, jetzt hatte es ihn erst mal erwischt. Die Abfertigungshalle war bis zu ihm hinunter gleichmäßig hell ausgeleuchtet, trotzdem konnte er durch das Stahldickicht des gekippten Gepäckwagens über ihm nicht viel erkennen, er war wie ein fixiertes Tier im Käfig, in der Bewegung verkeilt. Er konnte aber sehen, dass er und der Wagen direkt unter einem Schalter von LOT Airlines lagen. Und als Nächstes fiel ihm auf, dass er es schon seit einigen Minuten geschafft hatte, nicht das Geringste an der Position zu verändern, in der er aufgewacht war, solides Liegetraining zahlt sich jetzt aus, dachte er. Die Fluglinie sagte ihm nichts, kein Land, das man von der Abkürzung ableiten könnte. Ganz wach, aber immer noch zwangsgefaltet, blieb er so am harten Sockel des Schalters liegen und beließ es erst mal dabei, bis ihn ein kleines Geräusch am Handgelenk erreichte.

»Der Sale-Hammer. Sparen sie 70 % auf Gartengeräte der Marke Ryobi«, dazu tanzende Dollarzeichen, ein hektisch und nonstop aufklappendes Geschenk, und darunter erschien der Vermerk *Gelesen: 9.47 Uhr*. Mehr als die Reihenfolge der Worte berührte ihn dieser Zeitstempel. Gelesen. Das meinte ihn, das war sein erstes eigenes Tun nach dem großen Knall. Er versuchte intensiv an seinen Körper zu denken, was ihm schon sonst schwerfiel, in dieser Position war ihm das alles noch fremder. Da war so ein Klangschatten in seinen Ohren, es hörte sich an, als würde von weit ein schwaches Echo durch die Halle jagen, mal etwas näher zu ihm hin, dann wieder weit hinten. Wahrscheinlich die Trommelfelle, dachte Tin Hasenglock. Aber wenn schon. Die Ohren brauchte er von allen Infogeräten eigentlich am wenigsten. Er fixierte noch mal die Verlaufsform *Gelesen:* seines Gerätes. Es war die amtliche Bestätigung dafür, dass er die Druckwelle überlebt hatte, sogar schon wieder – *Gelesen!* – etwas von einem Bildschirm ablesen konnte, was in seiner Ordnung wiederum gleich nach dem Atmen kam. Bis auf das Echorauschen war es still, beinahe friedlich. Wenn es so war, dachte er, konnte er auch ein bisschen seinen siedenden Kopf aufräumen. Die Bestandsaufnahme war schnell gemacht. Er lag hingeworfen an der Stelle, an die die Gäste von LOT-Airlines wohl sonst mit dem letzten Fußtritt ihr Gepäck zu befördern pflegten, bevor es aufs Band kam. Daran war zwar nichts in Ordnung, aber immerhin, er war hier. Und rumliegen war zwar ähnlich, aber doch noch deutlich besser als tot sein. Das hatte er immer gewusst, aber niemals so deutlich empfunden wie jetzt auf dem seltsam hellen Marmor des Flughafens. Verlegten sie wirklich Marmor als Fußboden in einer riesigen Halle wie dieser, war das jemals jemandem aufgefallen? Er kalkulierte zerstreut ein bisschen mit Quadratmetern und Steinbrüchen. Beim Gedanken an die schiere Menge kalten Steins stieg in seinem Körper das große Frösteln auf und das Verlangen, sich zusammenzurollen. Aber dazu hätte er den Gepäckwagen verschieben müssen, und das wagte er nicht. Er versuchte, ruhig zu atmen, bekam dabei aber beängstigend wenig Luft.

Bei jedem neuen Luftholen, es war eher ein Luftansichreißen, registrierte er ein nagendes Gefühl an seiner linken Mitte, so unerhört körperlich und nah, dass er ihm lieber nicht mehr Aufmerksamkeit schenken wollte. Aus Furcht, es wäre dort etwas, das ihn gleich noch umbrachte, innere Verletzungen, wie es immer in den Berichten stand. Er hatte mal in einer dieser blutigen Berufsmonographien von der Bestsellerliste (*Tot im Stau. Notärzte erzählen*) gelesen, dass Körper im Schock eine ganze Weile unter Spannung stehen können und die Organe für diese Zeitspanne noch weitermachen, bevor sie schließlich doch den letzten Halt verlieren und auslaufen. Wie ein Kabel, das lose in seinem Eingang steckte, in einem Moment noch funktionierte und dann ganze Netzwerke lahmlegte, er hatte das oft erlebt in ihrer Firma. Wie viele seiner Stecker waren auf diese Art gelockert worden, durch den Schlag und seine Bewusstlosigkeit in der Abfertigungshalle? Er sah nicht nach links unten, er bemühte sich, mit dem Arm dort nicht entlangzustreifen, überhaupt keine Bewegung, das war wohl das Beste. Er war nämlich nicht nur ein Liegenbleiber sondern auch ein Nichtgenauhinseher. Das war auch etwas, das ihm Sara einmal wie nebenbei mitgeteilt hatte. Aber erst hier unten, am Fuße von LOT, wurde ihm klar, dass sie damit vermutlich recht gehabt hatte.

Immerhin, das alles zu denken, in nahezu gewohnter Geschwindigkeit, trotz des halben Gepäckwagens auf dem Brustkorb, ließ ihn annehmen, dass es von hier aus wirklich weitergehen könnte. Er machte die Augen zu, aber er würde nicht mehr schlafen. Die Dunkelheit der Augendeckel war nur der einzige Rückzug, den er hier in diesem kaputten Hell um sich herum hatte. In ihrem Schutz malte er sich kurz all das aus, was jetzt kommen würde. Das war eine Form der Lebensplanung, die er in der letzten Zeit ziemlich ausgiebig betrieben hatte. Er projizierte dabei immer Filmsequenzen in Art jener zeitgerafften Zuversichts-Collagen an seine Augendeckel, mit denen sich sonst in Kinofilmen das aussichtslose Team zu einem hoffnungsvollen Team wandelte. Oder der eigentlich heruntergekommene Laden in eine Goldgrube. Bei Tin Hasenglock waren es allerdings Sequenzen, die immer damit anfingen, dass Sara vor seiner Tür stand oder sie beide sich unversehens irgendwo in gutem Licht begegneten (dazu hätte er vielleicht etwas häufiger aufstehen und vor die Tür gehen müssen, aber das blendete er aus). Dann folgte auf seinen Augendeckeln stets eine kurze, heftige Phase, in der er sich mitsamt seiner bemitleidenswerten Wohnung und Garderobe im Zeitraffer wieder zu einem hoffnungsvollen Angebot verwandelte, das Sara nicht ablehnen konnte. Am Ende wäre ihr Zusammensein nicht nur fester und inniger als je zuvor, die kleine Phase ihrer Trennung wäre auch genauso überwunden wie seine verdammte Liegesucht. Das waren seit elf Monaten seine Lieblingsfilme.

Von den Details seiner Rettung machte er sich bei der nun stattfinden Vorschau noch kein Bild, das schien ihm zu anmaßend. Aber das Danach, das konnte er sich gut vorstellen. Es begann mit Blaulichtschatten und sorgenvollen Gesichtern, die sich über ihn beugten. Dann folgte viel gutes Liegen, das sah er voraus. Sah sich in einem sauberen Krankenhauszimmer, besucht von Uniformierten und Mikrofonen, es würde förmliche Blumen geben und Vorzugsbehandlung, etwas später vielleicht öffentliche Auftritte und Talkshows und natürlich auch einige öffentliche Auftritte von Sara, die jetzt gar nicht anders konnte, als sich Sorgen um ihn zu machen. Wie viel Aufmerksamkeit er bekommen würde, hing natürlich auch davon ab, wie viele Überlebende sie hier insgesamt bleiben würden. War die Halle voller Menschen gewesen, wen hatte er überhaupt gesehen? Eine bummelnde Polizeistreife, ein älteres, vornehmes Paar mit einem elektronischen Gepäckshuttle neben sich und ein paar Mädchen, die alle die gleiche rosa Arbeitskleidung trugen und ihm entgegengekommen waren. Die rosa Mädchen waren das Letzte, woran er sich erinnerte, aber das war noch ein ganzes Stück vor den Schaltern gewesen, an denen er jetzt lag.

Wie auch immer es sich am Ende verhielt, seine Bio-Seite im Netz würde eine Menge neuer Besucher bekommen und er, Tin Hasenglock, fortan also einer sein, der einen der großen Anschläge überlebt hatte, inklusive Anspruch auf die komplette Anonymisierung, und zwar nicht nur, wenn er recht informiert war, im Netz, sondern auch in seinem Pass. Ha, dachte er, damit kam er dann vermutlich überall hinein. Oder nirgends, das wusste er jetzt nicht.

Es war auch egal, es war jedenfalls ein Neuanfang. Und ein Neuanfang war genau das, was ihm alle Netztherapeuten in den letzten Monaten geraten hatten, ohne dass einer zusätzlich auch dazugesagt hätte, wie man das macht. Bei Computern hatte er in den letzten Jahren Hunderte Festplatten defragmentiert, überschrieben und ausgetauscht, aber seine eigene Festplatte war immer noch voll mit Sara-Dateien. Wenn er in den letzten Monaten versucht hatte, sie zu löschen, hatte das in einem Absturz geendet. Am nächsten Morgen war dann alles immer noch da gewesen und er weiter zum Liegenbleiben gezwungen. Gleich nach der Trennung (er bevorzugte den Begriff Auszeit, den er in einem Frauenmagazin gelesen hatte) hatte er versucht, die Sara-Dateien einfach zu überschreiben. Das war aber etwa so gewesen, als würde jemand, der aus dem Fenster fällt, versuchen, gleich noch beim Supermarkt vorbeizufliegen. Er wollte aber unbedingt sofort Anna-Luise-Dateien daraus machen, das war eine Programmiererin aus seinem Team. Oder Barbara-Dateien, weil Barbara Dittmer zwei Stockwerke über ihm wohnte und er ihre Blumen gegossen hatte. Sie war damals sechs Wochen in Israel, um rumzureisen, wie sie an der Tür gesagt und dabei auf einen Rucksack hinter sich gezeigt hatte. Netterweise hatte sie über Tins Erscheinung und die Kartonstapel in seinem Flur kein Wort verloren. Er hatte also ihre Blumen gegossen, wobei die Hälfte davon irgendwelche Kakteen und damit so viel Zuwendung nicht gewohnt waren. Der Restbestand waren so gelbe und lila in Töpfen, wie sie seine Mutter im Frühling auch auf ihrer Terrasse pflanzte und Tin davon ein unscharfes Bild schickte. Sie blühten auch sehr schön auf dem Balkon von Barbara Dittmer im vierten Stock, aber niemand sah ihnen dabei zu, Tin selbst hatte nur Augen für den Gießstrahl und vielleicht das eine oder andere offen herumliegende Unterwäschestück, dass sich nicht für Israel qualifiziert hatte. Das Gießen lief ausgezeichnet, wenn man von den Kakteen absah. Er hatte sich regelrecht auf die Rückkehr der Barbara Dittmer gefreut und ein paar Tage lang die Sara-Auszeit-Sache richtig gut im Griff. Nur hatte ihm niemand gesagt, dass man als Singlefrau nach Israel fährt, um einen verwegenen, wortkargen Unterhemdträger mit nach Hause zu bringen, dessen Zähne und Augenbrauen eine eigene Postanschrift verdient hätten.

Alles jetzt vorbei, das fühlte er. Jammertal abgehakt. Alles rausgebombt. Was es war, das er unter einem Gepäckwagen eingekeilt überlebt hatte, würde noch zu benennen sein. Das hier würde einen Namen bekommen in den nächsten Tagen, wie es in Brüssel und Malmö, in Warschau, Graz und London einen Namen bekommen hatte, in Nizza und zuletzt natürlich die Kopenhagen Killings. War es so groß wie Kopenhagen? Wo waren sie auf der Opfer-Skala? Sein ruhiger Gedankenlauf geriet an dieser Stelle ins Stolpern, denn er bekam keine Luft mehr. Er riss die Augen auf, als würde das helfen. Ein bisschen half es tatsächlich. Jetzt kamen ihm die Ruhe und das kalte Licht der Halle bedrohlich vor. Warum ging nichts voran? Waren die anderen alle schon gerettet worden, hatten sie ihn übersehen, weil er ohnmächtig hier unter dem Gerümpel gelegen hatten? Er trug einen hellgrauen Mantel, der nicht weit von der Bodenfarbe entfernt war. Müsste nicht viel mehr Bewegung, Lärm um ihn sein? In den Aufnahmen von Anschlägen war doch danach trotz aller Gefahren immer eine unglaubliche Hektik zu sehen, ein dramatisches Wuseln, als müssten alle ihr Überleben durch Fuchteln und Geschrei unterstreichen.

Sie hatten ihn vergessen. Er sah Sara vor sich, wie sie ihm dafür einen ihrer mitleidigen Endzeitblicke verpasste. Endzeit, weil sie ihn am Ende in ihrer gemeinsamen Wohnung gar nicht mehr anders angesehen hatte. Das hier war ja auch irgendwie typisch Hasenglock, er blieb liegen und malte sich mit geschlossenen Augen schon förmliche Blumensträuße und die Rache an Barbara Dittmer im vierten Stock aus, und dabei musste nur noch eine Bombe hochgehen oder, noch besser, eine gezielte Sprengung durch die Sicherheitskräfte stattfinden oder gleich eine Gasräumung. Niemand von denen, die dann später seine letzten Daten vom Handgelenk auswerteten, würden verstehen können, warum er nach den zwischenzeitlichen Lebenszeichen nicht wenigstens versucht hatte, noch davonzukommen, und was das ganze Herumliegen sollte. Wie kam er darauf, dass er hier nur auf Rettung warten müsste und nichts dafür unternehmen? Angst fasste ihn jetzt zum ersten Mal an, am stärksten natürlich an der einen Stelle, links von der Körpermitte. Was war noch mal in Rom? Da hatte es doch mehrere Wellen gegeben, es war ganz das Muster der alten Anschläge gewesen. Der zweiten Welle waren erst noch Leichtverletzte und Helfer zum Opfer gefallen, eine dritte gab es, bei der viele von den Soldaten umgekommen waren, die das Einkaufszentrum außen bewacht hatten.

Tin Hasenglock spähte wieder durch seine unfreiwillige Deckung, der Blick war scharf und unscharf zugleich. In Richtung der Sicherheitsschleuse war alles immer noch von ultragleichmäßigem LED-Licht beleuchtet, das sich in langen Leuchtlinien die Decke entlang an den Wänden und bis in den Boden zog. Er hatte den Namen der Architekten vergessen, aber er wusste, dass diese Lichtinstallation »Freedom Lights« genannt worden war und er das bei der Eröffnung in Zusammenhang mit einer Abflughalle wirklich sehr schön gefunden hatte. Freedom Lights, so gut. Jetzt kamen ihm die unbeeindruckte Helligkeit und das samtweiße Licht allerdings wenig hilfreich vor, flackernde Neonröhren oder eine heiße Dunkelheit, das wäre doch etwas besser oder eben passender gewesen. Nicht so ein steriler Diodenschein, der noch ein paar Millionen Betriebsstunden unbeirrt weiterleuchten würde, bei wirklich minimalem Energieverbrauch.

Nicht so gut, dachte Tin, in diesen Zeiten immer nur Systeme zu entwickeln, die so viel stabiler sind als der Mensch.

Im Gegenteil, alles sollte heute doch eigentlich schneller kaputtgehen, um uns noch ein bisschen Überlegenheit übrig zu lassen. Und erst dann fiel es ihm ein, als wäre es das letzte Korn Wachheit, das ihm noch gefehlt hatte. Er würde den Flug zu Sara verpassen. Selbst wenn er nicht verletzt war, wofür bislang nichts sprach, würde er hier heute niemals mehr wegkommen. Der Flughafen war sicher noch für die nächsten Tage gesperrt, am Himmel über der Stadt würden schon jetzt wieder die vier schwarzen Helikopter stehen, wie bedrohliche Kolibris aus Panzerstahl, einer für jede Himmelsrichtung.

Das Atmen ging wieder schlechter. Einen kurzen Moment hatte er die Vorstellung, Sara würde jetzt schon panisch am Flughafen in Faro die Anzeigentafel nach ihm absuchen. Das war Unsinn, natürlich, sie wusste ja gar nicht genau, wann er ankam. Im Grunde hatte er in seiner letzten Botschaft an sie nur geschrieben, dass er demnächst mal beruflich in ihrer Nähe vorbeikommen würde. Es war keine Antwort gekommen, streng genommen nicht mal die Lesebestätigung. Vermutlich hätte Sara es nicht geglaubt. Es war auch nicht zu glauben, in den zwei Jahren, die sie zusammengewohnt hatten, hatte er nie beruflich verreisen müssen, und schon gar nicht in einen Ferienort, der nur von Linien angeflogen wurde, die alle entweder *sun* oder *fly* im Namen hatten. Nur Sunfly gab es nicht, was ihm in diesem Moment fast verrückt vorkam.

Es war auch nur, weil er sich in den letzten Tagen immer genauer vorgestellt hatte, wie sie sich bald nach seiner Landung über den Weg laufen würden, so groß war dieser Ferienort ja nicht. Sara würde vielleicht sogar spüren, dass er in der Nähe war. Allein sollte sie dabei natürlich sein und er schon ein bisschen südlich mutiert, mit einem kleinen Sonnenbrand vielleicht, trotz seiner Lifetime-UV-Blockade. Dann setzten schon wieder die bekannten Zeitraffer-Sequenzen ein, und endlich, endlich wurde Tin Hasenglock ohnmächtig. Weil ein Flughafengepäckwagen auf seiner Brust lag und er vor lauter Sara-Visionen vergessen hatte weiterzuatmen.

Sara

Wenn schreiben wie schwimmen ist, dann ist für die Zeitung schreiben wahrscheinlich wie schwimmen in einem rechteckigen Becken, das war ihr gestern eingefallen. Und wer an einem Roman schreibt, der schwimmt dann vermutlich im Meer.

Sie mochte es, wie sehr er das Kiko's mochte. Sie fand den Laden auch gut, aber sie ließ ihn immer die Idee dazu haben und dann auch die Vorfreude. Einfach weil er sich besser vorfreute. Sie hätte das vorher nie benennen können, aber das ist eine angenehme Eigenschaft. Sie hatte viele Männer gehabt, die eigentlich allen Dingen gegenüber leidenschaftslos waren und am Ende dann immer auch ihr gegenüber. Hatte man ihnen das von Kind an beigebracht, so zu tun, als ob nichts etwas wäre? Aber bei Paul war es anders. Früher hätte man ihn vielleicht schwärmerisch genannt, was in Romanen in der Schule anstrengend geklungen hatte und nicht ganz lebenstüchtig. Aber das war es nicht, zumindest bis jetzt noch nicht. Es war ihm nur neben den üblichen Dingen auch anderes wichtig. Eine Zitrone, die auf ihrem Nachttisch lag, er musste beobachten, wie der Hibiskus an ihrem Fenster entlangstrich und ein Blättermuster auf ihre beiden Körper warf. Und er strahlte in sich hinein, wenn Kiko ihm wie jetzt einen Wein brachte, der nicht auf der Karte stand, weil sie nur noch drei Flaschen davon hatte. Er hielt an jedem Straßenstand und achtete überall auf Details, was wahrscheinlich von seiner Kolumne kam. Aber es war kein pedantischer Eifer, wie ihn seine Leser immer bei ihm vermuteten. Die meisten wären in Wirklichkeit wohl ziemlich enttäuscht von ihrem August Sternberg gewesen. Er zählte nie das Rückgeld oder notierte sich etwas, nie hatte sie ihn je mit einem Stift gesehen oder vor einem Schaufenster innehalten, er trug meistens das gleiche weiße Hemd und eine dunkelblaue Stoffhose, er klaute manisch Seifen in Hotels (und zwar nicht nur die aus ihrem Zimmer), seine Hosenbeine waren nie ordentlich umgeschlagen, und er hasste es, zu bügeln. Das gehörte seiner Meinung nach zu den größten Vorzügen des Meeres, dass man in seiner Nähe nie etwas Gebügeltes anhaben musste, weil das Meer selbst immer so ungebügelt war. Nein, allerhöchstens war er ein nachlässiger Pedant, und das ist vielleicht keine schlechte Eigenschaft, um durch das Leben zu kommen. Wenn sie stritten, wie heute Morgen, führte es zum Beispiel dazu, dass er sich erst hinter ein paar Vorwürfen verbarrikadierte wie ein Kind hinter dem Sofa. Dann aber verknotete er sich beim Vortrag der Details so gründlich, dass jeder einzelne Punkt leicht zu widerlegen war. Aber darauf kam es ihr gar nicht an. Sollte er eine Weile voranstapfen und seine eigenen Doraden kaufen. Wenn das seine größte Feindseligkeit war, dann liebte sie sie. Außerdem war er insgesamt viel zu höflich, was weniger mit seiner Kolumne zu tun hatte, er war einfach so. Er hatte immer die Körpersprache eines umsichtigen Diplomaten. Es genügte deshalb, dass sie auf einen seiner Vorwürfe ruhig »Spinnst du jetzt?« erwiderte, und er zuckte gleich gut sichtbar zusammen und entschuldigte sich sofort. Das hatte sie noch nie erlebt, nicht mehr zumindest, seit Tin Hasenglock im Schulbus einmal zu weinen begann, nur weil sie »Halt mal kurz deine Klappe, ja?« gesagt hatte. Mit so einem höflichen Mann wie Paul jedenfalls kann man nicht streiten. Schon am Markt hatten sie beide vergessen, worum es eigentlich gegangen war, und hatten nur noch ein bisschen auf der Stelle getrampelt, wie Kinder, die Aufmerksamkeit wollten. Man kann eben nicht immer nur einatmen.

Am Strand hatte sie gestern eine Schneckenschale gefunden, die war anders gewesen als alle anderen Schneckenschalen in den Monaten, die sie nun am Meer entlanggingen. Viel größer und mit einem in sich so kunstvoll gedrehten Haus, als wäre sie aus einem fremden, aus einem warmen Meer hierhergekommen. Oder aus einem Souvenirgeschäft. Sie hatte sie einem der Fischer im Hafen gezeigt. »Isso muito bem!« Aber er hatte gar nicht die Muschel angesehen, sondern nur sie, und deswegen war Sara nicht sicher, wen er damit eigentlich gemeint hatte und ob die Schnecke nun tatsächlich etwas Besonderes war. Dabei interessierten sie solche Sachen, Funde, Treibgut, verborgene Schätze. Dinge, die man bei Menschen in Kästchen auf dem Schrank fand, nachdem sie gestorben waren. Bei ihr waren es schon eine Menge Kästchen, leider gab es aber keinen Schrank.

Am liebsten hätte sie heute eine Statistik gehabt, wie viele solcher Schnecken in diesem Sommer hier angespült wurden, so ähnlich wie es auf Lottolosen stand. Fundchancen 1:9471068 oder so. Sie war nicht besonders stolz auf dieses Bedürfnis, weil alle Welt doch immer annahm, ihr wären formale Dinge egal und alles käme bei ihr aus dem Bauch. Aber es wäre ihr lieber, so eine Zahl zu haben, als sich selbst oder einen alten Fischer im Hafen davon überzeugen zu müssen, dass etwas Besonderes geschehen war, dass Sara Almeida einen besonderen Fund gemacht hatte. Etwas in der Art hätte sie auch gerne für sie beide gehabt. Eine Bestätigung vom Amt für Denkmalpflege, dass sie mit Paul Neulich ein etwas angestaubtes, aber schützenswertes Objekt bezogen und dabei eine doch beachtliche Verliebtheit freigelegt hatte. So ein Mann? Fundchancen eins zu hundertzwölftausend, einmalig und unverkäuflich, Wiederholung ausgeschlossen! Eher wird man beim Kauf von zwei Doraden von einem Blitz getroffen.

Sie hatte ihn beim Hosenanziehen beobachtet, bevor sie zu Kiko gegangen waren. Auf seinen Knien waren da immer noch die Netzabdrücke der Hängematte zu sehen gewesen. Er trug immer lange Hosen, wenn er auf die Straße ging, egal wie warm es war, egal wie nah der Strand war. Wenn sie ihn damit aufzog, lächelte er verlegen, und sie dachte jedes Mal, es würde gleich ein Vortrag über Mode und Männerbeine folgen, der zweifellos zu seinem kleinen Einmaleins gehörte. Aber es kam gar kein Vortrag, er krempelte sich nur umständlich die Hosenbeine auf, bis er aussah wie ein falscher Pirat. Das Komische war, er hatte wirklich ein schönes Paar Männerbeine.

Tin

Die Liegehöhe. Daran merkst du, dass du in einem Krankenhaus bist, dachte er. Auch wenn das Zimmer um ihn herum aussah wie ein Hotel, sein meterhohes Schweben und dazu der Seitenschutz und die graue Triangel über seinem Kopf sprachen eine deutliche Sprache. Es musste früh sein, ein gelber Vorhang am Fenster war erst ganz leicht von außen erblüht. Er sah auf die Uhr, aber an der Stelle an seinem Arm war nur ein Plastikband mit einem Strichcode. Sie hatten ihm das Gerät genommen, es lag auch nicht auf dem kleinen Tisch neben seinem Kopf. Vielleicht in dem Schrank, der an der anderen Wand stand? Erst jetzt fiel ihm der Gepäckwagen ein und das darunterliegende lose Ende seiner Gedanken am Flughafen. Der Schlag, der berghohe Schalter über ihm, das dauerhelle LED-Licht der Halle und seine linke Körperseite. Leise strich er mit dem Ellenbogen dort entlang, ja, da war eine Wulst, ein Verband, und ja, auch ein tiefer Brandschmerz, der jetzt bis unter seine Schädeldecke hinaufwallte und ihn keuchend ausatmen ließ. Also doch, schwer verletzt. Von den anderen gelegt, wie beim Fußball. Aber immerhin schien das Schlimmste vorbei zu sein, sagte er sich, das hier sah nicht nach Intensivstation aus. Die genauen Umstände seiner Rettung waren ihm also ebenso erspart geblieben wie der Empfang der Ärzte und irgendwelche Operationsdetails. Gut so. Es war ihm seit jeher unangenehm, wenn in seiner Anwesenheit über seinen

Körper gesprochen wurde. Sorgenvolle Aufmerksamkeit genierte ihn ebenso wie medizinisch nüchternes Urteilen über anatomische Einzelteile. Es war doch schwierig, so etwas nicht zu persönlich zu nehmen, fand er. Er wollte in Körperdingen vorsichtiger oder vielleicht noch lieber gar nicht angesprochen werden. Zumal ihm jetzt eher nach Schulterklopfen war. Immerhin, er war doch nicht gestorben, er hatte durchgehalten unter dem Wagen, sie hatten ihn nicht gekriegt. Er hätte nicht genau sagen können, wann sich diese Sichtweise verbreitet hatte, aber bei einem Anschlag zu sterben wurde im Netz mittlerweile für besonders würdelos und dumm gehalten. Als wäre man auf die Terroristen hereingefallen, hätte mit seinem Körper ihren Forderungen Nachdruck verliehen. Man bekam nur noch ungefähr die Wertschätzung, die jener Antilope aus der Herde zustand, die als einzige nicht dem Löwen entkam. Man war derjenige beim Völkerball, der getroffen wurde, wenn die Gegner den Ball einfach ungezielt in die Menge geworfen hatten. Ein Punktverlust für die eigene Mannschaft, ein Punktverlust für die freie Welt, so ging man heute in die Geschichte ein, wenn man bei einem Anschlag starb. Es war ja auch wirklich zum Lachen. Wie sie alle da immer noch antilopenmäßig herumstanden, mit ihren Koffern an den Flughäfen oder bei den kostenlosen Konzerten im Retroquartier, als modernes Kanonenfutter und wie arglose Tiere an der Wasserstelle. Ein bisschen bumm, bumm, alle Männchen fallen um. Diesen Satz wiederholte er lange wie einen Kinderreim, bis die Worte ihn in einer Zeichentrickspirale hinunterzogen, dorthin, wo er hergekommen war. In die Welt der unentdeckten Verstecke und tonlosen Hilferufe.

Als Tin Hasenglock zum zweiten Mal erwachte, war jemand im Zimmer. Es kam ihm vor, als hätte er seit geraumer Zeit keinen vollständigen Menschen mehr gesehen, deswegen ging er sozusagen direkt aus dem Schlaf eilig zur Begrüßung über, ganz gegen seine Natur.

»Hallo, ah.« Er wippte engagiert mit dem Kopf, weil er seinen restlichen Körper nicht schnell genug fand.

Die Frau kam näher und sah ihn professionell prüfend an, bevor sie sich darauf einließ.

»Guten Morgen. Wie fühlen Sie sich?«

»Gut, also, besser, danke, was wurde denn jetzt hier gemacht mit mir?«

»Wie meinen Sie?«

Die Frau klang müde und hatte bereits jenen nachsichtigen und leicht abgelenkten Ton, in dem man mit Kindern oder alten Leuten sprach, um sie möglichst lange hinzuhalten und sich selbst nebenbei ein bisschen Zeit zum Verrichten wirklich notwendiger Tätigkeiten zu verschaffen. Sie prüfte ein paar Gerätschaften auf der anderen Kopfseite des Bettes, die Tin bisher nicht aufgefallen waren, obwohl sie sogar Geräusche machten, wie er jetzt merkte, ein summendes Lüften und leise Pieptöne, die Frau bediente einige Tasten.

»Ich weiß gar nichts«, sagte Tin. »Ich bin erst jetzt richtig wach. Was ist passiert bei dem Anschlag, wie viele, ich meine, wie lange hat es gedauert? Bis ich hier war?«

Die Frau packte ihre Worte nach einigem Nachdenken vorsichtig in Seidenpapier. »Also, das kann ich leider nicht sagen, davon weiß ich nichts, das weiß eher die Nachtschicht, vermute ich.«

»Aha, ach so.«

Das war auch so etwas in seinem Leben. Immer fragte

er an der falschen Stelle oder zur falschen Zeit, und immer den Falschen.

»Aber was ist mit dem Verband hier?«

Er hob leicht seine linke Körperseite gegen sie.

»Ja, das sehen wir uns nu' mal an«, sagte die Frau halbwegs munter, machte einen Scheinwerfer über dem Bett an und zog ihn hinab, bis seine Haut unter dem Licht wie alter, bleicher Schinken aussah. Er machte die Augen zu und drehte sich zur Seite, der Walleschmerz donnerte ihm diesmal eine Übelkeit bis an den Gaumen und nahm ihm zusätzlich wieder die Luft. Er spürte ihre Hände und das vorsichtige Auflösen des Wulstes, bis seine Seite kühl und offen lag.

»Und? Wie schaut es aus?«, würgte er mit falscher Munterkeit hervor.

»Wird schon«, murmelte die Frau, und dann sagte sie plötzlich und überraschend laut: »Ich bin übrigens die Schwester Erika.« Sie hielt eine schlaffe Hand über seinen abgewandten Kopf, und er zog daran wie an einem Glockenseil.

»Tin Hasenglock.«

»Ja, Herr Hasenglock, das wird schon.« Sie hielt im Satz inne, Tin hörte deutlich, dass sie noch etwas sagen wollte, aber erst wurde er frisch eingepackt, dann ging es weiter.

»Ist eben ein ziemlich großer Schnitt, aber das ist normal bei solchen Eingriffen. Dann hoffen wir mal, dass sie auch alles erwischt haben, nicht wahr?«

Mit einem Ruck drehte er sich um, der Walleschmerz tanzte begeistert vor seinen Augen.

»Wie meinen Sie, Eingriff? Was wurde rausgeholt?«

Schwester Erika streifte die Handschuhe ab und war schon auf dem halben Weg zu Tür.

»Na, befallenes Gewebe, und so was eben. Das ist nicht immer leicht, alles zu erwischen, für die Ärzte, das meinte ich.«

»Wann kommt denn der Arzt?«

»Kann ich nicht sagen«, sagte die Schwester, »viel zu tun diese Tage. Gleich kommt aber jemand zum Waschen.« Und damit war sie aus der Tür.

Klar, dachte Tin, wie bescheuert. Wahrscheinlich war jedes Bett belegt, und es gab ganz andere Schwierigkeitsgrade als ihn, mit seiner linken Seite. Jetzt nicht ungeduldig zu werden war das Mindeste, was man von den Opfern eines Anschlags erwarten konnte. Es würde sich schon alles finden. Tatsächlich kamen in der nächsten Stunde eine Frau zum Waschen und eine, die ihm zwei Beutel oder Infusionsbehälter leerte, er kannte sich in diesen Dingen nicht aus und zog es vor, nicht hinzusehen. Sie alle waren nach Art der Schwester Erika etwas kurzatmig und hatten es eilig. Ihre Kleidung entsprach nicht dem, was sich Tin unter der Arbeitskleidung von Krankenschwestern vorstellte, alle drei trugen das gleiche graue Kleid, das ihnen einen irgendwie kommunistischen Anstrich gab. Die Auskünfte, die er von ihnen erhielt, kamen alle aus der Schublade mit der Aufschrift *Irgendwann*. Er müsse sich keine Sorge machen, man werde nachsehen, wo seine persönlichen Gegenstände verwahrt wurden, und auch, ob etwas zum Unfallhergang verzeichnet worden war und wann er vielleicht wieder nach Hause dürfte. Sie sprachen das Wort »Unfallhergang« zögerlich aus, vielleicht eine politische Sprachregelung, dachte Tin, der Begriff schien trotzdem nicht ganz passend. Aber wer wusste schon, wie in einem Krankenhaus bei Terroralarm mittlerweile die Dinge codiert waren, Sicherheitsstufen, kommunikative Anschlussketten und so weiter. Letztlich war ein Anschlag ja auch ein Unfall, und noch ehe er in dieser Richtung etwas nachsetzen konnte, war auch die Infusionsbeutelfrau wieder verschwunden. Immerhin hatte sie zuvor noch den Vorhang zur Seite gezogen, und Tin war mit dem Mittagslicht allein. Er vermisste sein Gerät. Draußen ahnte er ein paar Baumwipfel, der Himmel war von dem gleichen hellen Grau wie die Schwesternkittel. Alles in allem passte das hier zu den Vorstellungen, die er sich am Flughafen gemacht hatte. Nur die Blumensträuße fehlten, und Sara. Und von der Langeweile hatte er sich keine Vorstellung gemacht. Er langweilte sich mit einer systematischen Gründlichkeit und bekam sogar Lust, sich auf harpf.com einzuloggen und einfach ein bisschen zu harpfen, rechts und links. Es schien ihm absolut unverantwortlich, dass hier nichts zu seiner Zerstreuung bereitlag. Man ist doch nach einem Anschlag psychisch labil, dachte er, aber die stecken einen dann noch in eine Isolationszelle ohne alles. Als am Nachmittag die Infusionsschwester, die sich nicht extra vorgestellt hatte, wieder, ohne zu klopfen, in sein Zimmer rauschte, war er längst im Rotbereich der erträglichen Ruhe und des Nichtstuns angelangt und hatte mehr Himmelsausschnitte gesammelt, sortiert und gedeutet, als für einen Schreibtischmenschen erträglich war. Er fixierte mit aufgerissenen Augen die Bewegungen der Frau, lauernd, als könnte sie schon verschwunden sein, wenn er nur blinzelte, und feuerte nebenbei ein ganzes Fragenmagazin auf sie ab, das sich zu weiten Teilen um Art und Beschaffenheit des Anschlages, zum anderen um Schwere und Wesen seiner Verletzung drehte. Die Frau hörte zu, ohne sich dabei aus dem Takt ihrer Handgriffe bringen zu lassen, der sie präzise rings um Tins Bett führte und auch die mechanische Frage »Haben Sie Harndrang?« beinhaltete, die Tin erschrocken mit »Nein« beantwortete, auch wenn das vielleicht nicht ganz der Wahrheit entsprach. Am Ende ihres Aufpolsterungs- und Austauschprogramms hing Tins Fragenkatalog immer noch wie eine dichte Wolke Raumduft über dem Bett, und sie sagte:

»Na, Sie wirken ja noch ganz schön durcheinander, ich schicke Ihnen Dr. Fischer, sobald es geht. Und falls Sie doch irgendwann aufs Klo müssen, Knopf drücken, ja?« Tin bedankte sich.

Dr. Fischer war einer von den Ärzten, die offenbar lieber auftraten wie aufgedrehte Wissenschaftler in Katastrophenfilmen. Nur seine weiße Hose machte ihn zum Arzt, darunter trug er goldene Retro-Löws und darüber ein dreifach blaues Poloshirt. Tin sah sofort, dass er zu der Sorte Menschen gehörte, die am liebsten 24 Stunden am Tag senkrecht bleiben würden, seine natürlichen Gegner. In der Hand hielt der Arzt einen kleinen Bildschirm, den er beim Reden wie einen Tennisschläger einsetze, und seine Sätze kamen dann auch wie Aufschläge in Tins Richtung. »Na, zugenäht und ausgeruht?«, brüllte er zur Begrüßung.

Tin war verlegen und wackelte nur höflich in den Kissen. Der Arzt schaltete kontrolliert einen Gang zurück.

»Wie fühlen Sie sich?«

»Recht gut.«

»War ja höchste Zeit, was, auch wenn Sie nicht ganz freiwillig hier waren, wenn ich das richtig sehe.« Er warf im Vorbeischwingen einen Blick auf seinen Schläger. »Ach so, ja richtig, sie wollten abhauen, und dann kurz vor dem Abflug: Bruchlandung. Hahaha. Höchste Zeit, würde ich sagen, Karzinome fliegen eher schlecht, Kabinendruck und so. Wo sollte es denn eigentlich hingehen?«

Tin fühlte sich wie ein Verdurstender, dem gerade klar

wurde, dass er Benzin statt Wasser an den Lippen hatte. Er sagte nichts, deswegen kürzte der federnde Mann sein Anteilnahme ab und rappte routiniert zum Fenster hinaus.

»Folgendes, wir haben zwei Stücke ihres Dünndarms entfernt, außerdem allerlei Unschönes geschabt und danach noch mehr hitzepunktiert als in einem verdammten *Star Wars*-Film. Ich bin kein Hellseher, Herr Hasenglock, aber ich würde sagen, wir haben alles erwischt. Höchste Zeit, das Ganze hätte zu einer hässlichen Geschichte werden können, und zwar ziemlich bald, zeitnaher Exitus nicht ausgeschlossen. Wie haben Sie es denn eigentlich endlich gemerkt, Verschluss oder Gegenteil?«

Tin hatte eine Idee, wie er aus diesem fürchterlichen Match aussteigen könnte.

»Nein, sorry«, sagte er bestimmt, »aber ich bin der von dem Anschlag.«

Der Arzt, der gerade wieder locker den Zimmergrundriss abgejoggt war, blieb stehen, legte seinen Bildschirm aufs Bett und wischte ein wenig darin herum.

»Nicht der vom Flughafen?«

Tin hasste Unklarheiten, wie jeder Systemadministrator. Deswegen nahm er jetzt jeden verfügbaren Fitzel und warf alles in eine Schale, langsam und deutlich.

»Doch, der Anschlag am Flughafen, ich war, ich wollte nach Portugal und war noch in der Abfertigungshalle, also, bei den Freedom Lights, kennen Sie vielleicht, dann ging also, na ja, die Bombe eben hoch oder was, ein wirklich heftiger Knall, und ich bin unter so einem Wagen, äh, so einem Gepäcktrolley, liegen geblieben, Sie wissen schon, geschleudert worden, von der Wucht.« Seine Stimme hatte bei den letzten Worten schon hoch geeiert, es klang so kläglich, er würde es sich selbst nicht glauben.

»Von einem Anschlag weiß ich nix«, sagte der Arzt strahlend und mit der deutlichen Botschaft zwischen den Zähnen, dass an diesem Ort, was er nicht wusste, nicht sein konnte. »Ich weiß, dass Sie, mein Lieber, hier mit einem Blackout und in verkrampfter Embryohaltung in einem nagelneuen Rettungs-SUV angeliefert wurden und aussahen wie ein angefahrener Waschbär. Der Embryo ist ein endokrinologisches Warnsignal, daraufhin haben wir Sie in der Ecke da unten ein bisschen gescannt und gleich gesehen, was Ihnen da, äh, im Magen gelegen hat, haha.« Er machte eine Pause, sah aus dem Fenster und kehrte mit einem gütigen Anstrich zu Tin zurück. »Folgendes, und mal im Ernst, das war so ein scheiß-aggressiver Tumor, dass die liebe Schwester Johanna ihn nicht mal mit der Klemme anpacken wollte. Und Sie sind noch jung. Viel Krebs im Stammbäumchen?«

In Tins Kopf rissen ein paar Saiten. Er hörte sich mit einer Stimme, wie sie in sehr alten Navigationssystemen vorkam, antworten: »Onkel mütterlicherseits, Bauchspeicheldrüse.«

»Ja, das passt«, sagte Dr. Fischer zufrieden. »Jedenfalls seien Sie froh über dieses Warnsignal, das Ihnen Ihr Körper gegeben hat, das war gerade noch rechtzeitig. Volle Entwarnung gibt's erst in ein paar Monaten. Ein bisschen Bauchweh wird wohl auch erst mal angesagt sein. Und Sie müssen ein paar Tage, besser gesagt mindestens etwa 'ne Woche hierbleiben, auch wenn wir eigentlich gar nicht auf solche Sachen spezialisiert sind. Unter uns, ich konnte die OP auch nur machen, weil das zufällig mal mein Gebiet war, bevor ich hier andockte. Aber wir haben mal ganz diskret ihre Bio-Card gescannt, und was soll ich sagen – grünes Licht, meint der Computer, Premiumklassifizierung, herzlichen Glückwunsch, das bedeutet Einzelzimmer und einen Chefarzt, der Ihnen auf Wunsch den Infusionsbeutel hinterherträgt, wenn Sie ins Spa gehen, hahaha! Ist Ihr Vater vielleicht der Gesundheitsminister? Na, von der Drei-Star-Küche hier bei uns werden Sie aber leider erst mal nicht viel haben.« Er pikte mit dem Gerät in Richtung von Tins Bauch, was diesen zuverlässig beschämte. »Da geht erst mal nur Püriertes durch.«

Auch wenn sich Tin Hasenglock in den letzten zwölf Stunden nichts mehr gewünscht hatte als Aufklärung, hätte er Dr. Fischer am liebsten schon vor fünf Minuten runterfahren und auswerfen lassen wie ein störendes Programm, das zu viel Arbeitsspeicher beanspruchte.

Als der Doktor weg war, hatte er Tin Hasenglock Fragezeichen und neue Schmerzen dagelassen. Es war, als ob während der seltsamen Erklärungen von Dr. Fischer in seinem Bauch erst noch etwas freigelegt worden wäre. Etwas, das nun sehr langsam aus seiner Operationswunde heraus auf eine rostige Spindel gedreht wurde. Ein Stalaktit aus Schmerz wuchs ihm genüsslich vom Anus bis unter den Hinterkopf und fing dann an, sich zu drehen. Implodieren, dachte Tin Hasenglock in den nächsten Stunden, wenn das schleudernde Karussell in ihm kurz innehielt. Früher hatte seine Mutter ständig Angst, der verdammte Fernseher würde implodieren. Die Erinnerung an diesen ersten Fernseher im Wohnzimmer lieferte mit sich auch die Erinnerung an das kindliche Bauchweh dort, das ein unterentwickelter Vorfahr jenes Bauchwehs gewesen war, das ihn jetzt krümmte. Er hatte damit auf dem Sofa liegen dürfen, tagsüber, mit Fernsehen, Salzstangen und Cola. Gutes Liegen war das, sein Gründungsliegen sozusagen. Er erinnerte sich nicht, ob die Behandlung damals gegen Bauchweh geholfen hatte, aber sie hatte das Bauchwehhaben jedenfalls von allem anderen Kranksein unterschieden.

Es gab dafür offenbar keine richtige Medizin, das hatte ihn schon damals am Bauchweh gewundert, dass die Erwachsenen sich nicht anders zu helfen wussten, als mit Salzstangen dagegen vorzugehen. Einem Lebensmittel, dem man nicht mal als Kind besondere Kräfte zutraut. Bauchweh, sagte sich Tin, war für die Menschen eben immer eine seltsam ungenaue Gleichung geblieben, nicht zu messen, nicht zu orten, nicht zu kontrollieren. Es faltete seinen Menschen in der Mitte, ohne eine Prognose über die Verweildauer anzugeben, ohne Gründe zu nennen. Nistete sich damals in den kleinen Martin Hasenglock ein wie ein unguter Geist, immer bereit, zwischen zwei Atemzügen zu verschwinden oder aber sich zu einer kleinen, harten Kugel zu rollen. Angst vor der Schule, zu viel Essen, verdorbenes Essen, Liebeskummer, Blinddarm – er hatte alle Arten von Bauchweh gehabt. Wenn er es jetzt (gemeint war sein Leben) in diesem Fieber richtig überblickte, war das Bauchweh eigentlich immer dabei gewesen, nur hatte er irgendwann seiner Mutter nicht mehr davon erzählt. Das ist vielleicht der Tag, an dem ein Mensch in Wahrheit erwachsen wird, dachte Tin, kurz bevor er eine ganze Weile nur noch Rot denken konnte. Wenn die Spiralnebel kurz aufrissen, trieb er auf dem Elternsofa herum, rief nach Salzstangen, ließ Bilder der schlafenden Sara vorbeiziehen, weinte auch ein bisschen. Er wusste nicht genau, ob er Sara je von dieser Schmerzwallfahrt erzählen könnte. Und in Folge wusste er nicht, ob es überhaupt jemanden gab, der gerade an ihn dachte oder der sich auch nur irgendwann einmal für das alles hier und die vielen Fragezeichen interessieren würde. Das waren unangenehme Dinge, denen er bisher aus dem Weg gegangen war, vermutlich weil kein Algorithmus darauf je gepasst hatte, keine logischen Abläufe erkennbar waren. Sein großer Bruder Michi lebte seit elf Jahren in

Südamerika, war nach einem Arbeitsaufenthalt einfach dort geblieben und sendete seitdem gelegentlich ein Foto mit einsilbiger Bildunterschrift, meistens einen Sonnenuntergang oder Fußabdrücke am Strand. Er hatte eine Frau, Kinder, Hunde, andere Tiere wohl auch. Das wenige jedenfalls, was Tin davon erreichte, brachte er nicht mit dem Menschen zusammen, den er als großen Bruder Michael kannte und der ein jähzorniger, verschlossener Mensch gewesen war, Tin erinnerte sich vor allem, wie er tagelang in seinem Zimmer Unterwäschemodels aus Katalogen ausgeschnitten und zu brutalen Collagen verklebt hatte. Ihre Mutter war mit einem neuen Mann (Jorge oder Joerg, Tin wusste es nie) vor zwei Jahren in ein neu eröffnetes Retroquartier für Senioren nach Holland gezogen, sie hatte ihm einen Katalog davon gezeigt. Darin waren Bilder und Fotomontagen zu sehen gewesen und schmackhafte Auflistungen der geplanten Annehmlichkeiten im Stil der Mitte des 20. Jahrhunderts. (»Die Goldene Mitte«, damit war die Epoche ebenso gemeint wie der geschönte Lebensabschnitt der Zielgruppe.) Sie hatten aus dem Katalog ein Haus gewählt mit echtem Kopfsteinpflaster vor der Tür und einer englischen Telefonzellen-Attrappe vor dem aufpreispflichtigen Fensterkreuz-Fenster. Tin war noch nie dort gewesen. Sie kontakteten in Monatsabständen und fassten dabei aber vornehmlich die vergangenen Wetterberichte zusammen, und immer wenn einer einen Schritt aus diesem Korsett hinaus machte, war der andere gerade nicht dafür bereit. Tin hatte den recht konkreten Verdacht, für seine Mutter Bestandteil einer schlechten Erinnerung geworden zu sein. Ein Kollateralschaden des Traumas sozusagen, das sein Vater verursacht hatte. Der war eines Nachmittags verschwunden und hatte nichts zurückgelassen als einen sauber gefalteten und kuvertierten Brief für Tin und

Michael und einen offenen Zettel neben der Spüle für seine Frau. Darin Sätze, in denen die Begriffe »Neuanfang«, »kein Familienmensch«, »Abstand« und noch anderes nüchtern aufgereiht waren. Begriffe jedenfalls, die keiner der Adressaten an einem strahlenden Septembernachmittag in die richtige Reihenfolge bringen konnte, gleichgültig wie oft sie es versucht hatten.

Warum waren sie heute alle so weit auseinander? Er sah, gekrümmt im haltlosen Dunkel seines Krankenzimmers, unter seinen flatternden Lidern die einzelnen Hasenglocks vor sich, wie sie alltägliche Bewegungen durch enge Zimmer und unbeleuchtete Treppenhäuser machten, müde und orientierungslos, jeder für sich. Das war doch keine Familie. Vor hundert Jahren hätten sie ein Haus gehabt, einen festen Ort, wo sie geboren worden waren und an den sie spätestens zum Sterben wieder zurückgefunden hätten, wo ihr Name auf Türschildern und Grabsteinen verwitterte und doch immer die gleiche Gültigkeit behielt und wo ein echter Dachboden als staubige Festplatte ihre längst vergessene Dateien aufbewahrte, unlöschbar. Wie eigentlich, fragte er sich ein paar Schmerzstunden lang, konnte dieser Bund aus vier einfachen Menschen, die so lange Zeit jeden Morgen halbwegs fröhlich um einem gemeinsamen Küchentisch gesessen hatten, heute sich so fremd und überall zerstreut sein? Er hatte darauf keine Antwort, aber eine ganze Weile lang bekam der Schmerz aus seinem Unterleib starke Konkurrenz von einem liebevoll gedeckten Frühstückstisch in seiner Erinnerung.

Was er hingegen sicher wusste, war, dass er nie wieder etwas essen würde. Der Gedanke war ganz sinnlos, irgendwann wieder etwas durch seinen aufgerissenen Darm wandern zu lassen. Er hatte am Ende der ersten Stalaktitennacht die feste Absicht gehabt, sich zu übergeben. Über den Seitenschutz des Bettes mit größter Wucht alle seine Getriebeteile auf den Boden zu kotzen, nichts wünschte er sich mehr. Und das wäre das Letzte gewesen, was er sich mit diesem Körperteil noch vorstellen konnte, das Einzige, was vielleicht Linderung versprach. Endlich implodieren. Aber immer wenn er würgend kurz davor war, zog sich der Schmerz zurück, alles sackte dann unter ihm weg, für eine oder zwei Sekunden, dann wuchs der Stalaktit erneut. Er schlief ein und wachte auf, der gelbe Vorhang veränderte seine Farben, er sah die grauen Schwestern in einem unklaren Reigen an seinem Bett stehen, Licht von links, Licht von rechts, manche sagten etwas, von manchen nahm er nur das Schließen der Tür wahr und erlebte ihre Visite sozusagen erst als Abdruck in seiner dämmernden Wahrnehmung.

Wahrscheinlich hatten sie irgendwann seine Schmerzmittel erhöht oder etwas in dieser Art, jedenfalls änderte sich nach einer Ewigkeit die Qualität des Hasenglock'schen Liegens. Das Beben unter dem Verband schickte nur noch plätschernde Wellen bis unter seine Augen. Wenn er sich jetzt zusammenrollte, fühlte er dabei zum ersten Mal seit langem eine Wärme, die kein Fieber mehr war, sondern eine Ahnung von dem, was man eigentlich suchte, wenn man sich unter einer Decke zusammenrollte. Mitten in der zweiten oder dritten Nacht nach Dr. Fischer konnte er sich im Bett dann sogar aufsetzen, ruhig atmen und ein wenig auf dem Verband links unten herumtasten, der völlig nichtssagend und stabil wirkte. Es war nicht der apokalyptisch glühende Fetzen, als den Tin ihn stundenlang halb wach vor sich gesehen hatte. Nur ein Verband. In die klare Dunkelheit seines

Zimmers sortierte er seine Sinne und blieb aufrecht sitzen, bis alles wieder annähernd an die richtige Stelle gesackt war. Dann sagte er in das klimatisierte Schwarz um ihn herum langsam und deutlich: »Ich habe überlebt.«

Sara

Nie hatte sie vorher seine Kolumne gelesen und tat es auch jetzt nur, wenn er das Heft irgendwo rumliegen ließ. Dieser August Sternberg mit seinem altmodischen Scherenschnitt-Porträt kam ihr dabei vor wie ein entfernter Onkel auf Familienfesten, über dessen Marotten alle kicherten, sobald er gegangen war, den man aber genau wegen dieser Marotten immer mal wieder einlud. Nur ein Mann konnte mit so einer Figur berühmt werden, und nur ein Mann konnte über Jahrzehnte jede Woche freiwillig in dieses alberne Kostüm schlüpfen wollen. Wie seltsam sich die Leser nach seinen Regeln und Verboten zu sehnen schienen. Sie brauchten offenbar jemanden, der ihnen aufschrieb, aus welchem Material die Kragenstäbchen in ihren Hemden sein sollten, falls sie einmal von einem Mitglied der königlichen Familie (von welchem eigentlich, oder war das egal?) eingeladen werden würden.

Einmal nur war sie auf einer Lesung von ihm gewesen, ganz am Anfang. Zuvor hatte sie ihn in einer Talkshow gesehen, auf dem verwaisten Fernseher von Tin Hasenglock, und das war ihre erste Begegnung überhaupt gewesen. In der Show hatte Paul Neulich als Überbleibsel einer ursprünglich geplanten Sendung zum Thema *Die neuen Väter* gesessen, was bei näherer Betrachtung seltsam genug war, denn Paul hat keine Kinder. Wegen eines Killings am Vorabend (in welcher Stadt? Das hatte sie als

Einziges von diesem Abend vergessen) war die Talkrunde aber dann kurzfristig der *Sicherheit in unseren Großstädten* umgewidmet worden, aber Paul hatten die Fernsehleute einfach behalten, vielleicht damit kein Stuhl frei blieb. Nur die Bauchbinde und die Worte, mit denen er vorgestellt worden war, waren wohl etwas mühsam verändert worden, von »Benimm-Papst« hin zu »Publizist & Ratgeber«. Nach dieser vagen Herabstufung hatte Paul Neulich zwischen Politikern und Anrainern der extremen Lager gesessen und allen in seiner freundlichen Art zugehört, sonst nichts. Sein diplomatisches Wesen und das ermunternde Nicken, das er jedem schenkte, der das Wort an sich riss, hatten die anderen Teilnehmer zunächst ein wenig verunsichert. Aber sie waren daran gewöhnt, Verunsicherung welcher Art auch immer zu überwinden, und hatten ihn fortan einfach übersehen. Nur das Publikum und insbesondere Sara zu Hause hatten sich jede Minute mehr gewünscht, dieser stille sechste Mann mit der Knabenfrisur würde endlich irgendetwas sagen, etwas, was das endlose Pingpong der anderen für einen Moment aufhielt. Der Moderator hatte ein paarmal halbherzig versucht, ihn anzusteuern, und war immer wieder vorher unterbrochen worden oder hatte angesichts von Pauls aufgeräumter Fassade den Faden verloren. Aber, und das war es, was ihr letztlich solchen Eindruck gemacht hatte, Paul war die ganze Sendung einfach ruhig geblieben. Das hatte allem widersprochen, was sie bisher über Männer wusste. Als die Schlussmelodie einsetzte und sich alle erleichtert erhoben, hatte er deswegen als Einziger unbeschädigt und aufrecht gewirkt. Er hatte sich beim Abspann wie der Gewinner einer Quizshow mit einem kleinen Diener in die Kamera verabschiedet und dabei kurz und direkt in eine Stelle nahe an Saras Brustbein geblickt, die bereits seit über einer halben Stunde empfindlich freigelegen hatte.

Also war sie zwei Wochen später zu einer Lesung von ihm nach Nürnberg gefahren. Sie hatte dort in der letzten Reihe gesessen, umgeben von Männern, die stolz die farbigen Socken (»Sie nennen es Strümpfe, Sara, niemals Socken«) über dem Rand ihrer handgefertigten Schuhe entblößt hatten, als wären diese bunten Knöchel eine Körperreaktion, ein Ausschlag bei festlicher Erregung. Während Paul seine Stilregeln verlas, hatten die Männer die ganze Stunde über so heiter und aufgeräumt gewirkt und immer ganz deutlich »Hahaha« gelacht, als käme sogar ihr Lachen vom Hoflieferanten. Später hatten sie sich vor Pauls Signiertisch zu einer langen Reihe formiert, die nach allen Seifengeschäften der alten Welt geduftet hatte. Sie hatte als Letzte in dieser Reihe gestanden, ohne ein Buch von August Sternberg, aber mit einem warmen Gefühl für Paul Neulich. Als sie schließlich an der Reihe gewesen war und der Abgesandte der Buchhandlung missbilligend auf ihre leeren Hände geblickt hatte, sah sie Paul an, und er sah zurück. Wie im Fernsehen, wie er offenbar alle fremden Menschen ansah: aufmunternd, aber auch jederzeit bereit, selbst in den Straßengraben zu springen. Daraufhin hatte sie lachen müssen, nicht nur prüfend schauen, wie es ursprünglich geplant gewesen war.

»Hallo. Lange nicht gesehen.«

Es war ihr dann doch nichts anderes eingefallen. Und die zwei Wochen seit seinem Talkshow-Auftritt waren ihr in der Tat lange vorgekommen. Er hatte erleichtert weitergeatmet und ruhig festgestellt: »Wir haben uns überhaupt noch nie gesehen. Da bin ich mir ausnahmsweise sicher.« So machte er Komplimente. Und diese Antwort war Beleg genug dafür, dass sie mit ihrer Vermutung richtiggelegen hatte. Beim letzten Wort hatte er schon das Jackett übergestreift, dem Buchhändler die Hand geschüttelt und war mit ihr zur Tür gegangen, ohne das Spalier der pomadisierten Herren noch eines weiteren Blickes zu würdigen. Dabei hätten sie so gerne noch ein wenig mit ihm geduftet.

Sie sah jetzt, wie er unter der Enge der Tische bei Kiko litt. Andere Menschen bescherten ihm einen Schluckauf, wenn sie zu nah kamen. Vor allem, wenn es Menschen mit persönlichen Streuverlusten waren, wie dieses ungefasste junge Paar. Das kannte sie schon, Paul war dann stellvertretend für die anderen unwohl und bestrebt, die Unsicherheit auf alle Plätze gleichmäßig zu verteilen, wie ein Märtyrer im Dienst des Raumklimas. Es war, dachte Sara, eine große jugendliche Schüchternheit, die bei diesem Benimmpapst Spuren hinterlassen hat wie ein Gletscher Schleifspuren im Fels. Sie mochte schüchterne Männer, beziehungsweise, stimmt nicht. Sie hatte gelernt, dass es auf Dauer gesünder war, die Schüchternen in Betracht zu ziehen. Und hier lag die Sache anders als bei Tin Hasenglock, dessen Verschlossenheit immer hermetischer wurde, je näher man ihm kam.

Paul hingegen hegte durchaus gute Absichten für jedermann. Wie ein kleiner Hund wäre er am liebsten auf andere zugelaufen, wenn er nicht gleichzeitig absolut überzeugt gewesen wäre, alle Welt mit seiner Person zu stören. Er würde ein exzellenter, würdevoller Großvater sein, wenn er endlich wahllos den Passanten zulächeln durfte, dachte sie. Jetzt saugte er gerade den jungen Mann am Nebentisch regelrecht auf. Auch wenn er vordergründig mit ihr über den Wein und das Cataplana sprach, sah sie, dass er doch zwischen jeder Sekunde einen Abgleich der Lage am Nachbartisch vornehmen musste. Er war eigentlich ein Ethnologe, nur dass sein Forschungsgebiet die Sockenschubladen und Hutgrößen-Maßeinheiten waren und die Menschen, die daran verzweifelten. Es war die Vermessung ihrer Welt, die er in jeder Kolumne vorantrieb. Sara kannte diese Verhaltensforschung auch, aber erst seit sie versuchte, in das normale Leben der anderen zurückzuschwimmen. Davor waren ihr die anderen alle gleich gut gewesen. Heute aber ging sie anderen Frauen in Gedanken nach, folgte ihnen in ihre kleinen, schönen Leben, als könnte sie so nachträglich endlich die Abzweigung finden, die sie selbst so oft verpasst hatte.

Ihr gegenüber saß die Frau, na ja, das erwachsene Mädchen. Die kantige Handtasche trug sie immer noch am kurzen Henkel über der Schulter. Hallo, du gesunde Frau, dachte Sara. Aber die andere hatte schon zweimal so abschätzig auf sie und auf ihren Tisch geblickt, dass sich Saras Mitleid in Grenzen hielt.

»Hör auf«, sagte er.

»Womit?«

»Die beiden zu verwünschen.«

Er schielte nach links und sprach so leise, dass sie die Bewegungen seiner Lippen zu Hilfe nehmen musste.

»Hast du auch gemacht«, soufflierte sie empört zurück.

»Wir sind unmögliche Menschen.«

»Du bist vielleicht unmögliche Menschen, ich nicht.« sagte Sara.

Fortan ließen sie die zwei, die bis zum Schluss unter Kikos kleinen Tellern eine Arglist vermuteten oder wenigstens eine versteckte Kamera. Der geheimnisvolle Wein war gut gewesen, das Cataplana war ebenso tief und voll herrlichem Gerümpel wie das Hafenbecken, die Nacht auf dem Rückweg so spät, dass sie froh über ihren Pullover war. Er hatte ihr zwei Pullover von Bompard geschenkt, ziemlich bald, nachdem sie losgefahren waren. Nicht das romantischste Geschenk, aber er war so überzeugt davon gewesen und schon beim Überreichen wieder voll Vorfreude darauf, was mit diesen Pullovern und ihr darin passieren würde, dass sie sich nicht allzu offensichtlich gewundert hatte. Und tatsächlich trug sie keine anderen mehr. Einer war blau, der andere leuchtend grau.

Sonja

In letzter Zeit häuften sich Vorfälle beim Nudelkochen. Es hatte mit einem Bund Spaghetti begonnen, den sie vor einigen Wochen kurz vor dem Mikadowurf ins heiße Wasser wieder zurückgezogen hatte. Weil es ihr immer noch zu viele waren, obwohl sie schon nur die Hälfte der Packung genommen hatte. Aber eine ganze Faust voll für sie alleine? Es reichte jetzt doch eigentlich das, was in ihren Ehering passte, haha. Leider hatte sie da aber die untere Hälfte der harten Nudeln schon ins Wasser gestippt, und in Sekunden war der komplette Nudelstrang an der Luft zu einer lächerlichen Keule verklebt gewesen, oben trocken, unten dick pappig. Sie hatte versucht, mit dem großen Messer die verwachsenen Nudeln wieder zu vereinzeln, eine nach der anderen herausgeschnitten und auf diese Weise ein paar hässliche Hartweizen-Späne geschnitzt. Statt die andere, unbeschädigte Hälfte der Nudeln aus der Packung zu nehmen, hatte sie so lange daran herumgemacht, bis ihr der Hunger vergangen war und sie die Platte mit dem kochenden Wasser wieder abgedreht hatte. Ein paar Tränen, eine Niederlage, was soll's? Ja, Paul hatte immer die Nudeln gemacht. Aber es sind nur Nudeln.

Vorgestern war sie beim Abgießen der Penne (halbe Packung) zu schwungvoll gewesen, hatte den ganzen Schwall über das Abtropfsieb hinausgekippt und hungrig zusehen müssen, wie sich die dampfende Masse über dem Abfluss zu einem langsam stockenden Nudelstrudel formiert hatte. Die wollte sie dann auch nicht mehr essen. Und jetzt hat sie die Packung mit Cellentani, schon bevor sie nur in die Nähe von Topf und Wasser kamen, so ungeschickt aufgerissen, dass die Nudeln auf den Küchenboden geregnet waren wie Funken einer Pasta-Wunderkerze. »C-e-l-l-e-n-t-a-n-i«, buchstabierte sie verächtlich auf Knien am Boden, als sie sich daranmachte, zwei Handvoll (reichte ja wohl für sie) aufzulesen. Sie war sich ziemlich sicher, dass sie diese Nudelform in ihrem Leben schon unter mindestens zwei anderen Namen serviert bekommen hatte. Die Italiener schreiben doch alle fünfzig Kilometer etwas Neues auf ihre Packungen, verdammter kulinarischer Abgrenzungswahn da unten. Aber sie kauften es, wenn sie dort waren, ja auch alle fünfzig Kilometer mit der immer gleich dümmlichen Begeisterung der Touristen oder ließen sich in der Osteria vom Wirt immer wieder neu aufklären wie staunende Schulkinder. Man sollte sich diese Nudel-Rechthaberei einmal nicht gefallen lassen, dachte sie, und vor einem stolzen Wirt den Beweis der Namensdopplung führen, auf so eine richtig schön deutsche Besserwisser-Art in einem bauklötzigen Italienisch. Denn andersherum war es ja auch bescheuert, kaum daheim, dozierten sie selbst vor Freunden über die passenden Nudelformen und ihre richtige Aussprache. Vielleicht sollten alle, die nördlich der Alpen geboren waren, einfach die Klappe halten und Eiernudeln bei Edeka kaufen.

Die Cellentani hatte sie natürlich auch noch mit Paul gekauft. Sie stammten aus dem Fach des Küchenschranks, das noch voll war mit Gastro-Souvenirs. Birkengelee aus Estland, Akazienhonig aus Ungarn, Wiener Stadthonig, schauerliche Weckgläser mit Gemüse aus Tiflis, Sardinendosen aus Lissabon, Piri-Piri aus keine Ahnung woher, staubtrockene Kräutermischungen aus Südtirol und Dänemark, ein paar gelbe Gewürzgläschen aus Thailand, Hummersuppe in der Dose aus den USA, Salz in einem dekorativen Säckchen aus Slowenien, Salz aus der Normandie, Havsalt aus Schweden, Salzflocken von Lanzarote, grobkörniger Senf von den Kapverdischen Inseln. Wir haben Senf von den Kapverden, dachte sie, wie sagenhaft bescheuert das ist. Dazu kam eine Vielzahl an unbeschrifteten Schnapsflaschen und Marmeladengläsern, die Paul an irgendwelchen Straßenständen und Hofläden mitgenommen hatte.

Eigentlich waren ihre gemeinsamen Urlaube zuletzt reine zehntägige Orientierungsläufe zwischen solchen Hofläden gewesen, zwischen landwirtschaftlichen Genossenschaften mit eigenem Verkauf, Wochenmärkten, Fischmärkten, Handwerksmärkten, Biobauern und Weingütern, bei denen man mit einer Glocke am Tor nach der immer gleich unwirschen alten Frau klingeln musste, die einen Verkaufsraum mit staubiger Flaschendekoration aufsperrte. Dort hatte Paul dann in seiner albernen Kinderfreude alles gekostet, was die Alte ihm hinstellte, und das meiste auch gekauft, weil er sich natürlich nie traute, es nicht zu tun. Bei einer extra rausgeklingelten Winzersfrau kauft jeder, genau deshalb wäre Sonja auch gar nicht erst hingefahren. Aber für Paul enthielt jedes Marmeladeglas am Straßenrand ein Versprechen, und diese völlig unbegründete Entdeckerlust war anfangs ziemlich ansteckend gewesen. Dabei hatte er sich daheim oft gar nicht mehr für die Sachen interessiert, die sie so umständlich importiert hatten. Er nahm dann vielleicht noch, als stünde er auf der Bühne, einen Löffel von einem pechschwarzen Holundergelee, das ihnen von einer Schweizer Bio-Kooperative für einen niedrigen zweistelligen Betrag überlassen worden war und das er ihr vor Ort noch wie einen Pokal präsentiert hatte. Nach dem Kosten sagte er mit Sicherheit etwas wie: »Also, das ist schon ein ganz besonderer Geschmack, ziemlich mild«, und vergaß das Glas für immer im Kühlschrank. Während ihr Blick jedes Mal beim Öffnen darauf fiel und auf den kleinen Aufkleber mit *12,50,–*, zehnmal am Tag und ein ganzes Jahr lang, bis sie es dann irgendwann wegwerfen konnte.

Die Lächerlichkeit dieser Spezialitätenjagd war eines von den Dingen, die ihr kleiner Ein-Personen-Gletscher unter dem Tauwetter der Trennung freigegeben hatte. Etwas, das von ihm kam und das sie irgendwann als eigene Marotte übernommen hatte, im Sinne der großen bilateralen Verständigung, im Zuge der ganzen verdammten Einswerdung. Dieses Glücksgelöt, hatte einer ihrer Klienten neulich händeringend gesagt, als sie zusammen nach einem passenden Wort für das ganze Dickicht gesucht hatten, in dem die verzweifelt Liebenden steckten und das man selbst immer erst in der Rückschau so sehnsuchtsvoll erkennen würde. Gar nicht schlecht.

Immerhin, die alten Cellentani hatten sie heute gerettet. Den restlichen Schrankinhalt aber würde sie komplett entsorgen, zwölf Jahre Delikatessen-Urlaub mit Paul Neulich in einem Müllsack, die abgelaufene Handgepäcks-Hummersuppe und der grobkörnige Senf von den Kapverdischen Inseln. Ach, fuck it doch.

Entsorgen, das war aber eigentlich auch schon wieder ein gutes Wort, dachte sie, das könnte sie auch mal bei der Arbeit einsetzen und effektvoll mit den Klienten zerpflücken. Was sie im letzten Jahr gemacht hatte, war zusammengefasst eigentlich genau das, es war allerhand zu ent-sorgen gewesen, bevor sie überhaupt loslegen konnte mit dem eigentlichen Aufräumen. Erst mal war ihre Mutter an der Reihe, die den Trennungsargumenten ihrer Tochter am Telefon nur sehr zögerlich zugestimmt hatte und bis heute das Ganze eine »Phase« nannte. Es war für Sonja bald einfacher geworden, nicht mehr mit ihr über die Details zu sprechen, sie stattdessen wieder mit dem üblichen Alltagskram und einer wöchentlichen Zusammenfassung abzuspeisen. Damit war Mama ent-sorgt und hatte sich wieder um ihre Dinge gekümmert, namentlich Wiener, den maroden Dackel und die bemitleidenswerten Ärzte ihrer kleinen Stadt, denen sie eine wöchentliche Höflichkeitsvisite gestattete und später dann ausgiebige Bewertungen im Netz darüber schrieb. (»Dr. Meisner wirkt bei Nachfragen leider etwas zerstreut und sieht in letzter Zeit selbst etwas ungesund aus!!«) Elternliebe war auch ein endlicher Rohstoff, das wusste Sonja schon lange.

Dann waren da die netten Nachbarn von gegenüber gewesen, die nach Pauls Auszug fast jeden Abend geklingelt hatten, immer zu zweit, immer mit irgendeinem Stück Lasagne oder einem kleinen Kuchen im Glas und dazu einem süßsauren Blick, als müssten sie hier im Treppenhaus über das Schicksal eines alten Zootieres entscheiden. Die mussten als Nächste ent-sorgt werden, denn mit dieser überherzlichen Trauerfolklore von gegenüber war an normale beschissene Bewältigungsarbeit nicht zu denken gewesen. Auch wenn die Lasagne immer gut gewesen war. Sonja hatte den beiden also beim Empfang eines Straußes Wiesenblumen (»Selbstgepflückt!«) etwas von »endlich wieder frisch verliebt« erzählt, und noch auf der Fußmatte hatte sich damit das Kräfteverhältnis umgedreht. Frisch verliebt sticht nämlich langjährige Beziehung in zu kleiner Altbauwohnung. Das war das Ende der Lasagne-Pipeline.

Schließlich gab es noch die zwei Freundinnen zu ent-sorgen, die sich nach einer hilfreichen Zuhörphase mit der Zuführung neuer Männer oder aber angestrengt fröhlichen Ritualen des Singleseins verausgabt hatten. Vermutlich vor allem, um sich von ihren eigenen Kümmernissen (wacklige Schilddrüse & neo-schweigsamer Mann mit Haarausfall) abzulenken. Mit ihnen konnte sie immerhin klar reden, ohne bleibende Schäden zu befürchten, sie verbat ihnen einfach das Kümmern, und fertig. Damit war das ganze Umfeld wieder von der Sorge um Sonja Wilms-Neulich befreit und ihre Kümmerei auf ein normales Maß zurückgegangen. Jetzt erst konnte sie wirklich damit beginnen, sich selbst zu betrachten und die blauen Flecken, die sich im Laufe der Trennung trotz größter Vorsicht gebildet hatten. Manches davon musste sie nur einfach loswerden wie die fremden Marmeladengläser, und damit war sie auch den ganzen Hofladen-Wahnsinn, dieses ganze prätentiöse Küchentheater, diesen ersatzbefriedigenden Genusskoller los. Sie mochte ohnehin französische Küche lieber, und zwar in Restaurants. Sie würde nie wieder an einem Straßenstand mit Honig halten, fertig, kein Verlust, im Gegenteil. Anderes war hingegen so schwierig loszuwerden wie giftige Dämmwolle, von der vor zwölf Jahren noch niemand geahnt hatte, dass sie gesundheitsschädlich war. Jedes Paar baut in den ersten guten Jahren Schicht für Schicht solches Isoliermaterial um sich herum, blöde Herzwatte. Soll wärmen, aber kann einen später auch ersticken. Anfangs hatte sie angenommen, sie könnte als Fachkraft die Trennung ziemlich professionell angehen. Vielleicht ganz im nüchternen Tonfall eines der dokumentierten Praxisfälle aus ihrem letzten Buch.

Sonja W. 41, hat sich nach zwölf Jahren von ihrem Mann Paul getrennt. Es war ihre Entscheidung, auch wenn darüber die Meinungen der Partner nachträglich auseinandergehen. Die beiden haben keine Kinder und ein normales soziales Umfeld. In den ersten Sitzungen kann sie keinen konkreten Grund für die Trennung nennen, es gab keinen klassischen Auslöser und auch keine ausgeprägte Streit- und Entfernungsphase. Später wird aber deutlich, dass sich über die Jahre in ihrer Beziehung eine emotionale Gefällelage gebildet hatte, die Sonja lange nicht wahrhaben wollte. Dabei hat sie ihren Partner, ein erfolgreicher Journalist, zunehmend als herablassend empfunden. Gleichzeitig vermisste Sonja W., selbst erfolgreich und berufstätig, in der Partnerschaft ein Geborgenheitsgefühl und etwas, das sie zusammen mit der Therapeutin schließlich als »erwachsene Nähe« definierte. (4. Sitzung) Beim Versuch, diese Punkte anzusprechen, sei Paul ausgewichen oder hätte irrelevante Gegenvorwürfe vorgebracht (Beispiel: »Du intonierst meinen Vornamen immer absichtlich falsch!«). Anmerkung der Therapeutin: Als ob man bei Paul irgendwas falsch intonieren könnte! Im Laufe der letzten Jahre war er zudem dazu übergegangen, auf die angesprochenen Probleme mit aufwendigen Unternehmungen und Geschenken zu reagieren, die er im Anschluss als Beweis seiner großen Anteilnahme ins Feld führte. Diese materielle Aufmerksamkeit brachte Sonja zusätzlich in Bedrängnis, sie erkannte darin keine Liebesbekundungen, sondern Ersatzhandlungen, die das Gefühl der Entfremdung nach ihrem Empfinden noch verstärkten. Sonja fühlte sich so nach eigenen Worten in ihrer Beziehung in den letzten Jahren gleichzeitig überversorgt und unterrepräsentiert. (Fazit d. 9. Sitzung) Zu einem gewissen Teil gibt sie sich selbst die Schuld dafür, da sie lange Zeit bereitwillig die Rolle der bewundernden Frau eingenommen hatte, die ihren Mann Paul bedingungslos förderte und allzu große Rücksicht auf seine Launen *nahm. Sexualität war demnach bis zum Schluss eigentlich kein Konfliktfeld, da die Eheleute in dieser Hinsicht einen verträglichen Modus gefunden hatten. Trotzdem hatte es bei Sonja in den letzten Jahren durchaus körperliche Mangelgefühle gegeben, die aber nicht richtig oder zu spät artikuliert wurden. Die Trennung wurde in beidseitigem Einverständnis binnen weniger Wochen vollzogen, es gab mehrere ruhige Aussprachen. Eine für Sonja schmerzhafte Situation entstand erst kurz nach der eigentlichen Trennungsphase, als Paul schnell eine neue Partnerin präsentierte.*

Anmerkung der Therapeutin: Und mit dieser Möchtegernkünstler-Jenny zu einer Art ewigem Interrail-Trip aufbrach, wie so ein lächerliches Studentenpaar.

Das war es, eine Seite, ihre Akte. Eine Seite, die sich kein bisschen von den Akteneinträgen ihrer Patienten unterschied, im Gegenteil, sie war eher noch nichtssagender und egaler als die meisten. Würde eine Frau namens Sonja mit dieser Geschichte zu ihr kommen, sie hätte sie mit fünf Sitzungen abgefertigt. Keine Schläge, keine Affären, keine vorübergehenden Auszeiten mit programmierten Zwischentiefs, kein Trauma, keine Manipulation, kein Kinderkrieg, kein großer Knacks, kein grundsätzliches Männerproblem. Sie fühlte sich nicht mal richtig verkorkst, das war vielleicht das erstaunlichste. Seit fast sechzehn Jahren arbeitete sie jetzt mit Paaren und Geschiedenen, und verkorkst waren sie eigentlich alle, das gehörte dazu, keine Wunde ohne Narbe, ganz einfach. Aber bei ihr war es bis jetzt einfach so, als hätte man einen Reißverschluss repariert, der lange offen gestanden hatte. Es hakte und knirschte ein wenig, aber dann hatte sich die Wunde namens Paul einfach geschlossen, und nach ein paar Wochen würde sie wahrscheinlich schon die Kruste abkratzen können.

Sie hatte eigentlich gedacht, das alles würde sich ziemlich ungünstig auf ihre Arbeit auswirken. »Prominente Paartherapeutin lässt sich scheiden«, diese Überschrift hatte sie in großen Buchstaben vor sich gesehen, wenn sie in den ersten Wochen die Augen schloss. Die Worte hatten auch tatsächlich irgendwo gestanden, aber wesentlich kleiner als in ihrer Vorstellung und ohne nennenswerte Reaktion. Nur ein Radiosender hatte sie danach zu einem Interview, nein, einem Lebensgespräch eingeladen, so hieß die Reihe. Ein bisschen Häme kam aus dem Netz auf sie zu, aber so matt, dass es sie keine Minute aufhielt. Natürlich war es unpraktisch, dass ihre Praxis im gleichen Haus war wie ihre gemeinsame Wohnung, deswegen war sie auch versucht gewesen, das Schild *Sonja Wilms-Neulich & Paul Neulich* über ihrem Praxisschild so lange wie möglich stehen zu lassen. Aber dann hatte sie an einem Dienstag voller Regen doch ein neues Schild machen lassen, *Dr. Wilms* stand darauf, serifenlos und in glänzendem Messing, und das war es. Den Patienten, die es merkten, hatte sie mit ein paar Sätzen die Lage erklärt, und statt ihre Kompetenz anzuzweifeln, schienen die meisten erleichtert – als wäre ihre Therapeutin damit ein Stück weit näher gerückt. »Na, dann wissen Sie ja jetzt aus erster Hand, wie es sich anfühlt«, hatte eine Frau gesagt und sich in das Praxissofa gekuschelt, als hätte sie nun endlich jenes innere Kind gefunden, auf dessen Suche sie sich seit über vierzig Sitzungen befand. Ohne sich dabei von Dr. Wilms' Anwesenheit sonderlich beirren zu lassen.

Sara

Und wenn ihr jemand in der elften Klasse gesagt hätte, dass das jetzt gerade schon die beste Zeit und die Schülersprecherin der Höhepunkt ihrer beruflichen Karriere war, hätte das etwas geändert? Wahrscheinlich wäre sie mit dieser Mitteilung so verfahren, wie sie damals mit allen kleinen Unbegreiflichkeiten und Verletzungen verfahren war. Hätte also vermutlich schrill über den Schulgang gejohlt, sich mit den Umstehenden (sie war damals immer umgeben) wild abgeklatscht, hätte auf dem Raucherbalkon den Einschlag der Nachricht später ein paarmal übertrieben nachgespielt, und die anderen hätten dafür immer den gleichen gackernden Beifall gespendet. Tine hätte dabei ergeben ihre Zigarette gehalten, Jana die gemeinsamen Kopfhörer, und Mads mit den Kajalaugen hätte danach noch theatralisch mit ihr geknutscht, sodass es die ganze Schule sehen konnte. Im Bus hätte sie Tin davon erzählt, im Tausch gegen sein Brot und zwanzig Minuten bedingungslose Anbetung, und niemand, niemand hätte der bescheuerten Prophezeiung auch nur eine Sekunde lang geglaubt. Nein, Sara Almeida, die weißblond gefärbte Ersatzreligion des Geschwister-Scholl-Gymnasiums, war in der elften Klasse lediglich auf der kleinsten Stufe ihrer Durchschlagskraft angekommen, das war die allgemeine Annahme.

Sie war damals so beliebt gewesen, dass die Fünftklässer nach dem ersten Schultag ihren Eltern strahlend den

Namen Sara Almeida zuriefen, wenn sie zur Tür hereintrotteten. So beliebt, dass sie nie einen Gegenkandidaten als Schulsprecherin hätte fürchten müssen, wenn sie nicht nach zwei Jahren das anstrengende Amt selbst gönnerhaft an einen Tobias abgegeben hätte, der heute auf dem besten Weg war, Sekretär jener Partei zu werden, die er schon damals zwischen den Bügelfalten seiner Hemden und Hosen entdeckt hatte. So beliebt, dass scheinbar niemandem, auch nicht ihrer Mutter, aufgefallen war, dass sie zweimal beinahe sitzengeblieben wäre und zusammengerechnet wohl ein paar Monate unentschuldigt gefehlt hatte. Selbst die Lehrer hatten schon früh ihre Rolle als dreistes, aber unbeugbares Schulmaskottchen akzeptiert und sich verhalten wie ein Dorf, das heimlich stolz auf einen landesweit gesuchten Bankräuber aus ihren Reihen war. Was waren schon ein paar Physiknoten, wenn diese Schule hier Startplatz einer, ja was, kommenden Schauspielerin, Bandleaderin, Künstlermuse sein durfte? Sara war in ihrer Schulzeit tuschelnd für alle Karrieren gehandelt worden, die nicht mit geregelter Ausbildung, sondern nur mit dubioser Leidenschaft zu erreichen waren und die jene schillernde Form von Ruhm versprachen, die alle anderen für sich schon abgeschrieben hatten. Sie war das Überdruckventil für die aufgestauten Tagträume in den Klassenzimmern. Den Erwachsenen Verkörperung eines gerade noch erträglichen Jungseins, den Jungs die erste Freundin, den Mädchen eine ebenso geachtete wie gefürchtete Königin.

Sara war laut, das war immer mit schlagfertig verwechselt worden. Sie war ruhelos, das hatte man für engagiert gehalten. Aber diese Missverständnisse sah sie erst heute. Und erst heute schaffte sie es, die Verwechslungen so klar zu benennen und langsam die Fäden zu entwirren, die schließlich zu dem Knoten und ihrem umgekehrten Leben geführt hatten. Einem Leben, in dem alles schon vor dem achtzehnten Geburtstag erledigt gewesen war.

Besondere Schuld gab sie ihrem Aussehen. Sie war damals wohl schön gewesen, auf eine Art, die allem, was sie tat und sagte, einen übermäßigen Nachdruck verliehen hatte, egal wie groß die Räume gewesen waren, die sie betrat. Anders kann sie es sich nicht erklären, warum nie jemand ehrlich zu ihr gewesen war. Dieses Aussehen machte es wohl, dass es sich an jedem einzelnen Tag anfühlte, als würde sich die Schule wie ein großes Origami der Aufmerksamkeit um sie herum falten. Sie starrte manchmal lange und mit absichtlich fremden Augen auf die Fotos aus dieser Zeit, um zu verstehen, *wie* sie gewesen war. Immer halb wild, halb zutraulich, den Lehrern musste sie vorgekommen sein wie ein vorlautes Dschungelkind. Ihre Augen, die immer einen unerhörten schwarzen Kaviarglanz hatten, die leicht angebräunte Haut und die unberührten Zähne, zwischen denen zehn Minuten nach Unterrichtsbeginn ein »Entschuldigung, Herr Widemeyer!« herausperlen konnte, mit einer so anzüglichen Zerknirschtheit, dass Herr Widemeyer nicht nur die zehn Minuten, sondern kurzzeitig alles vergessen musste, was ihn bisher über Wasser gehalten hatte. Die Jungs um sie herum, ältere wie jüngere, hatten begriffen, dass sie nicht aus dem Porzellan der Klassenschönheiten gemacht war. Nein, Saras Schönheit hatte eine ganz andere Zugänglichkeit und eine Gesundheit, die jede ausprobierte Haarfarbe, jede Wodkaflasche, leider auch jede zu weit unter ihr Shirt geschobene Hand und jede fatale Liaison unbeschadet zu überstehen schienen. In ihrem Aussehen und ihrer Art, die männliche Belegschaft der Schule zu mustern, war etwas

Barmherziges, das immer zwei Dutzend Delinquenten aller Klassenstufen gleichzeitig glauben ließ, sie stünden kurz vor der Erwählung durch Sara Almeida. Dabei war das nur ihre Art, Menschen anzusehen. Die neuen Erkenntnisse aus den Fotos ergänzte sie mit den seltsam ungenauen Erinnerungen an diese Zeit. Hätte sie einen ihrer Mitschüler von damals gefragt, *wie* sie war, wäre die Antwort deutlicher gewesen. Sara Almeida war der unwahrscheinlichste Star gewesen, der je in dieser kleinen Stadt aus einer Zweizimmerwohnung mit alleinerziehender Mutter gekommen und in den Schulbus gestiegen war.

Was sie in den Unterrichtsstunden schuldig geblieben war, hatte sie in Theatergruppen und auf Schulfesten, bei Projekttagen und mit waghalsigen Protestaktionen für die Schulgemeinschaft wieder eingespielt. Wenn es nicht anders ging, hatten andere mit gemachten Hausaufgaben geholfen, mit furchtlos gespendeten Spickzetteln oder aufopfernden Meineiden. Vermutlich hatte Saras Fehler darin bestanden, alle solcherart genommenen Hürden, die tollen Prognosen und in ihr vermuteten Talente aus dieser Zeit mit tatsächlich abgelegten Prüfungen und unterschriebenen Verträgen zu verwechseln. Wie alle anderen hatte sie irgendwann eben auch an sich als selbsterfüllende Prophezeiung geglaubt.

Heute, aber das wusste niemand, schon gar nicht Paul Neulich, ersehnte sie nichts mehr als einen kleinen Anstellungsvertrag mit ihrem Namen darin, einen Schreibtisch, den sie abends schnell ein wenig aufräumen, oder eine Ladentür, die sie morgens aufschließen konnte, ein bisschen Geld, das regelmäßig auf ihr Konto überwiesen wurde, und langweilige Lohnzettel, auf denen ihre verbleibenden Urlaubstage gedruckt waren. Es kam ihr vor, als wären diese normalen kleinen Dinge aus der gleichen Willkür für sie unerreichbar, aus der ihr die großen Dinge früh erreichbar gewesen waren. Sie sehnte sich nach dem, was all die Schulmenschen von damals inzwischen hatten, nach ihren Ecksofas und Versicherungen, dem Geruch von sauberen Schlafzimmern, die tagsüber nicht betreten wurden, nach Einladungen zu Hochzeiten und kleinen, unbedeutenden Gesprächen über Wohnungen im Retroviertel und wie man sie sich leisten könnte. Sie würde so gerne mal eine der neu-altmodischen Kaffeemaschine bestellen und in ihrer eigenen Küche aufstellen, ein Verlängerungskabel dazu, dann einen Karton mit Kaffeefiltern an der perforierten Stelle aufdrücken, ohne Eile Kaffeepulver hineinlöffeln und dem beruhigenden Husten und Keuchen eines Gerätes zuhören, das sie für sich gekauft hatte, ohne jemanden zu fragen. Einmal etwas ganz geregelt bekommen, einmal ein ruhiges Jahr hinkriegen, in dem sie aus Langeweile vielleicht einen Spielfilm-Kanal abonnierte und das Leben und Sterben der Pflanzen auf dem Balkon beobachten konnte. Das waren die Dinge, an die sie denken musste, während Paul Neulich die Schatten auf ihrem Bauch katalogisierte und die Signora mit dem Putzeimer an der Tür der Cabana rumorte.

Vor zwanzig Jahren war alles, wirklich alles in Reichweite gewesen. Sie hatte Ekstase und aufregende Liebe erlebt, als sich die Mitschüler mit ihren Eltern noch um Taschengeld zofften, hatte als erste Heiratsanträge und Geschlechtskrankheiten bekommen, hatte Drogen und die Orte kennen gelernt, an denen sie konsumiert wurden. Es waren ein paar wirklich reiche und ein paar wirklich kreative Typen in sie verliebt gewesen, und sie war in Wohnungen aufgewacht, von denen man noch im Liegen Aussicht über Metropolen hatte. Sie war von der Schule in die Welt katapultiert worden und hatte noch während des eher nebensächlichen Studiums ein paar Lebensläufe zur Auswahl gehabt. Sie hätte dafür nur eine Telefonnummer wählen, einen Ring nehmen, eine Ehe zerstören müssen. Aber an irgendeinem unsichtbaren Wendepunkt, einem arglos übertretenen Meridian, waren alle diese Möglichkeiten dann langsam wieder Stück für Stück aus ihrem Sichtfeld verschwunden, als hätte sich eine unglückliche Strömung dazu entschieden, Sara Almeida langsam wieder in jene Unsichtbarkeit zurückzutragen, aus der sie gekommen war.

Eine erste Ahnung von den Rissen in ihrem Glitzervorhang hatte sie früh, schon bei ihrer Facharbeit an der Schule gehabt, die gleiche Arbeit übrigens, die aus Tin Hasenglock später einen Millionär gemacht hatte. Sie war damals natürlich im Kunstkurs gewesen, auch wenn sie nicht das zeichnerische Können hatte, mit dem manche dort so selbstverständlich gelandet waren, als ginge es nur darum, ein paar Wörter zu buchstabieren. Sie hatte auch nicht das ätherische Wesen anderer Kunst-Mädchen, die mit ihren Marokko-Tüchern und einer sinnlichen Hingabe instinktiv das Richtige taten. Sie war in Kunst, weil es das einzige Leistungsfach an dieser Schule gewesen war, in dem zumindest annähernd die Chance bestand, nach Sara-Art improvisieren zu können. Eine Zeit lang war dieser Plan auch aufgegangen, sie hatte bei den Arbeiten immer auf simple Provokation gesetzt, Materialien oder Arbeitsweisen frontal und grob ins Groteske verkehrt und das Ganze dann mit ihrem Charme und der gelernten Überzeugung verkauft, sodass die Kunstlehrerein von den Ergebnissen selten überzeugt gewesen war, aber ihnen immerhin jene kontroverse Energie anrechnete, wegen der sie selbst irgendwann einmal Kunstlehrerin geworden war. Außerdem hatte sich der Kurs so geschlossen auf Sara als Anführerin geeinigt, dass es der Lehrerin zumindest möglich erschien, selbst falschzuliegen und Sara richtig. Das alles hatte aber nicht ihre Facharbeit geschrieben, für die Sara schließlich am Ende einer lange hinausgezögerten Panikattacke zwei Tage vor Abgabe mit Tin losgezogen war, um die toten Tiere am Straßenrand zu fotografieren, übernah und aufgeblitzt. Tin hatte sich während der Exkursion übergeben müssen, dabei hatten sie nur die Reste eines Hasens und eines Igels gefunden, dazu ein paar platte Kröten, nichts Großes. Die Bilder waren gerade noch rechtzeitig fertig geworden, am Morgen der Abgabe hatte sie die Abzüge auf zitronengelbes Tonpapier geklebt, anstelle eines Begleittextes hatte sie ein Soundfile dazu eingesprochen, das wie eine hypnotische Totenmesse für die überfahrenen Tiere geklungen hatte. »Deadly Diavortrag« hatte sie das alles genannt und fest damit gerechnet, dass sie dafür durchs Abitur fallen würde. Aber die Lehrerin hatte ihr sieben Punkte gegeben. Sieben Punkte, von denen mindestens die Hälfte Tin gehörte, denn er hatte die Idee und die Kamera gehabt, und vor allem hatte er als Einziger bisher erkannt, dass Sara Almeida Hilfe brauchte.

Tin

Er kannte Sara schon seit der Schule, andere Klasse zwar, aber gleicher Bus. Und seit er sie kannte, war sie vor dem Einsteigen und nach dem Aussteigen immer umringt gewesen von den anderen, ihren schillernden Cliquen, die sich die ganze Schulzeit und darüber hinaus so dicht um sie formiert hielten wie ein Schwarm flankender Fische um einen Sonnenstrahl, der durch die Wasseroberfläche fiel. Aber im Bus, zumindest solange sie noch Bus fuhr, hatte er sie beinahe für sich. Sie hatte sich neben ihn in den Sitz sinken lassen, jeden Tag vollkommen erschöpft von ihrer Beliebtheit. Fast ein Schuljahr lang hatten sie hier nichts gesprochen, hatten nur so eng und ergeben nebeneinandergesessen, wie die Geschwister einer Sektenfamilie in der Kirchenbank. Tin, damals natürlich noch Martin, war sich nicht sicher gewesen, ob sie ihn überhaupt bemerkte. Aber es war ihm anfangs in jedem Fall klug erschienen, sie nicht allzu deutlich auf seine Anwesenheit hinzuweisen. Irgendwann hatten sie dann aber doch angefangen zu reden, und zwar gleich in einer so vertrauten und leisen Manier, dass sich Tin keine Sorgen mehr machte. Sie hatte ihn von Anfang an sehr wohl gesehen, sie hatte ihn ausgewählt, das sagte dieses Flüstern. Erst hatten sie über die Neil-Young-Songs gesprochen, mit denen der Fahrer leidenschaftlich den Bus beschallte, später dann über alles andere. Sara über die Krassheit der überfahrenen Tiere am Straßenrand und die Schönheit der fernen

Stadt, aller fernen Städte, ja eigentlich aller Ferne. Er vor allem über die Beschissenheit seiner Lehrer und, etwas milder, seiner Eltern und seines großen Bruders, danach aller Lehrer und aller Eltern und aller großen Brüder und woran man sie zweifelsfrei erkennen könnte, an den kleinen abfälligen Gesten nämlich und der Unfähigkeit der Erwachsenen, irgendetwas ernst zu nehmen. Er hatte vermutlich auch viel über Computer und Wrestling gesprochen, denn diese Sachen waren ihm zu jener Zeit wie die einzige erträgliche Variante des Erwachsenwerdens vorgekommen. Wrestling-Videos, Wrestling-Trainingseinheiten auf seinem Bett, Wrestling mit den winzigen Nachbarskindern, die bald nicht mehr im Garten spielten, wenn er zu Hause war. Einvernehmliches Wrestling in seinen Träumen mit Sara.

Wenn sie so nebeneinanderfuhren und Tin sich von ihrer Stimme und dem braun-roten Karomuster der Sitze vor ihm hypnotisieren ließ, hatte Sara nicht die Lautstärke aus dem Pausenhof. Nichts von der überkochenden Lebendigkeit und der kindlichen Radikalität, die alle anderen draußen an ihr so verehrten. Im Bus war sie einfach nur da, leise, ein ermattetes Einzelkind, eine schmale Lebenspäpstin mit weißblond gefärbten kurzen Haaren, die die Lieder mitsummte und sein Brot aß mit einer Hingabe, als hätte sie nichts gegessen seit seinem letzten Brot. Aus alldem, vor allem aber ihrem leisen Summen und seiner feierlichen Umtaufe von Martin in Tin, manchmal Tintin, hatte er nach einer gewissen Zeit abgeleitet, dass sich in dieser Sitzreihe langsam, langsam das ereignete, was es sonst nur im Kino zu beobachten gab. Ein ebenso zähes wie unausweichliches Verlieben nämlich, das gerade wegen des auf unzähligen Landstraßenkilometern erarbeiteten Fundaments für immer Bestand haben würde.

Seit dieser Zeit also liebte er sie, und er liebte etwas ferner auch Staus und solche Unfälle, die Staus verursachten. Denn die Meldung »Bundesstraße 341 in beiden Richtungen gesperrt« war eigentlich die geheime Formel ihrer Busliebe gewesen. Vielleicht zwei- oder dreimal war es tatsächlich vorgekommen, diese köstliche Ausdehnung ihres Sitzens an einem schmutzigen Fenster, zwei Meter hoch in der Landschaft. Erst in der Trägheit eines auf offener Strecke wartenden Schulbusses hatten sich dann wirklich Dinge ereignet. Ihr müdes Anlehnen an seine Schulter, die atmenden Härchen auf ihrem Handrücken, der sanfte Druck ihres Körpers durch zwei Jacken hindurch. Er erinnerte sich bis heute an diese geschenkten Stunden auf eine Art, wie sich seine Altersgenossen wohl an die ersten schwitzenden Übernachtungen erinnerten, die ebenfalls in diese Zeit fielen. Seither jedenfalls freute er sich über Staus. Weil es ja gar nicht anders sein konnte, als dass in jedem Stau ein Schulbus stand und in jedem Schulbus neben einem unerreichbaren Mädchen ein Junge saß, der gleich eine ewige Erinnerung dazu bekam.

Er hatte auch noch an seine Theorie von der soliden Busliebe geglaubt, als Sara längst dazu übergegangen war, sich von halbjährlich wechselnden Jungs in kleinen Renaults mitnehmen zu lassen. Denn auch wenn sie nun nicht mehr nach der Schule nebeneinandersaßen, hatte es im Schulbetrieb doch jede Woche noch Momente gegeben, in denen sie aneinandergespült worden waren, für ein paar Schritte, ein paar Minuten, die sich anfühlten wie im Bus. Eine minimale Reibungswärme gab es da jedes Mal, ein Verhaken unsichtbarer Fangärmchen, so kurz, dass die Umgebung es niemals bemerkt hätte. Aber Tin hatte es zuverlässig bemerkt und jeden einzelnen dieser Sara-Momente mit einem stumpfen Bleistift in Druckbuchstaben in sein Notizbuch geritzt, wie vermutlich etliche andere Jungs aus dem Geschwister-Scholl-Gymnasium auch, einfach weil es so viel schmerzhafter war, als etwas in den Rechner zu tippen. Es hatte zu kratzen und zu raspeln, irgendwo musste die ganze Reibungswärme des Tages schließlich wieder raus, und die alte Graphitmine war ihm immer ein tauglicher Blitzableiter gewesen, zumindest so lange, bis er anfing, einen Rechner mit ins Bett zu nehmen. Wenn er diese Aufzeichnungen heute streifte – sein Ziel war es, sie vielleicht einmal zu digitalisieren –, dann wirkten sie auf ihn wie ziemlich zügellose Suchtberichte. Anbahnung, Erwerb, Menge und Wirkung der Droge Sara waren exakt vermerkt, in einem beinahe wissenschaftlichen Tonfall und in winzigen Buchstaben. Als dürfte das Erlebte bloß nicht zu wichtig genommen werden.

… Sara hakte sich morgens am Vertretungsplan bei Tin unter und tat so, als wäre sie noch betrunken. Sie lachte die ganze Zeit. Tin erst hölzern, am Ende dann war es fast wie tanzen, etwa einen halben Gang entlang. Zum Abschied: »Du machst mich fertig, Tintin.« Angedeuteter Herzinfarkt, angedeuteter Luftkuss. Dann ging sie mit Katja L. und Mads ab. Drehte sich nicht noch einmal um. Den restlichen Tag kein Kontakt.

Er hatte Hunderte solcher Einträge. Längere Entzugserscheinungen nach etwa ein bis zwei Tagen ließen die Zeilen immer erst im Schriftbild und kurz danach auch im Ton eskalieren, bis hin zu etwas, aus dem ängstliche Ärzte und Eltern wohl eine recht deutliche Gefahr für sein Leben gelesen hätten, aber er war in diesem Lebensabschnitt weder mit dem einen noch den anderen Vertretern der erwachsenen Welt wirklich in Kontakt. Und es war ja auch nur Papier, dem Tin damals mit ernsten Folgen seiner sinnlosen Verliebtheit gedroht hatte. Wenn Sara am nächsten Tag bei der Stufenversammlung ein paar Worte mit ihm sprach, ihm im Vorbeigehen leicht in den Arm kniff oder auch nur vom offenen Fenster »Schau mal schöner, du alter Tintin!« in seine Richtung gerufen hatte, irgendetwas in Sara-Art eben, das unbedingt die ganze Schule hören musste, dann wuchsen alle seine Wunden zusammen, genauso unglaubwürdig und schnell wie im Zeichentrick oder beim Wrestling. Sie hinterließen nichts als winzige Narben, die er erst in einer weit entfernten Nachwelt kartographieren würde.

Einer Nachwelt, in der Sara zum Kunststudium nach London gezogen war und dort eine ganze Reihe desaströser, aber offenbar zutiefst lebendiger Beziehungen führte.

Er selbst hatte sich noch vor der Universität mit zwei Klassenkameraden selbstständig gemacht, was zielstrebiger klingt, als es Tin in Erinnerung hatte. Eigentlich hatten sie nur in der trotzigen Langeweile der Ausgestoßenen ihre Idee aus der Facharbeit weiterverfolgt und eine Seite namens Harpf aufgebaut, bei der man seinen Avatar in einen Kreis um ein absichtlich pixeliges Lagerfeuer setzen konnte. Je mehr Teilnehmer online waren, desto größer wurde der Kreis um das Feuer, und desto kleiner wurden die einzelnen Avatare. Wenn man sich anmeldete, wurde man per Zufallsprinzip irgendwo in den Kreis gesetzt und konnte dann nur mit seinen fünf Nebenleuten chatten. Auch wenn es anfangs nur eine kleine Zusatzidee war, hatte sich dieses zufällige Flirten und Plaudern als der eigentliche Kick an Harpf.com erwiesen, sie hatten dieses Vergnügen am Ende einer Nacht voller einfältiger Zuckerschocks dann auch einfach »harpfen« genannt. Viel mehr gab es anfangs nicht. Ein Avatar konnte auch den Platz tauschen, dann rannte das Männchen auf dem Bildschirm mit wedelnden Pixelarmen quer durch den Kreis, und wenn man sich ausloggte, spazierte der Avatar direkt ins Lagerfeuer und verbrutzelte schreiend, haha.

Die drei hatten Harpf zunächst für ihre Schule konzipiert und es dem Direktor als digitales Werkzeug zur Festigung der Schulgemeinschaft verkauft, schließlich, alle saßen in einem Kreis, keiner war ausgestoßen, das verstand jeder Pädagoge. Sie hatten einen örtlichen Innovationspreis gewonnen, der nichts bedeutete, aber dazu war in der Lokalzeitung ein Artikel erschienen mit einem Foto der drei Jungs, das mit dem Satz *Zusammen tüfteln die drei Freunde an der Zukunft des sozialen Netzes* beschriftet worden war. Das mit den Freunden hatte nicht unbedingt gestimmt, Tin hatte die meiste Zeit in seinem Zimmer am Rechner gesessen, während die anderen beiden Geld aufgetrieben, hochtrabende Gespräche geführt oder über Marketingstrategien fantasiert hatten. Sie schrien sich in der Folge deshalb auch schon mit 21 Jahren an wie altgediente Projektleiter. Das hatte ihre kleine Firma und Harpf.com aber nicht daran gehindert, auf jene ungesunde Art zu wachsen, wie manche Ideen es im Netz eine Zeit lang zu tun pflegen. Nach dem Artikel waren die Dinge um sie herum jedenfalls sehr schnell gegangen, und Tin Hasenglock hatte eigentlich nie eine Entscheidung treffen müssen, alles ereignete sich von selbst, als wäre er auch nur Teil eines Programms, geschrieben von Werweißwem, Gott war es vermutlich nicht. Nach 14 Monaten hatten sie über eine Million Harpfer in ihrer Datenbank, im Durchschnitt saßen immer knapp unter hunderttausend in einem riesigen Kreis, und Tin schaltete jeden Tag neue

Server und Rechenkapazitäten dazu, um das endlose Geharpfe der Lagerfeuersitzer nicht zu stark ruckeln zu lassen. Es ergaben sich unter ihren Usern bald Harpf-Hochzeiten, auch Harpf-Skandale, weil sich Sex-Chatter unter die Leute gemischt hatten und Zeigefreudige jeglicher Art ihre Dateien an die Nachbarn im Sitzkreis loswurden. Solche Meldungen heizte harpf.com aber in der Anfangsphase nur noch weiter an, alle wollten dabei sein, der einfache Zufallsgenerator war genau der Nervenkitzel, den die Menschen am Rechner suchten. Manche veranstalteten in Turnhallen Marathonsitzungen und waren 48 Stunden am Stück auf Harpf. In einer Gesprächsrunde im Fernsehen warnte die Familienministerin vor den Gefahren der scheinbaren Nähe im Netz und prognostizierte eine Alterseinsamkeit, weil ja leider niemand mehr im echten Leben ein Lagerfeuer machte. Dieser Satz hatte die Politikerin auf den Bildschirmen in zwei Sekunden vierzig Jahre altern lassen. Und am nächsten Tag hatte harpf.com mehr Anmeldungen als sonst in einer ganzen Woche.

Sie waren auf einen Kreativcampus gezogen, den die nächste Großstadt gerade eingeweiht hatte, und leasten dazu einen Keller voller Rechner. Es gab wieder Fotos in der Zeitung, sogar ein Titelblatt, aber das mit den Freunden war nicht mehr extra erwähnt worden. Tin war mit seinem Team ins Erdgeschoss gezogen, beaufsichtigte eine Gruppe Programmierer, die alle von der Universität kamen und älter waren als er, trotzdem war er bald wieder in der Verschworenheit der Ausgestoßenen mit ihnen verbunden, die er schon von der Schule kannte und die zwar nicht auf den üblichen Gesten von Männerfreundschaften beruhte, aber trotzdem trostspendend war. Jeden Morgen hatten sie ein Protokoll an Fehlern abzuarbeiten, das ihm aus den oberen

Stockwerken von den Kreativabteilungen geschickt worden war. Werbekunden fingen damals an, Plätze am Lagerfeuer oder das Lagerfeuer selbst zu kaufen, was zu einem Aufschrei unter den Harpfern der ersten Stunde geführt hatte, sogar eine kleine Demonstration hatte es auf dem Kreativcampus gegeben, die aber aus Sicherheitsgründen sofort aufgelöst worden war. Es war die Zeit der ersten großen Killings gewesen, und niemand hatte Teil einer Menschenmenge zu sein, schon gar nicht wegen ein bisschen Werbung.

So einfach war das Erwachsenwerden, hatte sich Tin Hasenglock irgendwann auf dem Weg in die kleine Wohnung gesagt, die er in der Stadt genommen hatte, die aber nichts erlebte außer Stunden traumlosen Schlafs und etwas Körperhygiene. Manchmal hatten sie in der Firma an Freitagabenden große Runden Essen ins Büro bestellt, Indisch, Griechisch und Italienisch, und sich in einem Kreis aus Bürostühlen um die Tische gesetzt, in der Mitte kein Lagerfeuer, sondern Weinkisten und Pizzakartons. Das hatte über die wirklich geringen Stundenlöhne hinwegtäuschen sollen, die sie ihren Mitarbeitern zahlten, was bei den meisten zumindest ein halbes Jahr lang auch funktionierte, dann kamen neue. Nach den Pizzarunden waren die anderen weitergezogen in das Retroviertel, das gerade offiziell eröffnet worden war und wo die Stadt alte Bars und Tanzlokale, historische Diskotheken und allerlei andere nostalgische Vergnügen aus ihren Depots installiert hatte. Tin aber war meistens zurück an seine Rechner gegangen. Dort waren ihm die Abläufe mittlerweile leichter zu sortieren als bei dem Stehen, Tanzen und Gegen-die-Musik-Ansprechen bis früh am Morgen. Aber diese großen Pizzarunden waren neben den steigenden Zugriffszahlen, laufend neuen

Investornamen und den Artikeln über harpf.com im Wirtschaftsteil der Zeitung die Entwicklung, an der Tin Hasenglock den Erfolg ihrer kleinen Idee am deutlichsten ablesen konnte. Alles andere fühlte sich seit der Schule gleich an, auch die Herablassung der anderen, sobald sie sein Zimmer betraten. Irgendwas an seiner Erscheinung, seinen Hemden, seiner Brillenfrisur war immer zwei Schritte hinter ihnen her. Nach dem ersten großen Jahr war diese Abschätzigkeit nicht mehr nur von den Kreativen gekommen, sondern auch von seinen Programmierern, unter denen sich längst die Gewissheit breitgemacht hatte, dass Hasenglock es technisch nicht »brächte«, seine Fähigkeiten tatsächlich weitgehend die eines Zwölftklässlers geblieben seien, der sich das Programmieren selbst beigebracht hatte. Er konnte improvisieren und war auf eine ungesunde Art fleißig, aber er hatte tatsächlich bei ein paar kleineren Entwicklungen den Anschluss verpasst, ausgerechnet bei jenen Programmen und Werkzeugen, die zum Schlüsselbund der nächsten Runde gehörten. Vertraglich war sein Anteil an dem Ganzen irgendwo fixiert, das interessierte ihn nicht sehr. Wenn man es mit der erstbesten Idee bis zu einem eigenen Gebäude im Kreativcampus und unendlich Pizza brachte, sagte er sich an den einsamen Freitagabenden, dann konnte er das noch hundertmal wiederholen.

Die diplomatische Beziehungen zu Sara waren in diesen ersten Jahren nach der Schule immerhin so weit intakt geblieben, dass sie ihm in langen E-Mails oder kurzen Telefonaten von ihren Männern auf die gleiche detaillierte Art erzählt hatte wie damals von der individuellen Krassheit der überfahrenen Tiere an der Landstraße. Er kannte also die anatomischen Details ihrer Liebhaber oder ihre jähzornigen

Störungen, bevor er auch nur ihre richtigen Namen hörte oder erfuhr, was diese Männer gemacht hatten, bevor sie von einem deutschen Meteoriten mit winzigen Brüsten und Zimthaut getroffen worden waren. Als Erstes hatte diese beneidenswerte Katastrophe einen Kommilitonen ereilt, mit dem sie Kunst studierte und der nach zwei Jahren, die nach Tin Hasenglocks Eindruck ausschließlich aus sehr unsachlichen Komplikationen in kleinen Küchen und ein paar Affären bestanden hatten, über Nacht verschwunden war. Von ihm konnte Sara, die sonst zwanghaft jede Frucht von jedem Strauch auf der Welt in den Mund nehmen musste, seither nicht mal mehr den Namen aussprechen, und Tin tat ihr den Gefallen auch. Danach war eine für ihn etwas anstrengende und vielgesichtige Orientierungsphase gefolgt, in der er etliche Male auf Verdacht (und weil er es sich leisten konnte) teure Last-Minute-Check-ins nach London bezahlt hatte, um dann dort festzustellen, dass Sara mitnichten auf die Anlehnschulter aus dem Schulbus wartete, sondern spontan mit Freunden zu einer Theaterprobe aufs Land gefahren war oder für eine Prüfung zu lernen hatte und ihn deswegen mit ein paar Worten aus ihrem offenen Fenster abgefertigte. Es war dann in der Reihe der nennenswerten Männer in Sara Almeidas und Tin Hasenglocks Leben ein älterer, kahlköpfiger Barketten-Besitzer namens Ben gefolgt. Er war sehr ausführlich tätowiert, trug aber, wie er auf den Fotos seiner Bio-Seite zeigte, trotzdem bis ganz oben zugeknöpfte Retro-Hemden. Das ließ Tin lange schwanken, welches von den vier Attributen – älter, kahl, tätowiert, geknöpft – bei Sara eigentlich den Ausschlag gegeben hatte. Als er sich insgeheim endlich sicher war, dass es die Tätowierungen sein mussten, hatte er eines Tages im Dezember damit begonnen, sich nach der Arbeit das Logo der Band Gorillatown auf den Rücken stechen zu lassen, und zwar schulterbreit, wie der Mann in dem kleinen Studio sagte. Schulterbreit war ihm durchaus vertretbar vorgekommen. Zum einen, weil es Saras Lieblingsband war, und zum anderen, weil er ja schnell aufholen musste, Bar-Ben hatte fast einen ganzen Körper Vorsprung. Und er hatte ohnehin keine andere Verwendung für den halben Quadratmeter brachliegender Rückenhaut in der Farbe eines ungebackenen Brotes. Während der mehrwöchigen und erstaunlich schmerzhaften Prozedur, in der sich Pauls Rücken in ein ewiges Tourplakat von Gorillatown verwandelte, hatte allerdings die Beziehung zum Barkeeper ein Ende gefunden. Und zwar weil, in Saras Version, der starke Ben leider ein Problem mit starken Frauen hatte. Erst später war Tin dahintergekommen, dass Sara einfach nur ohne größere Erklärungen weitergezogen war, zu einem erfolgreichen Schlagzeuger, der ein Aufnahmestudio im Londoner Retroquartier betrieb. Trotz der aufregenden Nachrichtenlage in Saras Bett war Tin damals zunächst vor allem erleichtert gewesen, dass es sich nicht um den Schlagzeuger von Gorillatown handelte. Er beendete die Tätowierungsarbeiten umgehend und trug seit dieser Zeit in dicken schwarzen Serifen halbschulterbreit das Wort *Goril* mit sich herum, um das schwarze Flammen züngelten. Ein körperlicher Umstand, den er so lange zu vergessen pflegte, bis er beim Umziehen zufällig einen Spiegel hinter sich hatte. Und dann erschrak er.

Gegen seine optimistischen Erwartungen hatte sich der Schlagzeuger als recht hartnäckig erwiesen. Er hatte Sara nach einem Jahr sogar zu Urlaubsreisen nach Südfrankreich und Florida überredet, was derart läppische Ziele waren, dass Tin eine Zeit lang wirklich unruhig wurde. Wem Sara, inzwischen diplomierte Performance-Künstlerin mit eher wenigen Engagements, in solche Banalitäten folgte, der war wohl eine ernsthafte Bedrohung für seine mittelfristige Liebesabsicht, an der er zwar nicht mehr offiziell festhielt, insgeheim aber schon. Der Schlagzeuger hatte sich zu allem Überfluss Taylor genannt. Oder hieß er wirklich so? Das war außerhalb von Tins Vorstellungskraft gelegen. Tatsächlich waren Sara und Taylor nach dem Florida-Urlaub doch in unruhiges Gelände geraten. Aus London kam dazu nichts Genaueres, sondern eine ganze Weile überhaupt nichts. Gerade als Tin feststellte, dass er die Ordner mit Fotos von Sara, die er verschämt seit der Schule gemacht hatte, unscharf und oft nur mit einer aus dem Bild tretenden Sara darauf, dass er diese Galerie der Anbetung eine ganze Zeit lang nicht geöffnet hatte, hatte sie im Februar vor seiner Tür gestanden. Um sieben Uhr morgens und mit nichts als einer Baumwolltasche über der Schulter. Sie hatte wässrige Augen und ihm zur Begrüßung in den Arm gekniffen, auf die alte Art, gesagt: »Tintin, schau her, ich bin's«, und war an ihm vorbei in die Wohnung gegangen. Und hatte getan, was sie verlangte, und ihr erst mal hinterhergeschaut.

Danach war sie fast ein Jahr bei ihm geblieben, einfach so. Hatte anfangs wenig geredet und viel aus dem Fenster gesehen, aber das kannte er ja schon aus dem Bus. Zu seinem eigenen Erstaunen hatte sich mit ihrem Einzug gar nicht so viel in seinem Tin-Leben verändert, vielleicht weil er sich seit der Schulzeit auf dieses Ereignis vorbereitet hatte, vielleicht weil sein Leben einfach zu wenig Substanz hatte, um irgendwie in Unordnung gebracht werden zu können. Alles war bereit für Sara, die beiden nennenswerten Frauenbekanntschaften, die er vor ihr gehabt hatte, waren im Nichts verlaufen. Die erste, Lena, war etwas, das er heute immerhin eine Bekanntschaft nennen konnte. Ihre anfängliche Beziehung war nur wie ein teurer Parabelflug gewesen: Nach langer Vorbereitung hatte es ein paar Minuten schwerelosen Herumschwebens gegeben, das man vor lauter Aufregung nicht richtig genießen konnte, und dann war auf einmal alles wieder normal und wie vorher, Parabel und Aufregung vorbei, und die Schwerkraft zog wieder an ihnen, besonders an Tin. Die andere Geschichte, mit Heike-Marie, kam ihm in der Rückschau eher vor wie ein Autounfall mit Blechschaden – Knall und Schreck zunächst, danach hatte man ein bisschen betreten herumgestanden, hatte das Ausmaß der Schäden besichtigt, und nach ein paar Anstandsminuten hatte sich jeder Beteiligte an das eigentliche Ziel erinnert und war erleichtert davongefahren. Tin hatte beides sehr gut verstanden. Es hatte sich ohnehin angefühlt, als würde er Sara hintergehen.

Ihr überraschender Einzug war in die Zeit der ersten Übernahmeverhandlungen für harpf.com gefallen, was nicht besonders förderlich für die junge Beziehung war. Tin hatte damals immer noch die halbe Nacht arbeiten müssen, Systeme optimieren, Zahlen polieren, er bereitete mit seinem Team Datenbanken auf, wühlte sich durch selbstverschuldete Pfuschereien seiner Schulprogrammierung, während seine Geschäftspartner zwischen Los Angeles und Frankfurt herumflogen. Er hatte sich spätabends in Konferenzen zuzuschalten und zu allem, was die Interessenten forderten, ja gesagt, um den Kaufpreis in die Höhe zu treiben. Es war eine aufregende Zeit, auch ohne eine Sara, die eines der zwei Zimmer zu ihrem gemacht hatte. Ihr Einzug sei ja nur vorübergehend, wie sie beide immer betonten, wenn sie mal zufällig zusammen in der Wohnung waren, wobei er damit gemeint hatte, sie würden sich irgendwann eine richtige, passende Sara-Tin-Wohnung suchen, während sie offenbar etwas gemeint hatte, das näher am Wortsinn lag.

Wenn sie gelegentlich ausgingen, schien Sara schon die halbe Stadt zu kennen, sie hatte bereits nach wenigen Wochen ihre Bar, ihre Parkbank und ihre Straße und wurde auf den verkehrslosen Straßen im Retroviertel spontan von Typen umarmt, die Tin stets erst geraume Zeit später bemerkten, so begeistert waren sie davon, Sara zu sehen. Dann umarmten sie ihn auch, aber mit einer so kalkulierten Begeisterung, als würden sie für eine von Saras Performances vorspielen. Wobei die natürlich niemals geprobt wurden, sondern nur durchgesprochen, so viel hatte Tin schon erfahren. Sie hatte Tin und sich in solchen Situationen meistens als »alte Schul-WG« vorgestellt, was den meisten Menschen als Entschuldigung dafür reichte, dass sie trotz ihrer auffällig unterschiedlichen Kleidung gemeinsam ankamen und herumhingen. Tin war an diesen Abenden vor allem daran gelegen gewesen, zusammen nach Hause zu gehen, aber Sara aus den Fängen von Menschen zu wickeln, die sie eben erst kennengelernt hatte, war etwa so leicht wie eine Fliege wieder aus dem Spinnenetz zu schälen. Wenn es ihm gelungen war, wenn sie endlich im Dunkel der Stadt nach Hause liefen, er oft noch in seinem verhandlungstauglichen Anzug und mit seiner Aktentasche, die er den ganzen Abend nicht aus dem Blick lassen durfte, war sie immer auf eine Art bei ihm, die dem schwesterlosen Tin sehr schwesterlich und tröstend vorgekommen war. Dann summte sie, kaute auf etwas von irgendeinem Baum, berührte ihn bei jedem Schritt, und die Bekanntschaften des Abends schienen hinter ihr verpufft zu sein wie die Gegner in einem alten JumpandRun-Spiel. Anfangs hatten sie auch zusammen in einem Bett geschlafen, weil es nur ein Bett gab, Sara war unbefangen und fast nackt zu ihm geschlüpft und dann sofort eingeschlafen, was ihm nach ein paar Nächten wie eine vorsätzliche Gemeinheit vorgekommen war. Aber er hatte auch zugeben müssen, dass dieser friedvolle Sara-Schlaf die am wenigsten vorsätzliche Aktion war, die man sich denken konnte. Und immerhin, er hatte sie ja betrachten können. So hatte er die ersten neunundzwanzig halben Nächte neben Sara mehrheitlich wach gelegen, hatte sie anfangs sehr vorsichtig, später immer ungenierter beschaut, sogar die Brille aufgesetzt dazu, denn ihr Schlaf war ein sehr stabiles Programm, sie blieb bis zum Morgen, wie sie sich hingelegt hatte. Sie sah immer noch aus wie das Mädchen aus dem Bus, eine dünne und erschöpfte Lebensfürstin mit Strähnen, die sich in den Wimpern verfingen, und mit einem tiefen Seufzen alle fünf oder sechs Atemzüge, als wäre normales Einatmen nicht genug. Zweimal waren sie in dieser Zeit betrunken nach Hause gekommen, und das hatte schon auf dem Heimweg zu veränderten Gravitationsverhältnissen geführt, als wäre Sara ein Medizinball und Tin der Turnhallenboden. Daheim, noch ohne Licht, war dann ein unwirscher Kugelblitz mit leichtem Weinatem noch im Flur um seinen Hals und dann in seine Hose gestürzt und hatte dort zu einer ebenso hellen wie übereilten Explosion geführt. Ein Ergebnis, das Sara erst kurz verblüfft und dann wiederum auf eine fast nüchterne Art zornig gemacht hatte, sodass Tin, kurzzeitig zum Martin degradiert, sich vor ihren Regressforderungen in den kleinlauten Schlaf des Betrunkenen, Befriedigten geflüchtet hatte. Egal, wir haben genug Speicherplatz und Akku für alles, hatte Tin Hasenglock dann gedacht, im festen Vertrauen darauf, dass diese Nächte nur eine Art Willkommensritual waren, bei dem sie ihre Prozessorgeschwindigkeiten einander angleichen würden, bis sie bald im gleichen Takt rechnen und zusammen wach bleiben würden.

Aber dann hatte Sara eines Tages eine Matratze angeschleppt und ihm so stolz präsentiert wie ein im Wald vermisstes Kind. »Fast wie neu! Jetzt bist du mich los, du Schnarchwurst.« Sie hatte eine Neigung zu kindischen Ausdrücken. Mit einem schiefen Fanfarenstoß hatte sie sich in ihrem Zimmer (für Tin und das Finanzamt war es ursprünglich das Büro gewesen) daraufgeworfen, und er hatte dabei am Türrahmen gestanden, neben sich die ersten Zweifel, ob seine große Landstraßenliebe Sara Almeida wirklich schon bereit für eine Beziehung war.

Sonja

Das Radio-Interview sollte im Funkhaus der Stadt stattfinden, Sonja war schon ein paarmal zu ähnlichen Anlässen dort gewesen. Als vor vier Jahren ihr Buch erschienen war, hatte jede der angeschlossenen Sendeanstalten auf einem eigenen Interview mit ihr bestanden, bei dem dann allerdings doch immer nahezu die gleichen Fragen gestellt worden waren.

Es war ein Haus, in dem man auf jeden Schritt spürte, dass die Blütezeit des Radios lange zurücklag oder möglicherweise auch nie eingetreten war. Der Fahrstuhl war mit einem Holzfurnier ausgekleidet, das die Farbe von schmutzigem Bernstein hatte, inklusive eingeschlossener Insekten und anderem organischen Material. Als die Tür im dritten Stock mit einem Pling aufging, wartete die Moderatorin auf sie. Sie war in eine große violette Stola gekleidet und empfing Sonja tatsächlich mit offenen Armen, was sie bemerkenswert fand, schließlich gab es diese Sendung jeden Tag. Aber das hing vielleicht auch mit der Stola zusammen, da hatte schon eine ausgestreckte Hand immer gleich so was von Bergpredigt. Sie würden vierzig Minuten miteinander sprechen, es werde live gesendet, unterbrochen von Musik, damit es für den Hörer angenehmer wäre, erklärte die Frau, und Sonja stimmte allem begeistert zu, weil sie gelernt hatte, dass bei den Medien eine bestimmte Art von unsinnigem Enthusiasmus als Arbeitsgrundlage vorausgesetzt wurde. Das Studio kam ihr unaufgeräumt vor, an den Türen hingen brüchige Zettel, jemand hatte ihr ein trübes Glas Mineralwasser hingestellt. Sie sollte auf einem der gasgefederten Gesundheitshocker sitzen, die vor zwanzig Jahren und kurz vor den Sitzbällen in gedeckten Veloursfarben in Mode gewesen waren. Sie ruckelte sich auf dem Hocker und unter dem riesenhaften Mikrofon zurecht und war nicht besonders aufgeregt, auch wenn die dicke Frau in der Stola das zu erwarten schien, jedenfalls flüsterte sie ihr unentwegt Sätze auf den Kopfhörer wie: »Schätzchen, Sie werden das großartig machen. Sie sind hier die Fachfrau, vergessen Sie das nicht. Ich sag's ehrlich, ich bin ein Riesenfan, und wenn Ihnen zu einer Frage nichts einfällt, dann geben Sie mir ein Zeichen.«

Ihre Stimme war so weich schmatzend und warm wie der Kuss einer Erbtante aus Amerika. Dieselbe Stimme sagte nach der Auftaktmusik eine Begrüßung auf, sich selber hörte Sonja dann ein paar Sekunden später ein hohes und atemloses »Jahallo!?« sagen, das gegen das Balsamschnurren der anderen Frau wirkte wie der akut eingetretene Stimmbruch eines Sternsingers an der Tür.

Die ersten Fragen waren das Übliche, ein bisschen über die Paare, die zu ihr in die Kummerpraxis kamen, woraufhin Sonja erklärte, dass es mittlerweile eigentlich zunehmend Einzelpersonen wären, Männer wie Frauen, die sich in hilfsbedürftigen Lebenslagen rund um die Paarbildung befanden. Im Grunde, erzählte sie, hätten die Menschen mittlerweile schon Probleme bei der Idee von sich in einer Partnerschaft. Schnell fiel danach trotzdem das Wort »beziehungsunfähig«, für das Sonja auswendig ein paar Zahlen und Studienergebnisse parat hatte, Generation heute, Generation unserer Eltern und so weiter. Sie machte, wie üblich, kein Geheimnis daraus, dass ihr das Modell einer Ehe auf Zeit eine sinnvolle, fortschrittliche Erweiterung dieser Institution zu sein schien, und erläuterte diese Idee noch vor dem zweiten Musikstück, das eines dieser unvermeidlichen italienischen Liebeslieder war, zu denen sich in der echten Welt noch nie jemand verliebt hatte. Ehepartner sollten sich entscheiden, ob sie auf Lebenszeit oder erst mal nur für fünf Jahre getraut sein wollen würden. Ohne Widerspruch von einem der beiden würde sich die Ehe alle fünf Jahre von selbst verlängern, vielleicht immer um weitere fünf Jahre, wie ein Abonnement einer liebgewonnenen Zeitung. Entschied man sich gegen eine Fortsetzung, war das ein simpler Behördenbrief, fertig, Ehe aufgehoben. Die Details des Auseinandergehens oder besser gesagt des Nichtverheiratetseins konnten die Liebenden dann unter sich ausmachen. Bedeutete weniger Geld für Anwälte, mehr Lebenszeit für alle, weniger Angst vor einem Versuch, weniger Erfüllungsdruck, weniger stummes Leiden. Dass es hingegen nicht weniger Besucher in ihrer Praxis bedeutete, wusste Sonja insgeheim natürlich auch.

Die Moderatorin war von diesem Gedanken auf eine kindliche Weise fasziniert, während er Sonja schon so abgenutzt vorkam wie ein Spielzeug im Tierheim, aber sie ließ die andere gurren. Dann, nach dem dritten Musikstück, ein wiederentdeckter Minnegesang, eingespielt mit alten Instrumenten und gefördert vom europäischen Kulturfonds, fiel der Moderatorin auch noch eine Nachfrage ein.

»Was ist denn, wenn nur einer nicht mehr verlängern möchte?«, schnurrte sie und setze nach. »In Ihrem Modell.«

Sonja hatte das schon früher erwartet und war froh, dass es nicht die Kinderfrage war.

»Sie meinen, wenn einer eine Fremdbeziehung anfangen möchte oder seine Ruhe haben will?«

»Ja genau, soll ja vorkommen.« gluckste die andere.

»Sehen Sie, genau mit dieser Frage kommen viele zu mir, noch bevor sie ansatzweise fünf Jahre geschafft oder überhaupt probiert haben. Ist das nicht seltsam? Wenn so etwas passiert, passiert es, egal ob man sich jahrelang vorher Sorgen macht. Und wenn es passiert, müssen sich die Betroffenen eben miteinander verständigen, das war schon immer so. Heute kommen die meisten aber gar nicht mehr so weit. Die Menschen trauen der Liebe überhaupt nicht mehr über den Weg. Zwei schlechte Erfahrungen, schon verhalten sie sich für immer gestört.«

Ertappt kicherte die Radiomatrone ins Mikrofon. Es war Sonja klar, was jetzt kam. »Wie ist das mit Ihnen, ich habe gehört, auch Sie als Profi haben da, äh, nicht immer ganz richtiggelegen.«

Es klang wie nebenbei erinnert, aber sie wusste und die Hörer merkten es, alles bis zu diesem Moment war eigentlich nur Anbahnung gewesen. Sonja amtete einmal mehr als notwendig, um ihrer Stimme ein bisschen Ruhe zu impfen.

»Ich habe mich vor über einem Jahr von meinem Mann getrennt, ja, das stimmt«, sagte sie und betonte die letzten sechs Wörter mit der Konzentration eines Kampfsportlers vor dem Angriff.

»Und? Wie war das für *Sie*?«

»Na ja, ich bin ja nicht nur Dr. Wilms, sondern vor allem erst mal eine Frau. Und das war ich übrigens auch schon vor diesem Mann. Muss man sich ja gelegentlich mal klarmachen. Dazu ermuntere ich auch meine Patientinnen, mal alle Verpackungen der letzten Jahre abzustreifen und zu versuchen, sich zu erinnern, was und wer man vorher war, vor allen, äh, Problemen.«

»Wie muss man sich dieses Abstreifen vorstellen?«

»Ach, ganz einfach, eben nur mal wieder die eigene Linie nachziehen. Nachdenken, welche Idee man einmal von sich hatte. Wir Frauen neigen dazu, alles akribisch zu überdenken, nur nicht das, was uns selbst direkt betrifft.«

»Können Sie unseren Hörerinnen ein Beispiel für diese, äh, Methode geben?«, fragte sie, als handle es sich um einen sagenhaften Zaubertrick.

»Da ist gar nichts dabei. Sehen Sie, am Anfang meines Lebens war ich ein lustiges Mädchen, ziemlich selbstbewusst und unbefangen, ich habe in der Grundschule sogar schon eine Theatergruppe gegründet, alle dachten, ich würde mindestens Bürgermeisterin. Im Gymnasium aber ging bei mir die Unbefangenheit irgendwie flöten, ist ja bei vielen so. Da kommt irgendwas, das einen aus der Bahn wirft, ich könnte nicht mal sagen, was es bei mir war, eine Freundin, ein Freund, irgendein Lehrer, eine Bemerkung, ein guter Liedtext oder ein schlechtes Foto zum falschen Zeitpunkt, ein Mai mit viel Regen, keine Ahnung, etwas in dieser Art, verstehen Sie, das ist nicht wichtig, wir machen auch keine Analyse. Jedenfalls ging es mir in dieser Zeit nicht allzu gut, und ich wurde furchtbar leise und schüchtern und fand alles verdächtig, was mit mir zu tun haben sollte. Halb überidealistisch, halb selbstverleugnend war ich damals vielleicht, jedenfalls mir selbst eigentlich zu anstrengend. Das besserte sich erst, als ich zum Studieren in eine andere Stadt zog, und das wurde, was man wohl eine selbstständige Frau nennt, haha, na ja. Das Lernen machte mir Spaß, ich hatte Freunde, eine kleine, nette Wohnung, sogar so etwas wie ein aufregendes Liebesleben.«

Die Moderatorin machte hier zum Glück genau das Geräusch, das man an dieser Stelle erwartete, eine schwesterliche, wohlwollende Brummkaskade, die Spuren von Satinbettwäsche enthielt.

»Ja, haha, genau, na jedenfalls, nach dem frechen Kind und der verstörten Schülerin war ich damals ziemlich mit mir im Reinen, ich bestand meine Prüfungen und fing an zu arbeiten, vorwärtszukommen, ich hatte eine Idee von mir und der Welt, da war ich so etwa Ende zwanzig. Und dann wurde ich eines Tages die Geliebte, irgendwann danach sogar die große Liebe eines Mannes. Das waren angenehme Zustände, verstehen Sie mich nicht falsch. Ich habe Paul, also meinen Mann, auch wirklich geliebt.« Es fiel ihr leichter, das zu sagen, als den meisten Menschen. Das war die fachliche Übung, hoffte sie. Sie machte trotzdem eine taktische Pause, in der das Radio das romantische Seufzen ihrer Gastgeberin übertrug.

»Und im Zuge dieses Zustands habe ich natürlich alles Mögliche, was vorher zu *meinem* Leben gehörte, das ich ja gerade erst erobert hatte, in Frage gestellt. Und gleichzeitig vieles, was zu *seinem* Leben gehörte, nicht in Frage gestellt. Ein normaler Vorgang in jeder Beziehung, merkt man gar nicht unbedingt, während man es tut.«

»Ihr Mann ist ein erfolgreicher Journalist«, legte die Moderatorin dazwischen, als wäre diese Information eine Scheibe Wurst.

Sonja nickte verhalten, was man im Radio nicht sehen konnte, in die entstandene Stille sagte sie: »Naja, ich würde sagen, er ist eher Autor. Aber ja, wir waren beide sehr beschäftigt. Aber auf unterschiedliche Art, das sehe ich erst heute so richtig. Er hatte immer diese Idee von uns beiden als Kreativen, aber das stimmte eigentlich nicht. Er arbeitete überall, sehr spontan, zu Hause und auf Reisen, dann hatte er Lesungen, war im Fernsehen, die Menschen wollten Autogramme von ihm und so was. Seine Kolumne wurde wie ein Mitbewohner von uns, auf den man immer Rücksicht nehmen musste. Anfangs fand ich das auch toll, aufregend, natürlich, bin immer mitgefahren, habe ewig in Foyers auf ihn gewartet, seinen Mantel gehalten, ich habe ihm freiwillig sehr viel, bei ihnen würde man wohl sagen, Sendezeit eingeräumt. Gott, ich habe seine Sachen ausgeschnitten und gesammelt. Meine Freundinnen beneideten mich, weil ich so einen kultivierten, schöngeistigen Mann hatte, und irgendwie fiel mir dabei gar nicht auf, wie ich mich selbst immer zwei Stockwerke unter ihm einordnete. Und dass er nie richtig verstanden hatte, was ich eigentlich machte.« Keine Reaktion. Sonja suchte nach Worten, aber da, wo sonst immer welche waren, waren auf einmal keine mehr, da waren nur die Erinnerungen an die ersten Jahren neben Paul, und er trug dabei einen dreiteiligen Anzug aus weicher Wolle. »Ich habe mich damals nie gefragt, warum meine Freundinnen nicht meinen Job toll fanden und warum wir uns überhaupt über die kleinsten Details von Menschen austauschten, die so gut wie nie bei diesen Treffen auftauchten. Unsere Männer und unsere Chefs, das waren so hauptsächlich unsere Gespräche.« Die Moderatorin machte ein Vorwärts-Zeichen mit ihren Fingern, was wohl bedeuten sollte, dass Sonja weitersprechen sollte, obwohl sie alle längst die Notwendigkeit eines weiteren Musikstücks spürten.

»Das alles hat sich jedenfalls irgendwann sehr von meiner Karriere unterschieden, wissen Sie, ich sperre morgens meine Praxis auf und abends wieder zu, und dazwischen leiste ich nonstop erste Hilfe für fremde Menschen sozusagen. Das ist eine andere Form der Anstrengung und vielleicht nicht so leicht nachzuvollziehen. Aber ich hatte dann ja auch ein paar eigene Sachen erreicht. Mein erstes Buch, die Kummerpraxis, war ein kleiner Erfolg – sehen Sie, es fällt mir immer noch schwer, so was offen zu sagen, ein Erfolg also, aber ich habe das daheim wie von selbst runtergespielt. Er hat jedenfalls nie irgendetwas ausgeschnitten, im Gegenteil, er war beleidigt, wenn ich es einmal vergessen habe oder wenn ich zu seiner Lesung zu spät gekommen bin.«

Sie verstieg sich jetzt ein wenig in Details, das merkte sie. Es war so schwierig, als erwachsene Frau in der Öffentlichkeit nicht ständig missverstanden, nicht falsch ausgelegt zu werden. Sie wollte nicht jammernd klingen, auch nicht nach auswendig gelernter Anklage, nicht zu nüchtern und nicht zu emotional. Sie wusste, dass es in dieser Phase des Gesprächs darauf ankam, freundlich abgeklärt zu erscheinen, aber nicht so abgeklärt, dass man es als verbittert auslegen könnte. Hatten Männer solche Probleme auch? Irgendwie hatte sie jedenfalls in dieser Phase den vorher abgesteckten Weg verloren, deswegen schwenkte sie jetzt auf jenen Trampelpfad ein, der leider immer am nächsten lag und der von gerechtem Zorn nach »Hätte ich mal lieber die Klappe gehalten« führte. Diesen Weg kannte sie von ihren Patienten, anfangs waren alle irgendwann mal darauf unterwegs.

»Wissen Sie, wenn er eine kreative Phase hatte, durfte man ihn nicht stören, tagelang. Aber dann brauchte er im nächsten Moment doch wieder Inspiration oder Ermutigung und Aufmerksamkeit, was ich alles erspüren sollte. Seine Termine waren immer wichtiger, seine Berge höher und seine Täler immer tiefer als meine, das wurde irgendwie vorausgesetzt. Mein Geld wurde für langweilige Dinge wie Miete und, na ja, Rundfunkgebühr und Sicherheitssteuer ausgegeben, seines war immer Geld für zu teure Mietwagen, Restaurantbesuche und Hotels, die schönen Sachen. Ist das nicht herrlich, wie Männer es uns hindrehen? Ich verdiente mehr, aber der Gönner war immer er. Gleichzeitig konnte er sich dramatische Schwächen erlauben, ich aber nicht. Er brauchte tonnenweise Zuspruch, wenn er das Gefühl hatte, dass niemand mehr etwas von ihm lesen wollte, er war überschwänglich, wenn er von einem Auftritt kam, oder niedergeschmettert, wenn ihm eine Buchrezension nicht gefiel. Er kaufte aus dem Stand viel zu teure Geschenke oder buchte spontane Reisen und war enttäuscht, wenn ich nicht jedes Mal vor Freude ausflippte.«

Es tat so verdammt gut. Es war wie Tellerwerfen im Radio, sagte sich Sonja. Sie wusste nur nicht, wer die Scherben aufheben würde.

»Aha, Urlaub und Geschenke, nun, das klingt für viele von uns natürlich nicht so übel«, sagte die andere.

Ach, jetzt war es so weit, dachte Sonja, jetzt stand sie vor dem Gericht der versammelten anderen Frauen. Ein Gericht, vor dem man immer schuldig gesprochen wurde.

»Mag sein. Ich bin aber als Partnerin keine verstellbare Arbeitslampe, dafür da, mal mehr oder mal weniger Licht auf den Mann zu werfen.«

Stille. Kam das zu hart? Sie hatte schon in den letzten Minuten gewusst, dass sie sich ein bisschen zu viel auf die Schaufel geladen hatte, jetzt war sie eine veritable Dreckschleuder. Das alles war jedenfalls schon weit jenseits des selbstgestatteten Emo-Etats, mit dem sie hierhergekommen war. Das ärgerte sie die ganze Musikpause hindurch – irgendwas Klimperndes von Schubert oder Bruckner –, dass die Hörerinnen da draußen pflichtschuldig genießen würden.

Die Dicke nickte die ganzen vier Minuten zwanzig lang

heftig aufmunternd in ihre Richtung und sagte gleich nach dem Sendungsjingle:

»Bei mir heute die bekannte Paartherapeutin und Buchautorin Sonja Wilms, die sich vor einem Jahr von ihrem Mann getrennt hat. Das ist natürlich interessant, da möchte ich noch mal ansetzen, Frau Wilms, Sie haben sich also sozusagen auseinandergelebt.«

Gegen diese Floskel war Sonja hochgradig allergisch, weil die meisten Menschen sie immer noch mit einem Entdeckerstolz bei ihr in der Praxis auspackten, als hätten sie einen Haifisch aus dem Dorfweiher gezogen. »Auseinandergelebt« ist für alle Zeiten das verbotene Wort.

»Auseinandergelebt würde ich es nicht nennen. Das impliziert ja, dass jeder von uns etwas vor Augen hatte, das ihm spannender schien als der Status quo. Das war bei uns aber nicht der Fall, ich glaube, mein Mann war durchaus zufrieden mit der Verteilung, wie sie war. Und ich hatte auch keinerlei Ablenkung, wenn Sie das meinen.« Das kam jetzt wieder scharf, die Dicke lächelte sie versteinert durch die zwei Trennscheiben an.

»Nein, wissen Sie, es war ganz einfach so, ich wollte keine Gummiband-Beziehung, bei der ich jederzeit angeschnalzt komme, um dann gleich wieder maximal auf Entfernung gezogen zu werden.« Das war kein gutes Bild, sie sah es an einem abwartenden kraftlosen Nicken.

»Gute Partnerschaften sind für mich heute, auch nach dem, was ich so in meiner Praxis höre, solche, die in jeder Situation ungefähr den gleichen Abstand zwischen sich behalten können. Nah oder fern ist erst mal egal, wenn die beiden Partner sich nur irgendwie über einen längeren Zeitraum parallel zueinander bewegen. Wenn einer immer liegen bleibt oder einer nur dafür da ist, um den anderen zu kreisen, oder einer wie verrückt nach oben und unten ausschlägt oder beide immer nur miteinander kollidieren, sorgt das mit großer Sicherheit irgendwann für eine Krise.« Ein Halbsatz, den sie jeden Tag sagte, der sammelte sie und ihre Stimme wieder halbwegs ein.

»Wie haben Sie denn dann die Trennung von Paul verarbeitet?«

Das klang jetzt doch deutlich süffisant nachgeschoben, aber endlich ging es weiter. Sonja erzählte ein wenig von der Ent-Sorgungs-Aktion, mit der sie erst mal Ruhe um sich herum schaffen wollte. Wieder schwierig, dabei nicht komplett unsympathisch rüberzukommen. Die Moderatorin setzte einmal auch den entsprechenden Hebel an.

»Die Menschen in Ihrem Umfeld wollten Ihnen also eigentlich nur helfen.«

»Sicher, und dafür bin ich dankbar. Aber ich möchte auch mal sagen, wenn man sich aktiv trennt, ist man kein Unfallopfer. Ich brauche da nicht monatelang Herzdruckmassage. Was ich brauche, und viele andere wahrscheinlich auch, ist Ruhe, um meine Sachen neu sortieren zu können.«

»Herzdruckmassage« war gut, ein Zufallstreffer, der sie wieder nach vorne brachte.

»Wissen Sie, ich habe viele Menschen in meiner Praxis, die sich nach der Trennung sofort in etwas anderes stürzen und sich wundern, wenn das nach einem halben Jahr auch schon wieder kriselt. Das ist aber auch, als würde man eine Leiche auf dem Balkon loswerden wollen, indem man eine andere darüberlegt.« Sie lachte halbherzig, um die zwei schrecklichen Leichen abzuschütteln, zum Glück lachte die andere mit.

»Das macht es also nicht einfacher, sondern wahrscheinlich oft noch schwerer.«

»Genau.«

»Also, meine Damen, umziehen, in eine Wohnung ohne Balkon. Haben Sie noch andere Tipps für Frauen in so einer Trennungssituation? Jakobsweg, Yoga-Kloster, kosmetische Stimm-Modulation in einer Life-Klinik, irgend so was?«

»Schön, nicht wahr, dass wir Frauen uns immer selbst reparieren sollen, wenn andere etwas kaputt machen.«

Es kam zum Glück so freundlich rüber, wie es gedacht war, die Moderatorin machte mit.

»Verstehe, mein Fehler, ich merke schon, ich lerne hier heute ganz viel über uns. Sie haben sich also betrunken und sind mit einem geleasten Porsche nachts auf der Autobahn rumgebrettert, wie die Kerle das machen würden?«

Sonja lachte freundlich mit.

»Nein, ich war tatsächlich beim Yoga.«

»Hat es was geholfen?«

»Wissen Sie, ich lese ja ein paar Fachzeitschriften, und es gibt wirklich viele beeindruckende Studien über Yoga. Noch beeindruckender als die Studien über Grünen Tee oder Brokkoli.«

Perlendes Lachen, Brokkoli gegen Yoga, jetzt waren sie hier wirklich der Hausfrauen-Blockbuster.

»Aber da muss ich ihnen jetzt ganz ehrlich erzählen, wie es mir ergangen ist, also, das Studio im Retroviertel, bei dem ich mich angemeldet habe, trug schon so einen Namen, AureaVita. Es war nur für Frauen, alles in Pastellfarben, sogar die Metallschränke in der Umkleide, und das Logo war eine tanzende Frauensilhouette in S-Form. Dort wurde ausschließlich achtsam geflüstert, bei der Anmeldung habe ich fast nichts verstanden. Ich habe mich da jedenfalls von Anfang an gefühlt, als würde ich eine Abtreibungsklinik betreten.«

Schluss mit dem Wohlfühlkurs. Die Dicke schluckte. Das Wort »Abtreibung« bedeutete immer Anrufe, und zwar auf internen und externen Leitungen.

Sonja dampfte aber unverdrossen weiter. »Und in den Kursen ging es dann genauso. Es standen da, ich mache keine Witze, hintereinander auf dem Plan zur Auswahl Empfängnisyoga, Schwangerschaftsyoga, Rückbildungsyoga, Hot-Mum-Yoga und dann Mutter-Kind-Yoga, und ganz in der Früh gab es noch Wechseljahr-Yoga. Und das in einem Studio von Frauen für Frauen. Nichts gegen Kinder, wirklich, aber wenn wir uns selbst schon nur als Legehennen begreifen, ich meine, wir Frauen verderben uns das Leben doch ganz hausgemacht, vielleicht fangen wir mal damit an, uns gegenseitig ernst zu nehmen.«

»Wollen Sie denn Kinder?«

Die Frage hörte sich in Sonjas Ohren an wie: »Gehen Sie nicht doch ein bisschen auf die Knie, bitte?«

»Im Moment nicht.«

»Klare Worte von einer Paartherapeutin, die selbst ihren Mann verlassen hat, obwohl er ihr teure Geschenke machte.«

Jetzt griff die Tante noch mal in die unterste Schublade, aber der Schlussjingle kam ihr dabei in die Quere. Eilig hängte die Moderatorin den Enttäuschten von heute noch eine Karotte für morgen vor die Nase: »Und morgen haben wir dann den Extremläufer Achim Neurath bei uns im Studio, der gerade durch die Atacama-Wüste gelaufen ist.«

Das war es. Stille im Äther, nur Sonja hörte ihren letzten Worten als endloses Echo nach, und was sie da hörte, kam ihr nun doch zu hoch vor, zu frustriert.

Sie nahm die Kopfhörer ab, stieg von dem Velourshocker, betrachtete ihn nachdenklich und wie ein Pferd, das in der letzten Stunde unter ihr gestorben war. Warum hatte sie dieser Sache zugestimmt? Es war doch klar, dass nichts dabei herauskommen konnte als Selbstverstümmelung, sie hatte ja noch nicht mal ein Buch zu bewerben. Die violette Stola wartete an der Studiotür. »Das war ganz toll«, sprudelte sie, aber ihre Augen sprudelten nicht richtig mit. »Wirklich, also, genau *das* lieben unsere Zuhörer, wir bekommen ja sehr viel Feedback, jaja, ich leite Ihnen gerne ein paar Zuschriften weiter, die Redaktion hat ja Ihre Adresse.«

»Ja, gut. Danke.«

Sonja fühlte sich, als hätte sie zwei Tage ohne Pause geredet, sie war erschöpft, ihre Euphorie-Tube war leer gedrückt, und sie füllte sich auch zwischen den Abschiedsbrüsten der Moderatorin nicht wieder auf, in die Sonja getunkt wurde wie in ein Taufbecken, in das das Wort »Schwesterlichkeit« gemeißelt war. Es hatte schon etwas zu bedeuten, dachte Sonja dort unten, dass es dieses Wort im Deutschen eigentlich nicht gab.

Auf dem Heimweg hatte sie sich damit getröstet, dass doch bestimmt niemand mehr Radio hörte, an einem Mittwoch unter der Woche, von drei bis vier Uhr. Das Ganze würde sich versenden, so sagte man doch, ein paar ihrer Kunden, eine Freundin ihrer Mutter vielleicht, aber nicht mehr. Sie stand in der Straßenbahn nach Hause, obwohl der Zug ins Retroviertel fast leer war. Aber manche Stimmungen lassen sich eben nicht gut sitzend ertragen. Wie verkehrt es war, an so einem Tag noch Termine in der Praxis zu haben! Sie war jetzt nicht in der Lage, für andere da zu sein, sie kam gerade selbst aus einer Therapiesitzung. Schwimmen gehen, das wäre es jetzt. In die restaurierte Schwimmhalle, wo um diese Zeit nur ein paar Alte der Ewigkeit entgegentreiben würden. Paul war nie gerne schwimmen gegangen, aber alte

Architektur hatte sie beide schon immer beruhigt, Kuppeln und Gewölbe, kühle Wände, abgetretene Treppenstufen. Sonja ahnte, dass diese Wirkung bei ihr daher kam, dass ihre Eltern sie in jedem Urlaub in Kirchen geschleppt hatten. An ihrem Wohnort hatten sie die Kirche gemieden wie etwas, wovon jeder wusste, dass es eine nutzlose Medizin war. Aber in Südfrankreich oder Kärnten hatte das nicht gegolten, dort waren die Kirchen, egal wie groß, scheinbar nur für die Familie Wilms aufgestellt worden, und ihr Vater war ehrlich konsterniert, wenn sich eine der Türen einmal nicht öffnen ließ. Seitentüren, Messnerhäuschen, jemand im Dorf, der einen Schlüssel hatte, irgendwie kamen sie immer hinein. An die peinliche Andacht ihrer komplett unandächtigen Familie erinnerte sich Sonja am besten, diese ersten Sekunden nach dem Öffnen der Türe, wenn sie aus der gleißenden Sommerferienwelt hinein in die immerkühle wartende Dämmerung trat. Das waren auch die einzigen Sekunden vollkommener Stille, an die sie sich mit ihren Eltern erinnerte.

Paul

Er kannte keine Frau, die so ergeben jede Nacht neuneinhalb Stunden schlief, ohne ein Zeichen, ohne einen Zweifel. Aber er kannte auch nicht allzu viele schlafende Frauen. Sara jedenfalls knipste sich allabendlich so vollständig aus, dass Paul beinahe eifersüchtig auf das Ungewisse war, in das sie sich so bereitwillig warf. Gottbefohlen, dachte er und danach, dass das wohl das unwahrscheinlichste deutsche Wort war, das je in einem kleinen Steinhaus an der Algarve gedacht worden war.

Es erinnerte ihn auch an Sonja, die damals im zweiten Jahr aus dem Schlafzimmer ausgezogen war und das dänische Tagesbett im Wohnzimmer zu ihrer Schlafstätte erklärt hatte. Sie hatte diese kleine Entfernung nicht Paul angelastet, der zwar ein hellhöriger, aber nicht besonders raumgreifender Schläfer war, sondern nur ihrer eigenen Unruhe. Sonja gehörte zu den Menschen, die jeden Abend aufs Neue mit Decke und Kissen in komplizierte Verhandlungen treten mussten, bis sich alle Parteien auf eine Position geeinigt hatten. Danach brauchte sie noch eine halbe Stunde des unablässigen Wendens, Umbettens und Raschelns, um einzuschlafen. Was auf andere wie ein Fall ungemütlicher Hyperaktivität wirkte, war ihr Einschlafritual, das sie Paul nicht länger hatte zumuten wollen. Oder sich selbst nicht mehr länger verbieten.

Sie hatte diesen Auszug aus dem Schlafzimmer damals sehr vorsichtig vorgebracht, viel vorsichtiger, als es für Paul notwendig gewesen wäre, dem das doppelte Bewohnen eines einziges Betts schon immer eher wie ein Pflichtbeitrag zu einer Beziehung vorgekommen war und insgeheim auch ein wenig unfein. Sonja hatte ihm später erklärt, dass bei vielen Paaren die Trennung der Betten oft erst nach Jahrzehnten des gegenseitigen Wachhaltens erfolgte. Sie wirkte dann aber oft eben nicht wie eine Befreiung, sondern wie der letzte Beweis, dass diese Paare nichts mehr gemeinsam hatten, nicht mal mehr die Schlafstörung.

Darauf wäre Paul nie gekommen. Er hatte immer ein wenig vergessen, dass seine Frau täglich mit Informationen darüber handelte, was bei anderen im Schlafzimmer vorging, was die Norm war oder Anzeichen für irgendwas.

Was die getrennten Betten anging, so hatte Sonja fortan weiter bei ihm im großen Bett gelegen, um zu lesen, und war dann später nach drüben aufgebrochen, um noch ein wenig alleine zu rascheln. War das schon der erste Riss, die erste Untiefe gewesen? Es wäre etwas selbstgerecht, das jetzt hier festzustellen, dachte Paul, zumal er sich eher an das Gegenteil erinnerte. Er hatte sie morgens, nach einer gewissen Anstandszeit, besucht und ihr eine Tasse Kaffee hingestellt, sie hatte ihn dafür abends ins Bett gebracht, manchmal sogar mehrmals, und dieser gegenseitige Besuchsverkehr zwischen den Zimmern schien ihm damals auf beglückende Weise das Richtige zu sein. Er ersparte ihnen beiden die aufgequollene morgendliche Verfassung des anderen, verbannte Speichelkrusten, Bronchiallaute und Schlafkleidung dorthin, wo sie seiner Meinung nach hingehörten. Jetzt aber, neben der nackten, zimtbraunen Sara, die immer aussah, als würde sie nur für eine Sekunde die Augen schließen, schien ihm diese Vorsichtsmaßnahme ganz lächerlich, und er freute sich darauf, ihr gelegentlich von Sonjas Bettflucht zu erzählen wie von einer absurden Begebenheit.

Es war früh. Was von draußen durch die kleinen Fenster kam, hatte noch keine Farbe. Selbst die Möwen gaben nur in großen Abständen einen innigen Seufzer ab. Paul Neulich kannte diese Stunde gut, er hatte sie schon so oft halb wach durchlegen. Gegen sechs Uhr etwa würde er wieder einschlafen. Seit er ein junger Mann war, war es, als müsste er durch irgendeine falsche Verknüpfung beim Neustart seines Körpers dabei sein, während alle anderen Menschen dabei in der Tiefschlafphase lagen. Er aber sah seinem Bewusstsein zu, wie es die Momente und Gesprächsfetzen der Tage durchratterte, ließ sein Gehirn die Schnappschüsse sortieren und aufquellende Erinnerungen aus vier Lebensjahrzehnten niederringen, er sichtete beiläufig Textanfänge, alte und noch ungeschriebene, sah die besonders schmeichelnden Stellen vor sich, wo sein Name gedruckt stand oder der von August Sternberg, donnerte die paar Zahlen, die Namen der Eltern und die ewigen Daten, die jedes Leben ausmachten, ein paarmal lustlos gegen seine inwendige Garagenwand und war schließlich auch dabei, wenn eine Spitze des nächtlichen Tentakels kurz bis hinunter an sein Innerstes rührte, um dort nach dem Rechten zu sehen.

An diesem Morgen war er bei der Inventur aber nicht alleine. Ein Moskito überflog das Bett in alarmierender Halbnähe. Sein hohes Summen wehte über sie, verlor sich im Raum, um zuverlässig zurückzukommen und dann abwartend ein paar Runden über ihren Köpfen zu patrouillieren, als könnte er sich nicht entscheiden, welcher Körper, welche Stelle. Mit mehr Licht durch die Fenster sah Paul das schwärende Tier kurz, ein böses schwarzes Insekt. Er wollte Sara nicht wecken, indem er sich auf die Jagd machte, an der dunklen Holzdecke der Cabana hatte er ohnehin keine Chance. Aber er war auch nicht bereit, sich zu ergeben und stechen zu lassen. Er ging sicher davon aus, es würde ihn erwischen, er hoffte es sogar, alles andere wäre eines Gentlemans unwürdig. Eine Stechmücke, dachte Paul verächtlich, wie viele Gedanken sich die Menschheit schon über dieses winzige Tier gemacht hat. Wie oft er selbst schon in ratlosem Unwohlsein sein Summen verfolgt hatte, das stand doch in keinem Verhältnis. Nicht seine Furcht an diesem frühen Morgen, nicht dass es tatsächlich im persönlichen Ermessens dieses Tieres lag, Saras Wade oder ihr Schulterblatt mit den zarten Goldhärchen zu verletzen. Kein Verhältnis, dachte Paul und verwünschte das Insekt mit der ganzen Kraft seines halbwachen Ichs.

Es war kurz vor Sonnenaufgang und wurde schnell hell, sodass er bald die Bahnen des Moskitos ganz verfolgen konnte, ihre Gleichmäßigkeit und die nie nachlassende Gefahr, die von ihnen ausging, ärgerten ihn. Dann aber änderte sich die Patrouille des Tieres mit einem Mal, es flog nahe an der Wand auf Pauls Bettseite über seinem Kopf vorbei, bis in die Ecke des Zimmers, dort summelte es sich hektisch und gut hörbar die Wand hinauf, bis in ein winziges Spinnennetz, und war gefangen. Im Versuch freizukommen bekam das Surren eine höhere, drängende Melodie. Paul war nach dem langen hypnotischen Verfolgen der Mücke von diesem Vorfall beinahe erschrocken. Noch nie hatte er gesehen, dass irgendwas in diese nachlässigen kleinen Spinnennetze geflogen war, er hatte sie nicht mal als intakte Fallen erachtet, sondern nur als Versäumnis ihrer Hauswärterin und Zeichen für das, was er Sara gelegentlich sagte: Es ist eben ein altes Haus. Aber jetzt sah er darin den heillos schwingenden schwarzen Punkt und kurz darauf eine Bewegung, die sich von oberhalb des Netzes näherte, eine kleine Spinne. Er schloss die Augen und hörte noch eine Weile das Summen des Moskitos, bis es jäh endete. Kurz lag der Morgen atemlos. Dann schlief Paul ein, im festen Glauben, dass nichts seinem Glücke gleichkomme.

Als er an diesem Tag aufwachte, blühte ihm der Laurel ungewohnt kräftig. Aber er ließ Sara schlafen, setzte sich hinaus unter die Orangenbäume und schrieb die Antwort an Wulfstedt zu Ende. Auf einmal fiel es ihm leicht.

Die nächsten Tage vergingen als zartes Ineinander neuer und nicht mehr ganz neuer Gewohnheiten. Sie frühstückten, bevor die Hitze zu groß wurde, gingen alle zwei Tage zum Markt, kauften keine Bananen, legten sich wieder hin oder stiegen ein wenig den grünen Eidechsen nach, übten sich dann bis weit in den Nachmittag im Verschwinden, ganz wie es die Einheimischen taten, liebten sich träge, aber mit der Unbedingtheit der wandernden Schatten. Wenn unten im Ort auch die alten Hunde wieder bellten und der gassenschmale Müllabfuhrwagen vernehmlich wieder die Arbeit aufnahm, dann spazierten sie über Steinstufen und vorbei an den angelehnten Türen der Häuser hinunter ans Meer, um zu schwimmen. Paul bewunderte Saras kraftvollen Stil, sie kraulte, ohne sich einmal umzusehen, bis zu der Boje, die die Fahrrinne der Schiffe markierte. Es war so weit draußen, dass er am Strand nicht mehr erkennen konnte, ob sie ihm winkte oder noch kraulte. Den Weg zurück machte sie immer halb im Delfin und veranstaltete dabei ein Spektakel, auf das auch die anderen am Strand aufmerksam wurden. Sie hielten in ihren müßigen Verrichtungen inne und beobachteten Sara mit einer Sensationslust, als wäre sie ein führerloses Tragflächenboot, das sich anschickte, zu ihren Füßen zu zerschellen. Das war der Moment, in dem Paul ihre Strandausflüge am liebsten abgebrochen hätte. Jedenfalls vermisste er dann heftig jene goldenen Zeiten, in denen Badende in bespannten Holzwagen ins Wasser geschoben wurden, um ganz unbeobachtet zwischen den Elementen zu wechseln. (Es war nicht das einzige Mal am Tag, dass er sich für etwa hundert Jahre zu spät geboren hielt.) Der breite Touristenstrand hier, an dem sich jeden Tag eine unwägbar neue Besetzung tummelte, war jedenfalls ein Ort, den August Sternberg gemieden hätte. Aber Sara, die Schwimmerin, hatte zu Beginn seine vagen Einwände zur Seite gewedelt. So hielt Paul den Blick aufs Wasser und versuchte, so gut es ging, die anderen nicht zu sehen. Es waren nicht nur die Surfer, die hier wie überall an der Atlantikküste in der Brandung herumtrieben wie menschlicher Seetang. Junge Männer, die allesamt ein Gebaren und einen Muskelaufbau an den Tag legten, als hätten sie diesen Sport erfunden. Als besonders riskant empfand Paul die jungen Frauen, die Gruppen von Freundinnen. Es gab unter ihnen eine neue Attraktivität, die ihm aggressiv vorkam. Die ihn zwang hinzusehen, es ging nicht anders, mochten da draußen auch gerade drei Sara-Torpedos die Wellen zerteilen, um zu ihm zurückzukommen. Es war etwas an diesen Zwanzigjährigen, an ihren halbrasierten Köpfen und tätowierten Schenkeln, den in die Haut plantierten Spangen und Ringen, den sehnig trainierten Armen und ihren anzüglichen Zeichen unter dem Bauchnabel, das bei ihm als Botschaft roher Lust ankam. Er bildete sich trotz seiner gerade mal fünfundvierzig Jahre gerne ein, selbst noch aus einer Zeit zu stammen, in der das Wort »Erotik« von »erröten« abgeleitet worden war. Dieser moderne und unbekümmerte Sex der anderen, fand Paul, hatte dagegen etwas zutiefst Infektiöses. Je älter er selbst wurde, desto vielfältiger gestaltete sich diese Ansteckungsgefahr, es war ein Fehler im System, der immer verheerender wurde, je mehr man sich um Korrektur bemühte. Warum hatte die Biologie nicht für einen gnädigen Schleier, einen milden grauen Star gesorgt, der langsam das Sichtfeld für derlei trübte oder die Rezeptoren stumpf werden ließ, wo sie doch so zuverlässig alles andere welken und ausgehen ließ? Sei's drum, die Jugend war, zumal in Badekleidung, eben nur in immer kleineren Dosen zu ertragen. Aber an diesem Strand traten sie alle im Rudel auf. Es war doch seltsam, dachte Paul, dass sich der Mensch am Anfang und am Ende seines Lebens am liebsten in Gruppen bewegte. Kinder, Jugendliche und Senioren neigten zur Verklumpung, das machte der Strandabschnitt in den letzten Wochen mehr als deutlich. Nur in der Mitte des Lebens fühlte man sich offenbar kurz stark genug, zu zweit oder einzeln der ständigen Versammlung der Planeten eine Zeit lang die Stirn zu bieten.

Wären sie in einem Theaterfoyer oder nur auf einer Straße in der Stadt gewesen, er wäre alldem unbefangen entgegengetreten. Er hatte früh verstanden, dass ein Mann in einem maßgeschneiderten dreiteiligen Anzug aus in Italien gewebter Wolle von australischen Schafen eigentlich nichts fürchten musste, weder Jugend noch Alter. Denn es war eine zivilisierte Schönheit, die gegen den reinen Körper immer bestand, weil sie eine ganze Weltordnung in sich trug, und das wog mehr als ein paar anatomische Glücksmomente. Deshalb war ihm die Kolumne auch besser bekommen als jeder Besuch im Fitnessstudio. Sie hatte aus dem blassen Paul Neulich einen vornehm-blasierten August Sternberg gemacht. Aber hier, als Paul zwischen den Entblößten, galt zweifellos das Recht der Schöneren. Hier war er nur Brustschwimmer, trug eine grüne Badehose, und wenn er ins Wasser ging, bevorzugte er das Schwimmen parallel zum Ufer, wobei ihn gelegentlich eine Welle umwarf und er eine solche Menge Meerwasser inhalieren musste, dass er für ein paar Minuten außer Gefecht gesetzt war.

Sara im Atlantik, er selbst wartend auf dem geklauten Hotel-Handtuch mit der Aufschrift *Pellicano*, fühlte Paul Neulich überdies auch schmerzhaft deutlich den Verdacht der Hochstapelei. Ein Gefühl, das in seinem speziellen Fall dem Heimweh zum Verwechseln ähnlich war. Hochstapelei nicht, was seine Arbeit betraf, diese Rolle beherrschte er tatsächlich mittlerweile wie kaum ein Zweiter. Nein, das Gefühl, das ihn seit ein paar Wochen im Windschatten von Saras Vorwärtsgang überkam, galt eher dem früheren Herrn Neulich, an den er sich vage erinnerte. Und zwar als an einen schon etwas älteren Menschen, der mit einer kleinen, sanften Frau in einer aufwendig tapezierten Altbauwohnung im Retroviertel gewohnt hatte und auf gesetzten Wegen durch die Stadt, eigentlich nur durch das Viertel flaniert war. Der sich seinen Sessel mit einem Wollstoff in eigens für ihn entworfenem Tartanmuster beziehen hatte lassen und solche Sachen. Einem Menschen jedenfalls, der nie auf den Gedanken gekommen wäre, sein Gerät in Salzwasser zu werfen, monatelang aus drei Koffern zu leben und in schäbigen Waggons die Küste entlangzuzuckeln, ohne zu wissen, wo er und die Frau an seiner Seite nachts schlafen würden. Der ältere und verheiratete Paul hatte sich, wie alle anderen Erwachsenen auch, angewöhnt, derlei Eskapaden und Findungsnöte in dem restaurierten Kino in seiner Straße anzusehen, das vom Retroamt betrieben wurde, oder solche Geschichten eben in seinem Sessel nachzulesen. Er hatte irgendwann beschlossen, in seinen Sätzen und Texten Abenteurer genug zu sein, und vermutete, die meisten Menschen kamen für sich zu einer ähnlicher Übereinkunft.

Für Sara aber war er der neue Paul geworden. Einer, der nach ein paar Wochen altmodischen Flirtens und ein paar nicht sehr altmodischen Hotelnächten mit einer jüngeren, fast fremden Frau losgefahren war. Auf eine spontane Reise in ein ihm bekanntes Hotel am Hafen mit dekorativ schiefen Balkonen, um das Kennenlernen zu beschleunigen und sich den Anstrich jugendlicher Sprungkraft zu geben. Und auch ein wenig, weil seine Wohnsituation in der Stadt reichlich unklar gewesen war, nachdem er Sonja in einer Mischung aus Hochmut und Höflichkeit die gemeinsame Wohnung überlassen hatte. Saras Erscheinen bei seiner Lesung war sozusagen die letzte beleuchtete Ausfahrt gewesen, von einer Autobahn, die noch nicht zu Ende gebaut war. Es war ebenso ungewohnt wie befreiend gewesen, alles zurückzulassen, am Ende sogar sein Gerät mit allen Nummern. Als er feststellte, wie gut ihm Sara und Sara die Sonne und das Meer bekamen, war es ein Leichtes gewesen, das improvisierte Bühnenstück weiterzuspielen, mit ihm als Figur eines reisendem Bohemiens, der er so oft in den alten Büchern begegnet war. Nur, so gut ihm das Fortsetzungsleben am Meer bis hierhin gefiel, er hatte jetzt nach fast einem Jahr das beunruhigende Gefühl, dass es ihn eigentlich über Wert verkaufte. Er vor den alten Fensterläden, mit den geknitterten Hemden und dem immer gleichen Panamahut, hinter Kikos Weinflaschen und unter den Orangenbäumen, als barfüßiger Philanthrop – es war, als hätte er falsche Fotos von sich in Umlauf gebracht. Eines Tages würden Sara und er irgendwo bleiben müssen, die Reisekoffer in einen Keller tragen, Kühlschränke kaufen und Wecker stellen, und dann, er sah es vor sich, würde er versehentlich in seine Sternberg'sche Bürgerlichkeit zurückkehren. Sara würde ihn – nicht gleich, aber zunehmend – ansehen, wie sie ihn jetzt nur ansah, wenn sie eine der Kolumnen gelesen hatte. Wie einen alten Faschingsprinzen nämlich, der darauf pochte, ernst genommen zu werden.

Sara schwamm immer so lange auf ihn zu, bis ihr Kinn auf Grund lief. Sie schien die anderen am Strand gar nicht zu sehen, stürmte aus dem Wasser, und bis sie bei ihrem Handtuch war, waren die Tropfen auf ihrem Körper schon ganz klein geworden.

»Ich brülle, mein lieber Herr Neulich-Treulich!«, rief sie, während sie sich kurz in das zweite Pellicano-Handtuch rieb und dann in den Sand fallen ließ. Dort entledigte sie sich ihres Oberteils, was ihr an keinem Strand ihrer gemeinsamen Reise Schamgefühle zu bereiten schien. Sie sähe oben ohnehin aus wie ein Mann, pflegte sie zu sagen, was in Pauls liebenden Augen die falscheste Selbsteinschätzung war, die je in seiner Nähe geäußert worden war.

»Wieso brüllen?«

»Vor Hunger.«

»Wir haben hier nichts. Aber wir können ja noch ein bisschen trocknen und dann schon früh zu Kiko weitergehen.«

»Gut. Aber bis dahin muss ich bittschön noternährt werden«, sagte sie ernst, öffnete die Lippen und spielte die Verhungernde. Sie schmeckte nach Haifisch.

Als sie an diesem Abend bei Kiko saßen, kam es zu zwei Ereignissen, die Paul erst viel später in einem Zusammenhang bringen konnte. Kiko setzte sie an die Bar, die bisher den Fischern aus dem Ort vorbehalten gewesen war. Paul war von dieser Geste berührt, er bedauerte nur, dass sie ausgerechnet heute mit ihren Schwimmbeuteln und den ausgetretenen Strandschuhen gekommen waren und auf den Hockern am blankgeärmelten Tresen aussahen wie, nun ja, wie Touristen, die nicht wussten, wie ihnen geschah. Aber Kiko wusste es und plauderte mit ihnen freundlich über den Tresen hinweg, während sie die kleinen Teller, die unablässig aus einem Küchenfenster geschoben wurden, unter die Gäste brachte wie ein Groupier die Chips auf seinem Spielfeld. Sie sprachen dabei alle drei eine laute Fantasiesprache, in der nur die schönsten Wörter portugiesisch waren: Wein, Oktopus, Sommer, Ferienhaus, Mann, Frau, Liebe. Die notwendigen Stützpfeiler dazwischen waren aus Spanisch, Englisch und Deutsch errichtet, und Paul versuchte sich zusätzlich in einer Zeichensprache, die er sich in ihrer italienischen Zeit bei Männern an der Bar abgeschaut hatte. Er war fest davon überzeugt, dass die richtige Geste einen Satz so weit vervollständigen konnte, dass man nur noch wenige Hauptwörter brauchte. Leider war sein Arsenal an Handbewegungen noch relativ beschränkt, die beiden Frauen sahen seinen fuchtelnden Händen jedenfalls verwirrt nach oder wichen erschrocken zurück. Inhalt dieses lebhaften Geplauders waren zunächst Dinge, die bei aller Zuneigung zu der Wirtin immer noch nicht geklärt worden waren, warum genau sie so lange hier verweilten etwa (weil es schön ist, wegen Kikos Cataplana, etc.) und ob sie immer noch zur Miete wohnten (ja, natürlich, wieso?), wo doch die Hauspreise so gefallen wären, und falls Kinder, wo, und wenn nein, warum nicht.

(Kurzes Schweigen, dann Sara, die auf Paul zeigte und kichernd auf Spanisch sagte: »Der Senhor hat immer zu enge Hosen an.« Ein Riesenerfolg.)

Kiko war bereits Großmutter, wie oft, zeigte sie ihnen nonchalant an einem Tablett kleiner Sagres-Bierflaschen an. Fünf Fläschchen, salute. Sie bekamen einen Berg frittierter Tintenfischstücke vorgesetzt, die so heiß und meersalzig auf der Zunge zergingen wie Bonbons. Als es ruhiger wurde, setzte sich Kiko ihnen gegenüber und mixte in einer Glaskaraffe einen Drink, der aus Portwein, Orangensaft und dem Inhalt eines kleinen Fläschchens bestand, das Paul noch nie gesehen hatte. Sie tranken aus sehr kleinen Gläsern. Paul wollte alles wissen, über das Essen, den Polvo im Allgemeinen, ihre Rezepte und woher sie kamen im Besonderen und woher sie, die fabelhafte Kiko, eigentlich kam. Es waren seine wiederentdeckten journalistischen Tanzschritte, und er tobte sich damit aus, bis ihn Sara mit sanftem Gewicht in die Seite drückte. Da erst sah auch er, wie unangenehm es Kiko war, von sich zu erzählen. Immer wenn es nicht mehr ging, lachte sie eine Weile, dann sprach sie weiter, aber es wurde ihr bei jedem Glas schwerer und das Lachen kürzer, bis schließlich, es waren nur noch drei Briten in einer Ecke des Gastraums, die aus Kummer über die kleinen Bierflaschen sehr schnell tranken, Kiko von einer Operation Ende der Woche erzählte, und dann folgte das Wort »Krankenhaus« in ihren langsamen Sätzen so oft und unheilvoll aufeinander, dass sich Sara und Paul gleichzeitig ihrer klammen Badekleidung bewusst wurden. Was genau es mit dem Hospital auf sich hatte, war nicht einfach zu übersetzen gewesen, aber als die Karaffe leer war, wussten sie zumindest manches von Kikos Nieren und der allgemeinen medizinischen Versorgungslage in Portugal, und beides missfiel ihnen sehr. Kiko hatte dann vorgegeben, die Tische abräumen zu müssen, aber Paul sah heimlich zu, wie sie nach jedem Handgriff den Oberarm über ihr Gesicht wischte und an jedem einzelnen der kleinen Tische aufs Neue nicht zu wissen schien, in welche Ordnung Glas, Papieruntersetzer und Besteck zu bringen waren. Ihm selbst war, als hätte jemand ein Fenster zum Nordpol geöffnet. Zum Abschied hatten sie sich alle drei die Hand gegeben, Kiko verdattert über die Förmlichkeit, die Schürze halb ausgezogen, Paul mit den nackten Füßen in seinen Strandschuhen. Sie würden auf jeden Fall nochmal vorher vorbeikommen und danach natürlich auch noch da sein, und alles würde bestimmt wieder wunderbar werden, keine Sorge, keine Sorge, so verblieb man. Aber jeder der drei verstand bei diesem Abschied trotzdem etwas anderes.

Sonja

Ihre Assistentin Frau Bruck hatte sich geweigert, freitags in der Praxis zu arbeiten. Sie bräuchte zumindest halbwegs Ausgleich zwischen Arbeit und privat, sonst klappe das alles nicht, hatte sie nach den ersten Wochen sehr bestimmt erklärt. Und Sonja hatte der Älteren als verständnisvolle und vor allem unerfahrene Chefin einen halben Freitag vorgeschlagen, auf den sich beide Frauen damals in einem Aufwall großer Herzlichkeit geeinigt hatten und der nun aber nichts anderes bedeutete, als dass sie freitags ohne Assistentin klarkommen musste. Als sie am Tag nach dem Radio-Interview also zwei Stockwerke tiefer selbst die Kummerpraxis aufschließen wollte, gab es eine kleine Abfolge von ungewöhnlichen Ereignissen. Es war zum Beispiel ganz und gar nicht üblich, dass vor der Praxistür zwei Mädchen auf dem Smile-Fußabstreifer saßen, die aussahen, als hätten sie dort schon eine ganze Weile gewartet. Jedenfalls hatten sie angebissene Croissants, Trinkflaschen und digitale Geräte um sich auf dem Boden verteilt und empfingen Sonja, als wäre sie ein Fernzug mit bedauerlicher Verspätung. Sie stellten sich als Maja und Tove vor, wenn Sonja richtig verstanden hatte, und rochen auf angenehm kindliche Art nach ihren Körpern. Sie waren, wie sie sagten, als Abgesandte einer feministischen Plattform hier, deren Namen Sonja noch nie gehört hatte, und das ließ sie für einen Moment mit dem Schlüssel in der Hand erstarren wie mit einer gezückten

Stichwaffe. Gehörten sie zu den radikalen Frauengruppen? Bomben unter Dolce-&-Gabbana-Laufstegen, Schüsse auf Men-only-Aufsichtsräte, abgefackelte Victoria-Secrets-Filialen hatte es gegeben, begleitet von Protestaktionen mit Tausenden Frauen. Militante Feministen waren eine Zeit lang zusammen mit den Tierschützern und vielleicht noch den Neobürgern sogar zu den gefährlichsten neuen Fronten gezählt worden. Vermutlich aber auch, weil im Sicherheitsministerium lauter Männer saßen. Warum nur, dachte Sonja, hat sie sich nicht ein bisschen mehr für solche Dinge interessiert, sie wusste fast nichts über den aktuellen Stand in dieser Sache, und sie gehörte nicht zu denen, die ein tägliches Sicherheits-Update für die Stadt abonniert hatten. Irgendwann hatte sie, wie die meisten ihrer Freunde, eine Taubheit für diese Art von Nachrichten entwickelt und der Anschlagsübersicht in den Nachrichten kaum mehr Interesse eingeräumt als der Wetterkarte. Viele hielten es heute so, aber das war keine Entschuldigung. Diese Mädchen sahen trotz ihrer halbrasierten Schädel und der winzigen tätowierten Hieroglyphen am Haaransatz nicht nach bewaffnetem Untergrund aus, sie waren so jung, Sonja hätte ihnen am liebsten ein Glas Milch gegeben. Als hätten sie den Grund für ihr Zögern erraten, rafften die Mädchen kichernd ihre Sachen zusammen und erklärten, keine Sorge und Peace, sie wollten Sonja nur für ihre Userinnen treffen, stellvertretend, so drückten sie es aus. Allerdings auch mit der Bestimmtheit, als wäre dieses Treffen eine lange aufgeschobene Verabredung, die sie nun endlich einforderten. Sonja bahnte sich also den Weg zur Tür. Offenbar filmten sie schon beim Aufsperren und beim Öffnen des Fensters im Vorraum, dann beim Aufsetzen von Teewasser, allerdings ohne jegliche Erklärung, sodass sich Sonja genötigt fühlte, all diese Vorgänge schon mit kleinen Kommentaren zu versehen. Den Wasserkocher moderierte sie zum Beispiel im künstlichen Plauderton an, der ihr noch aus dem Hörfunkstudio von gestern geläufig war:

»Also, was mir aufgefallen ist – wenn die Menschen über Sorgen sprechen sollen, wollen sie immer Tee trinken. Ich glaube, das ist so ein Kindheitsreflex: Wenn man krank ist, gibt es eben Tee, kennt man so, haha. Das ist ein richtiges Mitleids- und Kummergetränk, deswegen trinken die Menschen ihn übrigens auch lauwarm oder in völlig ungenießbarem Zustand, weil es den meisten bei Tee eigentlich nicht darum geht, wie er schmeckt. Kaffee ist dagegen etwas, wo man sich zurücklehnt und vom Urlaub erzählt, da dampft und rekelt sich das ganze Gemüt. Echt interessant, es gibt in vielen meiner, äh, Fälle, nach einer gewissen Zeit den Tag, an dem die Menschen dann vom Kummertee zum Kaffee wechseln. Das ist für mich dann ein Signal, es ändert sich was, es wird wieder gelebt, auch wenn wir immer noch über Probleme sprechen, haben die jetzt eine andere Qualität.«

Sonja fand diese kleine Beobachtung einigermaßen amüsant und für einen solchen ungeprobten Kamera-Überfall zumindest besser als nichts. Die beiden Mädchen aber starrten sie über die Displays ihrer Geräte verständnislos an und kauten vage irritiert auf ihren Lippen, bis sich die blödsinnige Tee-Geschichte mit den Schwaden des Kochers in der kleinen Küche vermengt und aufgelöst hatte. Dann eben nicht, Kinder, dachte Sonja, dann wird eben ab jetzt weniger Freundlichkeit eingemischt.

»In zwanzig Minuten kommt mein erster Klient, dann müssen Sie, äh, also, ihr mit eurer Kamera bitte draußen sein.«

»Kein Problem, ich muss eh gleich arbeiten, bin gleich hier zwei Straßen weiter die Brotstituierte«, sagte das Mädchen mit Namen Tove, und Sonja merkte natürlich, dass sie den Brotstituierten-Witz schon öfter gemacht hatte, denn ihre Freundin verzog keine Miene dazu. Tove hob die große Papiertüte mit dem Logo einer Bio-Bäckereikette hoch. Die Mädchen ließen ihr gerade noch Zeit zum Hinsetzen. Tove schien eine Art Moderatorinnenrolle zu übernehmen, sie platzierte sich dafür, ehe Sonja protestieren konnte, im Schneidersitz neben ihr auf dem Schreibtisch und redete sofort in das Gerät der anderen. Sie trug kurz abgeschnittene Jeans, sodass sich auf Sonjas Tischkalender und der altmodischen Schreibunterlage aus fleckigem Leder (ein liebgewonnener Flohmarktfund von Paul) ein weißes Schenkelgebirge türmte, hinter dem sich Sonja vorkam wie an der Fleischtheke. Das Mädchen hielt vor ihr einen strengen Monolog in die Linse, der sich etwa zu gleichen Teilen um die Rolle der Frau in einer veralteten Gesellschaftsform der monogamen Beziehung im Allgemeinen und im Besonderen um das Hinnehmen und Erdulden drehte, das Tove als eines der Grundprobleme aller verheirateten Frauen erkannt hatte. Anfangs nickte Sonja zu manchen Sätzen, wartete schließlich aber nur noch ergeben auf ihren Einsatz. Was war ihre Rolle hier? Wollten die Mädchen sie als mütterliche Liebes-Expertin, die ihnen nur bestätigte, was sie ja ohnehin offenbar schon längst für sich entschieden hatten (wann geschah das mittlerweile eigentlich, mit acht?)? Oder war sie doch eher als Zeitzeugin einer dunklen Männer-Epoche interessant, in der es noch als Werbung durchging, wenn Frauen im Badeanzug ein überdimensionales Kaugummi-Paket am Strand herumschleppten. Und Tove, woher kannte sie diesen seltsamen Namen?

Als Tove in ihrer Kampfrede bei der Forderung angelangt war, wonach alle noch verheirateten Frauen mindestens einmal im Jahr verpflichtend und in einem feierlichen Ritual fremdgehen müssten, warf Sonja einen Seitenblick auf das aufleuchtende Display ihres alten Schreibtischrechners, der jeden Tag träger aus seinem Ruhezustand zu ihr zurückkam, wie ein sehr alter Hund aus seinem Korb. Über dem Symbol für Posteingang machte eine dreistellige Zahl neuer Nachrichten Kniebeugen. Eine ganze Weile fiel ihr zu diesem seltsamen Anblick in ihrem Augenwinkel nichts ein. Wenn sie ehrlich war, stellte sie sich eigentlich so in etwa einen Datenangriff vor – absurde Vorgänge auf dem Bildschirm, ein irrer Tanz des Systems mit sich selbst. Aber es waren einfach E-Mails, nur eben viel mehr als sonst. Weil Tove sich bei den letzten Sätzen offenbar auf eine Art versprochen hatte, die den Userinnen von Supergaby.com dann doch nicht zuzumuten war, musste sie in ihrer Seitensprung-Suada noch mal ansetzen. Sonja überflog so lange die Absender der Mails: Produktionsfirmen, Zeitungen, das Büro eines recht bekannten Oppositionspolitikers und dazwischen vieles, was nach Privatadressen aussah. Sie musste diese Zuschriften nicht öffnen, um zu wissen, worum es darin ging, die Betreffzeilen verrieten es: Ihr Radiogespräch, Lebensgespräch, Du im Radio, Eben gehört, Endlich sagt's mal eine!! Dazu reihten sich sehr viele Betreffzeilen, die nur schlagende Herzsymbole oder tanzende Daumenhochs waren, untereinander auf.

Sie hatte nicht bemerkt, dass Maja mit der kleinen Kamera hinter sie getreten war und sie bei der ungewohnten Aussicht auf ihr Postfach filmte.

»Da hat jemand gestern wohl einen Nerv getroffen«, sagte das Mädchen in der unnötig frohlockenden Tonlage eines Kommentators für neue Sportarten.

»Sieht ganz so aus.«

Tove übernahm wieder.

»Ja, irre, wir sind hier live dabei, wie die alte Dr. Sonja Wilms im Netz krassulös abgeht. Kein Wunder, weil du eben gestern ausgesprochen hast, was sich viele, nein, alle!«, Toves Stimme überschlug sich bei dieser Korrektur, »alle Frauen auf der ganzen Welt denken. Wir sind keine verstellbaren Schirmleuchten für Männer, yeah, Alter, bring endlich den Müll raus!!«

»Arbeitsleuchten«, korrigierte Sonja irritiert über die letzten Worte und weil sie nicht mal wusste, was eine Schirmleuchte sein sollte. Sie hatte von Paul gelernt, dass es, gerade was Einrichtung und Garderobe betraf, für jedes Teil und jede Variation ein richtiges Wort gab und es darauf ankam, diese Sachen richtig zu benennen. So unterschied man sich von den Leckermenschen, die Paul so genannt hatte, weil sie jedes Gericht lecker fanden, ohne weitere Unterschiede.

»Ist doch egal«, sagte Tove und wackelte lässig mit ihrer rasierten Kopfseite in das aufnehmende Handgerät ihrer Freundin. Dann wandte sie sich an Sonja:

»Wir spielen jetzt zum Abschluss das Spiel ›Pärchenfragen‹, und das geht so: Ich stelle dir zwei Fragen, und eine davon musst du immer beantworten, welche, das darfst du aussuchen, in Ordnung?«

Sonja sagte »In Ordnung«, dachte aber nichts dergleichen.

»Welche Rolle würdest du am liebsten in einem postpornographischen Porno spielen?«

»Ahm, und was ist die zweite Frage?«

»Warum hast du überhaupt geheiratet?«

Den jungen Mann, der bereits vor der Tür gestanden hatte, als Tove und Maja abgezogen waren, ließ sie eine knappe

Stunde lang seine Träume erzählen und selbst deuten, sie selber steuerte immer nur die nötigsten Gesprächsbänkchen dazu bei, zum Beispiel »Wie hat sich das für Sie angefühlt?« oder »Mich interessiert jetzt mal, wie Sie selbst das einordnen«. Zu diesem Notbehelf aller Therapeuten griff sie äußerst selten, vor allem weil Traumnacherzählungen grundsätzlich die Hölle waren. Sie langweilten sie schon in Romanen, sie hasste Traumsequenzen in Filmen, und natürlich sorgte ihr Beruf dafür, dass ihr auch jenseits der Arbeit ständig Träume erzählt wurden. Paul selbst war ein akribischer Verfolger und Interpret seiner Traumbilder gewesen und hatte es zur Gewohnheit, sie am Frühstückstisch mit archäologischer Begeisterung und sich immer wieder korrigierend und neu ansetzend in plättender Gänze zu erzählen und das wirklich als Gespräch unter Erwachsenen zu begreifen. Dabei sind weder die Korrekturen noch die Ausführlichkeit bei Traumschilderungen von irgendeinem Belang. Von einem Zuhörer Anteilnahme für einen albernen Haufen nicht erlebter Erlebnisse aus der Bällchenwelt zu erwarten ist schlichtweg kindisch. Als müsste man sich für unscharfe Urlaubsfotos eines Fremden interessieren. Was Freud anging, dessen Traumwiedergaben in ihrem Studium natürlich prüfungsrelevant gewesen waren – insgeheim glaubte Sonja, dass er das meiste davon an seinem Schreibtisch erfunden hatte, immer passend zum jeweiligen Kapitel.

Als er weg war, sagte sie den anderen Patienten für diesen Tag ab. Dann räumte Sonja eilig das Fensterbrett leer, befreite es von leeren Vasen, einem Kaktus, einer kleinen Schmuckschale, die nur einen Ohrring enthielt, den sie einmal im Teppich unter dem Klientensessel gefunden hatte, und einem Stapel Post mit unklarem Ablaufdatum, und dann riss sie das große Fenster auf, das diese Überraschung mit einem unwilligen Seufzen der Dichtungslippen kommentierte. Es war, als hätten Tove und ihre Freundin in nur einer halbe Stunde sämtliche Ressourcen des Raumes aufgebraucht, als könnten hier nie wieder Menschen über ihre Probleme sprechen, wenn nicht erst ein Wind, besser ein kleiner Taifun durchzog und alles inklusive Therapeutin erneuerte.

Sara

Es wird behauptet, man könne nicht wegsehen, wenn man Zeuge eines Unfalls wird. Sara wusste, dass das nicht stimmte. Wenn man als Einziger den Schnittpunkt eines Jet-Skis mit der Bahn eines Schwimmers vorausgesehen hatte oder beim Blick aus dem landenden Flugzeug beobachtete, wie unten ein Mann mit einem Rucksack und einer Fahne voller arabischer Schriftzeichen über das Rollfeld gerannt war, schaute man im entscheidenden Moment eben doch weg. Formulierte dabei etwas in der Art, dass bitte nicht das eintreten möge, wonach es aussah, und spürte dann im Magen den unheilvollen Druck des durchstartenden Flugzeugs. Das war zumindest die Erfahrung von Sara Almeida, und warum sollte sie etwas anderes glauben? Auch den Unfall, den Paul an diesem Abend im Kiko's halbwegs selbst verursacht hatte mit seiner aufgeregten Fragerei, hatte sie nicht gut mit ansehen können. Was er herausgefunden hatte, war so traurig, und er war so leicht zu demolieren. Oft erschien es ihr unglaublich, dass dieser Mann fünfundvierzig Jahre alt geworden war und dabei Trennungen von seiner Frau und von seiner Mutter weggesteckt hatte. Er war doch immer noch wie Neuschnee, alles hinterließ in ihm gleich Spuren.

Sie waren ohne ein Wort durch den schlafenden Ort hinaufgewandert und hinter der Kirche in die wirkliche Nachtluft eingetaucht, die von den Bergen kam und nicht vom

Meer. Es war Ende Juli, und sie fühlte noch die ganze Nacht lang Pauls Unruhe neben sich, und es machte sie selbst nervös, denn das war etwas Neues zwischen ihnen. Sie hatte in ihrem Leben viele unruhige, unzufriedene Männer gekannt und sogar besser noch das mahlende Schweigen dieser Männer, mit dem sie eines Tages anfingen, wieder ihre ganz eigenen Entscheidungen zu treffen und langsam die gemeinsamen Wege zu verlassen, bis Sara sie irgendwann anflehen musste, auch nur ihren Namen zu erinnern und auszusprechen. Aber Paul war eigentlich anders, von ihm ging nie irgendeine Übertreibung oder ein unbändiges Drängen aus. Das war es auch, warum sie hier war. Sie hatte schon bei der Talkshow damals vor sich gesehen, wie sie von ihm eine ruhige Selbstverständlichkeit und ungeteilte Aufmerksamkeit bekommen konnte. Hatte einen Mann gesehen, der niemals zu viel wollen, nicht jede Nacht neue Ziele abstecken, nicht ständig abgelenkt sein würde, aber auch nicht wie Tin jederzeit bereit, sich selbst zu löschen und von Sara komplett neu programmieren zu lassen. Nein, sie wollte die Frau an der Seite eines gefestigten Mannes sein, der auf eine Schaukel steigen konnte, ohne gleich nach dem Überschlag zu fragen. Das schien ihr zumindest einen Versuch wert. So wie bei Paul hatte sie sich während des Studiums und während der Jahre mit ihren Künstlerfreunden das Leben der anderen Erwachsenen immer vorgestellt, als ruhiges Treiben in gedämpftem Licht und mit gedämpften Erwartungen. Im Grunde war ihre Kunst damals vor allem Verachtung für dieses Leben der anderen gewesen. Alles, bloß kein Klassiker und niemals ein gerahmtes Bild! Aber diese innige Abgrenzung hatte Sara nirgendwohin geführt, und einer nach dem anderen waren ihre Kommilitonen auf die andere Seite übergelaufen, mit einem geerbten Haus die einen, mit einem versehentlich gezeugten Kind die anderen, bis Sara die Einzige gewesen war, die noch auf einer gefundenen Matratze bei ihrem Freund Tin geschlafen und immer mehr Schwierigkeiten hatte, Aktivisten für eine unpolitische Performance mit Körperfarben zu finden.

Also, hatte sie gedacht, wenn auch sie jetzt einmal Atem schöpfen durfte, dann mit einem wie Paul. Die Sachen ruhig werden lassen, sich ein bisschen einordnen. Sie war erschöpft vom Brennen. Was sie nicht gewusst hatte, war, ob sie sich in das alles wirklich verlieben könnte. Ein Jahr hatte sie sich gegeben, das herauszufinden. Als sie heute an der Boje gewendet hatte und wieder Richtung Strand geschwommen war, hatte sie ihn zwischen den bunten wimmelnden Menschen sofort gesehen. Paul hatte in seiner grünen Badehose angespannt auf dem Handtuch gesessen, ein hellhäutiger Fremdkörper, den Kopf aufrecht in ihrer Richtung, unerschütterlich wie eine Statue. Alles hatte in dieser Haltung mit ihm auf dem Handtuch gesessen, seine Anhänglichkeit, seine Skepsis gegenüber Menschenmengen, das Unwohlsein mit seinem Körper bei Tageslicht, aber auch die Sorge um sie. Grüne Badehose oder nicht, er würde immer auf sie warten. Während sie also mit den Wellen auf dieses Bild eines wartenden Mannes zugeschwommen war, hatte sie endlich eine Antwort auf die Frage, ob das nun wirklich Liebe war. Und bis sie am Strand ankam, war der Salzgehalt des Atlantiks um einen wirklich sehr kleinen Anteil gestiegen.

Am nächsten Tag war Paul früh wach geworden und hatte ganz gegen seine Gewohnheit auf diesen Umstand aufmerksam gemacht, vernehmlich geseufzt und sich so lange umständlich gewendet und geschüttelt, bis Sara neben ihm die Augen geöffnet und ihn ruhig angesehen hatte, seine dünnen hellen Haare waren auf seinem Kopf zerknüllt wie etwas, das Ornithologen interessieren könnte. Er war erleichtert.

»Bist du wach? Du siehst wach aus, guten Tag, guten Tag, es ist der 1. August.« Eine ungeduldige Anstandspause. »Ich denke gerade, also, was hältst du davon, wenn wir Kiko anbieten, den Laden weiterzuführen, während sie weg ist, also Teller hinstellen und Bierflaschen aufmachen und so. Ist doch kein Problem. Ich war früher mal an der Kasse in einem Getränkemarkt. Und du wärst doch perfekt hinter Kikos Bar, findest du nicht? Sie muss nicht zumachen und uns nicht bezahlen, und das Geld, das wir für sie verdienen, nimmt sie für ihre Operation oder Reha, was genau ihr da jetzt nicht gezahlt wird, habe ich nicht verstanden. Sie macht ja immer erst abends auf, und wir haben ja sonst nicht viel zu tun.«

Das also hatte in ihm gerieben. Sara hatte schon die Vermutung gehabt, dass er sich als Kikos Retter angesprochen fühlte, aber sie war davon ausgegangen, dass er ihr einfach auf eine nette Art Geld geben würde. Sie hatte sich noch nie Gedanken darüber gemacht, wie viel er davon zur Verfügung hatte, das war ihr bei den Männern immer egal gewesen, leider auch bei sich selbst. Sie waren in sehr schönen Hotels abgestiegen und in kleinen Pensionen, zuletzt nur noch in Letzteren, aber es hatte ihr immer gleich viel bedeutet. Sara war trotzdem davon ausgegangen, dass ein guter Teil von Pauls Ruhe von einem Konto herrührte, so voll, dass man ein paar Wochen lang nicht nachsehen musste. Sie stellte ihn sich jetzt in einer von Kikos blauen Arbeitsschürzen vor, mit zurückgerollten Hemdsärmeln, weißer Serviette über der Schulter und ein wenig orientierungslos. Damit hatte er gewonnen, ohne es zu ahnen.

»Getränkemarkt, ach ja?«, sagte sie ins Kissen. »Wann war das denn? Ich habe ungefähr in zehn verschiedenen Bars gearbeitet, von illegalem Schwulenclub bis Messehotel war alles dabei, du kannst bei Kiko also höchstens mal als mein Gehilfe anfangen.«

»Dann aber Gehülfe, bitte schön«, sagte er, sofort einlenkend.

»Und unser Portugiesisch? Wir haben ja Kiko gestern schon kaum verstanden, wie sollen wir die alten Fischer verstehen? Die sehen nicht so aus, als hätten sie Lust auf Buchstabieren. Oder wenn irgendwelche Sachen beim Essen sind, Reklamationen und so.« Das waren wohlgemerkt nicht Saras Bedenken, sie hatte keine. Sie formulierte nur schon mal das, was Paul zweifellos in der nächsten Zeit einfallen und ihm Kopfzerbrechen bereiten würde. Mütter machten das ständig für ihre Kinder, das war ihr mal aufgefallen.

»Das meiste sind Touristen. Und die Einheimischen können doch froh sein, wenn wir die Kneipe weiterführen, außerdem trinken die immer das Gleiche, und wir stellen eine Spardose auf, für Kiko, und schauen böse, wenn ihre Nachbarn da nicht fleißig was abdrücken.«

»Und unsere Abende? Das geht immer bis eins oder zwei da unten. Sauber machen müssen wir wohl auch.« Sie ließ ihre Hand wandern, und Paul drehte sich so zu ihr, dass diese kleine Wanderung einen für ihn denkbar günstigen Ausgang nehmen konnte.

»Wir haben immer noch den ganzen Tag. Außerdem saßen wir doch sowieso meistens bis zum Schluss bei Kiko.«

Und damit war es beschlossen.

Wulfstedt

Der Nachrichtenraum lag im oberen Drittel des scharfkantigen Hochhauses und war gleichmäßig blendfrei beleuchtet. Gerade hatte sich die Spätschicht an einem langen Tisch versammelt, um die Einschätzung ihres Nachrichtenchefs zur Tageslage zu hören und die Aufgaben der Nacht zu empfangen. Die Weltkarte auf einem großen Bildschirm hinter Wulfstedt an der Wand zeigte keine blinkenden roten Kreuze, was bedeutete, dass der Tag wohl ohne größere Anschlagsmeldungen zu Ende gehen würde. Vielleicht könnte deshalb tatsächlich noch mal der verwehte Gleitschirmattentäter vom Wochenende einen kleinen Spin bekommen, dachte Wulfstedt laut nach, und niemand widersprach ihm, aus Prinzip. Einige gelbe Kreuze auf der arabischen Halbinsel, in Mittelamerika und an irgendwelchen der ständig neu gezogenen türkischen Grenzabschnitte zeigten die Aktivitäten von Attack-Drohnen der Alliierten, nichts Besonderes, das ging in die Meldungen. Vier blaue Flugzeugsymbole zeigten Landungen oder Starts von Maschinen, die Diktatoren oder diktatorischen Regimes zugeschrieben wurden, ein Durchschnittswert, das war nur etwas für Statistiken der Investigativen. Der Rest des großen Weltschirms war in harmlose Farbpulse unterschiedlicher Indizes und Netzaktivitäten getaucht, was nichts anderes bedeutete, als dass die Menschheit plangemäß kaufte, kommentierte, zeugte, starb und spekulierte, dass diese Spätschicht ruhig werden würde und die Redakteure der leichteren Ressorts einspringen mussten, um die Spalten zu füllen. Wulfstedt wusste das und schob in Richtung dieser Kollegen eine Nachricht weiter, die zuletzt auf allen Suchmaschinen oben gelaufen war, unter Hashtag *Dr. Sonja* oder *sonjastrikesback*. Soweit er die Sache verstehe, sagte er und stellte sich absichtlich begriffsstutzig, wie Vorgesetzte seines Schlages bei bestimmten Themen es nun mal taten, soweit *er* verstehe also, handle es sich um eine neue, galoppierende Netzbegeisterung über eine Therapeutin – er dehnte das Wort nachdenklich, manche lachten –, die irgendwas herausgefunden oder veröffentlicht habe. Die Feministen jedenfalls würden jetzt wieder komplett durchdrehen, auch die gemäßigten. Und die Frau war, wenn ihn nicht alles täuschte, ha, sogar von hier, da könne man doch was machen. Jemand aus dem Emo-Ressort nickte wissend, identifizierte Dr. Wilms als die ehemalige Bestseller-Kummertante und schloss mit der Bemerkung, es müssten Fotos vorliegen. Wulfstedt nickte knapp und war schon weiter, sortierte jetzt konzentriert wie ein Fluglotse die eingegangenen Tickets für Wirtschaft, Sport und die kommentierten Sicherheitswarnungen der Behörden, setzte die besonders wertvollen Übernahmetexte für die Printausgabe am Samstag fest und las kommende Interviewtermine laut von seinem Gerät ab. Dann hatte die Nacht ihr Gerüst, und die Redakteure, die meisten waren deutlich unter fünfunddreißig, rollten auf ihren Stühlen an die Schreibtische zurück, keiner hatte mehr Fragen. Der Nachrichtenchef blieb am Kopfende des langen Tischs sitzen, als warte er auf das Echo dieser Konferenz. Manchmal verbrachte er hier die ganze Nacht und ging nicht extra in sein Büro, das ein Stockwerk höher eine ganze Hochhausecke, sprich zwei Himmelsrichtungen einnahm und an manchen Tagen einen bemerkenswerten Ausblick bot, den schon lange niemand mehr bemerkt hatte. Texte freischalten und sie auf der Seite des Magazins je nach Quote herumschieben konnte er auch von hier. Und er mochte das Gefühl des leeren langen Tisches vor ihm und der Kollegen in seinem Rücken, er bildete sich ein, dass sie bisweilen stumme Gesten des Respekts in seine Richtung machten. Er galt im ganzen Haus als akribischer Vorarbeiter, als Nachrichten-Urgestein, und er pflegte diese Rolle, indem er da war, wenn die anderen kamen, und sich niemals eine Form von Hektik oder Überschwang gestattete. Bevor es später eng wurde, hatte er jetzt Zeit, ein Paar Sachen zu erledigen, Personalpapiere zu unterschreiben, Pläne abzuzeichnen und auf E-Mails zu antworten, die sich in einem Ordner mit der Aufschrift *Später* im Laufe der Woche gesammelt hatten. Darin war auch die lange Nachricht von Paul Neulich, dem Kolumnisten. Tatsächlich hatte Wulfstedt mit seiner E-Mail ein bisschen vorfühlen wollen, wie es um den Antrieb und die allgemeine Gemütslage des Mannes bestellt war, dessen Kolumne sie seit einiger Zeit in kleinen Runden im Haus diskutierten. Was er dem lieben Neulich verschwiegen hatte, war, dass das Magazin schon seit geraumer Zeit Drohbotschaften auf verschiedenen Wegen erreichten, die sich direkt gegen August Sternberg richteten. Es schien keine konzertierte Aktion zu sein, aber die Unterzeichner der Zuschriften kamen alle aus den Reihen der Linksextremen oder Frauenbewegungen oder beides. Sie nahmen Anstoß an dem, wie sie schrieben, »reaktionären Gefasel« Sternbergs, wollten seine »erzkonservative, rückwärtsgewandte Propaganda für immer verstummen lassen«. Einige nahmen auch das Magazin selbst ins Visier, es gab Video-Nachrichten, die auf den Geräten der Chefredaktion gelandet waren, in denen mit »unangenehmen Vorfällen« in unmittelbarer Nähe des Verlagshauses gedroht worden war, sollten die »faschistische Schulmeisterei, dieser restaurative, fortschrittsfeindliche Dreck« weiter veröffentlicht werden. Der Sicherheitschef des Magazins hatte mit seinem Team die Botschaften geprüft, einen Tag lang war ein schon deutlich militärisch wirkendes Safety-Team der Polizei da gewesen, sie hatten die Räume durchsucht und die Sicherheitsleute einem Training unterzogen. Wer seitdem in das Haus wollte, wurde einzeln in einer Schleuse aus Sicherheitsglas gecheckt. Es war nicht das erste Mal, natürlich, dass das Magazin Drohungen bekam. Aber die Anschläge auf Verlagsgebäude und Fernsehsender hatten in den letzten 18 Monaten deutlich zugenommen, und der neue Haupteigentümer des Verlags in den Niederlanden hatte schlechte Erfahrungen gemacht. Dort hatten sich vor dem verglasten Amsterdamer Hauptstadtstudio radikale Umweltschützer bei laufender Kamera gesprengt, wonach unter dem Logo des Senders ein paar Sekunden lang sehr unschöne Bilder ausgestrahlt worden waren. Nur zwei Wochen später hatte ein Trauerzug von Ultralinken vor dem Gebäude seiner Wut freien Lauf gelassen und erhebliche Schäden verursacht. Deshalb also waren die Besitzer vorsichtig geworden, und deshalb wurde unter Wulfstedts Lexus jeden Morgen ein kleines selbstfahrendes Wägelchen geschickt, das den Unterboden auf Haftsprengsätze untersuchte, bevor sich die Schranke öffnete.

Wulfstedt waren solche Dinge egal. Wenn man dreißig Jahre lang Nachrichten gemacht hatte, kam einem diese Welt ohnehin vor wie ein Waffenarsenal, eingerichtet und kontrolliert von Menschen, die sich selbst zur Exekutive ernannt hatten und allesamt den einzig wahren Glauben verteidigten, nämlich den an sich selbst. Als die Anschläge immer öfter in den eigenen Städten verübt wurden, als auch hierzulande nahezu jeder Erfahrung mit irgendeiner »hässlichen Sache« gemacht hatte, war Wulfstedt schon lange Terrorwitwer gewesen. Seine Frau war noch in der alten Zeit getötet worden, als ein einzelner Anschlag wochenlang die Nachrichten beherrschen konnte. Sie hatte in dem Airbus von Boston nach Frankfurt gesessen, der über dem Atlantik explodiert war. Den Angehörigen der Opfer war damals eine Reise zu der vermuteten Absturzstelle organisiert worden. In orangen Thermo-Schwimmanzügen hatten sie nach einem Sirenensignal an der Reling gestanden. Es war zu gefährlich zum Weinen gewesen, weil die Tränen fast sofort am Gesicht festfroren. Wulfstedt hatte sich also an die Anweisung des Betreuers gehalten und nicht geweint, und das war nicht besonders schwer gewesen, denn es gab für ihn an dieser Stelle keine erkennbare Erinnerung an Anette, die das Meer, zumal kaltes, nie gemocht hatte. Immerhin, so hatte man ihnen versichert, dürfte keiner der Passagiere noch bei Bewusstsein in Kontakt mit dem Eiswasser vor Neufundland gekommen sein. Das war eigentlich eine schöne Reise gewesen, dachte Wulfstedt heute, abgesehen natürlich vom Anlass. Ein paar zerkleinerte Wrackteile, die in den Wochen nach dem Absturz aus dem Meer gefischt worden waren, wurden am Jahrestag des Anschlags, in schwarze Hohlrahmen montiert, an die Hinterbliebenen geschickt. Er hatte die Installation in seinem Büro hängen, manchmal fragte ein neuer Kollege, was es damit auf sich hatte, und Wulfstedt ergab sich dann müde in die Höflichkeit der Menschen, die für gewöhnlich auf seine Erklärung folgte. So einen Aufwand betrieb man damals noch, sagte er manchmal dazu, als wäre die Rückständigkeit kaum zu glauben. Aber mittlerweile wurden die Opfer von Anschlägen ja so nüchtern gezählt und vermeldet wie gefallene Soldaten in einem Krieg, die Angehörigen bekamen auch eine ganz ähnliche standardisierte Kondolenzbotschaft übermittelt, fertig. Immerhin war heute meistens schnell klar, wer hinter welcher Bombe steckte, denn je mehr bewaffnete Gruppierungen und Fronten es gab, desto größer war ihr Verlangen, richtig zugeordnet zu werden. Besonders spektakuläre Anschläge wollten sich immer mehrere Lager auf die Fahnen schreiben, und die Journalisten hatten einen gewissen Ehrgeiz entwickelt, keine falschen Urheber auszuweisen. Man ging davon aus, dass es den Hinterbliebenen wichtig war, zu wissen, auf das Zündplättchen welcher Agenda ihre Verwandten oder Freunde versehentlich getreten waren. Wer vor neunzehn Jahren Anettes Flugzeug gesprengt hatte, war allerdings nie geklärt worden. Eine ganze Zeit lang hatte Wulfstedt es für seine journalistische Berufung gehalten, die Umstände des Unglücks aufzuklären, auch noch lange nachdem die Behörden den Fall abgelegt hatten. Sogar ein kleines Buch hatte er damals aus seiner Recherche gemacht, aber das war mehr der eigenen Eitelkeit als den darin präsentierten Ereignissen geschuldet gewesen, auch die Kollegen damals hatten die Untersuchungen eher als aktive Trauerarbeit gelesen. Dennoch hatte er danach, sozusagen als Pionier in Sachen Terrorjournalismus, Karriere gemacht. Es war, als ob der Tod seiner Frau eine besondere Eignung für den Umgang mit dem aufziehenden Chaos in der Welt markiert hätte. Heute sah er, dass es höchstens seine Nüchternheit war, die ihn fortan dazu befähigte, Newsrooms zu leiten, und die stillschweigende Gewissheit der Chefs, dass er als Letzter gehen und als Erster kommen würde, weil sein über Nacht kahl gewordenes Zuhause natürlich die Hölle war. Seine Jobs und die Hingabe an das

Magazin sorgten seitdem zuverlässig dafür, dass es auch so blieb.

Keiner seiner heutigen Kollegen konnte sich an den Absturz der Boeing erinnern, er selbst hatte manche grundlegenden Zusammenhänge vergessen, zum Beispiel wusste er gar nicht mehr genau, warum Anette diese Reise hatte antreten müssen. Sie war zwar Architektin, aber eigentlich noch weit von internationaler Bedeutung entfernt gewesen. Er würde das bei Gelegenheit nachsehen müssen, irgendwo hatte er die Tagebücher aus jener Zeit verwahrt, fest eingekapselt wie eine schlafende Tuberkulosezelle in der Lunge eines Krankenpflegers.

Lieber Herr Wulfstedt,
etwa zwölf Kilometer vor der spanischen Grenze gibt es ein portugiesisches Fischerdorf, das sich selbst als Hauptstadt des Oktopus bezeichnet. Haben Sie davon schon mal gehört? Wahrscheinlich nicht, denn ehrlich gesagt hat man ja zwei Dörfer weiter auch schon nichts mehr von dieser Hauptstadt gehört. Das Dorf liegt trotzdem seit ein paar hundert Jahren da, rund um einen kleinen natürlichen Hafen, der bei Ebbe ein paar Stunden lang aussieht wie ein wirklich großer Sandkasten nach dem Regen. Es gibt eine ausgezeichnete Kneipe dort unten, die ich Ihnen bei Gelegenheit gerne zeigen würde, und daneben auch noch allerlei für Touristen, sogar ein Schiff, mit dem man zum Haiangeln hinausfahren kann. Na, wäre das was für Sie? Oder wollen Sie im Urlaub lieber mal kein Haifischbecken sehen? Pardon!
Jedenfalls die Straßen steigen vom Hafen gleich ziemlich steil an, es sind eigentlich nur Gassen, und nach ein paar hundert Metern hat man schon eine Aussicht bis weit hinüber nach Spanien. Dort oben steht dann auch die Kirche des Ortes,

hinter einem großzotteligen Johannisbrotbaum. Sie hat eine luftig schwingende Glocke in ihrem Turm, bei der unsereiner sofort an alte Filmmusik denken muss, und ist der heiligen Elisabeth von Aragonien gewidmet. Wissen Sie, das war eine famose Person, die mehrfach Kriege verhindert hat, indem sie unbewaffnet zwischen den Fronten hindurchgeritten war, unter uns gesagt, es war immer die gleiche Masche, aber offenbar effektiv. Derlei genügte damals noch, um Kriege zu verhindern. Jedenfalls hinter dieser Kirche und dem Friedhof franst das Dorf bald aus, es geht immer noch ein wenig bergan, niedrige Kalksteinmauern säumen dann die Straße, Mauern auf denen Eidechsen und Kakteen wachsen, und dahinter liegt ein bisschen neuzeitlicher Müll, wie er gelegentlich bei voller Fahrt aus den Fenstern von Kleinwagen geschleudert wird. Dann beginnen hinter den Mauern ein paar Orangenplantagen, dazwischen wachsen wilde Wiesen, in denen entlaufene Orangenbäume und sehr alte Oliven mit ein paar Kaninchen nebeneinanderleben, und irgendwo auf diesem erhabenen Land stehen zwei, drei geduckte Häuser aus hellem Stein mit grünen Fensterläden, die früher eine Familie ihr Zuhause genannt haben mochte. Eine Familie, die bei der Feldarbeit aufs Meer schauen konnte, es aber vermutlich nicht oft tat, schließlich hatten ihre Vorfahren diese Meere schon gründlich abgesegelt und die Neugier des Volkes gestillt. Heute lebt noch eine alte, knotige Portugiesin hier oben, von der nur zu sagen ist, dass sie etwas gegen Langschläfer hat und ein gewisses Verständnis von Sauberkeit. Und in einem der anderen Häuser steht seit sechs Wochen der alte Aufklapp-Rechner, auf dem diese Sätze geschrieben werden.

Das nur, damit Sie, verehrter Wulfstedt, mal ein Bild haben von den Lebensumständen von August Sternberg. Er hat sich

Ihre Kritik durchaus zu Herzen genommen, das darf ich ausrichten, auch wenn er sie nicht teilt. Es mag ja sein, dass die Welt in ihrer derzeitigen Verfassung nicht allzu viel Verwendung für leichtes Plaudern, Etikette und Kleiderregeln hat. Bitte schön, dazu möchten wir einwenden, dass viele dieser Regeln und Umgangsformen schon ein paar weitaus wichtigere Kriege und Monarchien überdauert haben. Gerade in Zeiten, in denen die ganze Welt auseinanderfällt, scheint uns ein Windsor-Spezialknoten in der Krawatte zumindest einen Versuch wert zu sein. Gerade jetzt brauchen die Menschen doch Anleitung, wie die Dinge zusammenzuhalten sind und worauf man sich verlassen kann. Es wird konservativen Gemütern gerne vorgeworfen, dass es leichter wäre, Altes zu verteidigen, als Neues zu erproben. Mit Verlaub, da möchten Sternberg und ich widersprechen, denn das Alte wird heute viel zu schnell vergessen, gewaltsam verdrängt sozusagen, deswegen braucht es unbedingt ein paar Fürsprecher. Dafür stehen wir weiterhin mit größter Freude zur Verfügung und verbleiben mit einem herzlichen Adeus!
August Sternberg, geb. Neulich

Es war kurz nach halb zehn, als Wulfstedt endlich die langatmige Antwort von Paul Neulich aus Portugal zu Ende gelesen hatte. Es war, wie er es sich gedacht hatte, Neulich war zu lange in keiner Redaktion mehr gewesen. Wie er auftrat und sprach, spiegelte das heitere Journalistenleben einer publizistischen Epoche, die längst Vergangenheit war. Es war Wulfstedt unangenehm, in der Art, wie einem die Unbeholfenheit von Betrunkenen unangenehm war, wenn man ihr zusehen musste. Schon diese schwärmerische Schilderung der Ferne, das glorifizierte Reisen, das Neulich da offenbar zusammen mit einer Frau (oder einem Mann? Wulfstedt wusste es nicht, für solche Fragen interessierte er sich seit neunzehn Jahren nicht mehr) betrieb, war nicht mehr zeitgemäß. Freies Herumreisen, treiben lassen, Städtehopping, das waren Ideale seiner Jugend gewesen. Heute kam das nicht mehr gut an, war ja auch oft genug gar nicht mehr möglich, die Menschen fuhren, wenn überhaupt, in festen Verbänden in den Süden, in Sicherheitshotels oder in die neuen Urlaubs-Territorien, die von den deutschen Behörden überwacht wurden. Viele verreisten aber überhaupt nicht mehr, Freedom Lights hin oder her, die Neugier auf die Welt hatte nachgelassen, und die ganze Tourismusbranche befand sich in einem langsamen Niedergang, wenn Wulfstedt seinen Kollegen aus der Wirtschaft richtig verstanden hatte. Man blieb, wo man war, ließ sich im Urlaub irgendwo in der Nähe oder vielleicht in der Schweiz fit spritzen oder umoperieren und buchte ein Erlebnisbilderpaket für seine Bio-Seite, das nach möglichst viel unspezifischem Spaß aussah. Natürlich musste der Benimmpapst nicht politisch sein, aber mit seinen seltsam antiquierten Episoden der letzten Zeit und absichtlich unmodernen Standpunkten tat er nicht nur sich keinen Gefallen mehr, es warf langsam auch ein gewisses Licht auf das Magazin. Und es waren jedenfalls schon Menschen wegen weniger kruden Vorträgen gesprengt worden. Gerade weil Wulfstedt selbst in dem blendfreien Licht der Redaktion grau geworden war, hatte er wenig Mitleid mit denjenigen, die es sich leicht machen wollten und jegliche Anpassung verweigerten. Genug damit. In dem jähen Verlangen, diese Sache endlich hinter sich zu lassen, teilte er Neulich in ein paar schnell formulierten Sätzen das nahende Ende der Sternberg-Kolumne mit. Die Chefredaktion und die Herausgeber hatten Wulfstedt den Spielraum für diesen Schritt schon lange gegeben. Es war ein ungenaues Gefühl der Anhänglichkeit an die letzten alten Dinge, das Wulfstedt bisher noch zuwarten ließ. Aber damit war es jetzt vorbei, Wulfstedt straffte sich, als die Nachricht abgeschickt war, ganz so als trüge er eine Uniform. Es war das Richtige. Niemand schätzte diese Art von Bevormundung mehr, die neuen Medien hatten sich einer grundlegenden Beobachterrolle verschrieben, um keinem Leser zu nahe zu treten. Private Ansichten waren heute einfach nicht diskutierbar. Individuelle Lebensweisen waren nicht auf die Art korrigierbar oder anzugreifen, wie Sternberg es tat. Seine Fans waren mit ihm älter geworden, die Jungen, auch in der Redaktion, lachten sich bestenfalls schlapp, wenn es um Krawattenstäbchen, aufrechte Sitzhaltung und die richtige Reihenfolge von Titelnennungen bei Einladungen ging. Manche aber wurden auch ernsthaft zornig und bellten jede Woche in der Konferenz darauf herum.

Ja, auch Wulfstedt trauerte bisweilen der alten Zeit und ihren einfachen Regeln nach, wo manche Dinge fünfzig oder hundert Jahre lang gegolten hatten, Männer zum Beispiel über Jahrzehnte die gleiche Zigarettenmarke in das gleiche silberne Zigarettenetui taten, als gäbe es nie Zweifel an diesem Vorgehen. Beständigkeit, dachte Wulfstedt, das vermisste er. Dank der gesprengten Boeing war er sozusagen Großmeister im Denken an die Vergangenheit geworden. Deshalb ging er aber noch lange nicht in die Retroviertel, er brauchte keine Museumskulisse. Er ließ sich nicht nostalgisch gehen, nein, er hielt akribisch Schritt mit dem neuen Geist. Er war zum Beispiel schon von Anfang an auf harpf.com angemeldet gewesen, es war seine Abwechslung geworden, wenn er nicht schlafen konnte, und zuletzt hatte diese Sache sogar etwas abgeworfen. Wulfstedt wurde warm bei dem Gedanken. Er hatte vor einigen Wochen mit einer jungen Frau geharpft, sehr lange und auf eine Weise, die er dort noch nie zuvor erlebt hatte. Diese Frau, Maja, war von Beginn an außerordentlich zugewandt gewesen und hatte keine der sonst üblichen Harpf-Floskeln oder Kurzzeichen benutzt oder hatte nach einer gewissen Anstandsfrist den Platz am Lagerfeuer gewechselt. Nein, es war ganz so, als hätte sie nur auf diesen Austausch gewartet, was eine irrsinnige Annahme war, man konnte schließlich mit Tausenden jeden Tag dort schreiben und mittlerweile auch sprechen. Aber sie hatten sich dann sehr bald gegenseitig Minuten gekauft. Das war das Geschäftsmodell von harpf.com, seit sie zu einer US-Plattform gehörten, wer zahlte, konnte direkt mit einem bestimmten Harpfer texten, den man sonst in dem Kreis nie wiedergefunden hätte, man wurde sozusagen gegen Gebühr wieder nebeneinandergesetzt. Maja schien sehr interessiert an seiner Arbeit, war auf eine beinahe anrührende Art davon begeistert, dass er tatsächlich das echte Magazin füllte, das bei ihren Eltern noch gelegentlich lag. Sie hatte von ihrem eigenen Interesse am Texten und an Video-News geschrieben und von ihrer Mitarbeit bei verschiedenen jungen Plattformen. Selbst als Wulfstedt noch innerhalb der von Harpf empfohlenen Frist sein Alter, Einkommen und seine sexuelle Aktivitätsstufe (»niedrig«) offengelegt hatte, hatte sie weiter Direktminuten mit ihm gekauft, beinahe jeden Tag. Schließlich hatten sie andere Adressen und Nummern getauscht und gemeinsam harpf.com verlassen, was in Wulfstedts Empfindung ein bisschen war, als würden sie gemeinsam eine Party verlassen. Maja war fast dreißig Jahre jünger und hatte ihre sexuelle Aktivitätsstufe als »hoch« angegeben, was ihn anfangs bei jeder Antwort an sie verlegen gemacht hatte. Ihre Bio-Seite zeigte sie als ernste, aber sonst mit allen Insignien der Neo-

Generation ausgestattete junge Frau mit auffälliger Brille und sehr kurzen schwarzen Haaren. Sie hatte früh gesagt, dass sie sich für ältere Männer interessiere, und auch noch manche Details dieses Interesses ausgeführt, in einer Offenheit, die Wulfstedt schnell das Thema wechseln ließ. Wenn die Jahre im Newsroom und im ständigen Austausch mit den Sicherheitskräften ihn zu einem zähen Unterhändler für Fakten gemacht hatten, so hatte er, was diese anderen Dinge anging, alle Reflexe nahezu zurückgebildet. Er hatte schlicht keine Ahnung, welche Regeln dabei heute galten, aber weil er sich gleichzeitig so geborgen fühlte in den Textfenstern von Maja, hatte er ihr eines Tages eine längere Nachricht mit diesen Bedenken geschrieben. Das Mädchen hatte sofort geantwortet, dass sie ihm vor allem niemals Anlass für irgendwelche Sorgen sein wolle und keinen Mann akzeptiere als einen, der immer nur das ausspricht und macht, was er möchte, dieses Recht nehme sie sich als Frau schließlich auch heraus. Wulftstedt hatte diese Nachricht sogar ausgedruckt, so sehr imponierte ihm der Grad der Aufklärung, der aus diesen wenigen Zeilen sprach. Es kam ihm vor, als könnte er tatsächlich, neunzehn Jahre nachdem er über eine Reling gebeugt seine Frau im Eismeer gesucht hatte, wieder etwas finden.

Tin

»Ja fuck, ernsthaft jetzt? Dabei esse ich so gerne Thunfisch.«

Das Mädchen sah ihn empört an, das Magazin, in dem sie gerade noch gelesen hatte, flatterte zurück auf den Tisch. Tin war erschrocken. Er war immer noch so entzwei, dass jede schnelle Bewegung und eben auch jedes laute Wort und jeder kleine Schrecken sich anfühlten, als würden seine mühsam sortierten Billardkugeln wieder in alle Richtungen zerspringen. Es klopfte warnend von unter seinem Verband. Dass er den Weg bis zu diesem Aufenthaltsraum geschafft hatte, ohne dabei Dr. Fischer oder einer der grauen Schwestern in die Arme zu laufen, check, das war ein Erfolg. Nur dass der Raum eben nicht leer gewesen war, sondern jemand, eine jugendliche Person, wie Tin feststellen musste, darin gesessen hatte, und zwar auf eine ziemlich unreife Weise, die drei der fünf Sessel blockierte. Tin hatte sich in den äußersten Sessel gesetzt und panisch nach einem Schutzschild gegriffen, das wie ein Modemagazin aussah, in Wirklichkeit war es so eine Art Werbekatalog für die Klinik, die offenbar Teil einer ganzen Reihe von Krankenhäusern war. Auf Hochglanzfotos drängten sich Ansichten von Behandlungsräumen, einladend lächelnde graue Schwestern verschiedener Hautfarben, gemachte Betten und strahlende Ärzte aneinander, und die kurzen Texte dazu versprachen moderne Präventivmethoden, von den Tin noch nie etwas gehört hatte. Er hatte dann auch nicht richtig darin gelesen, sondern vor allem das Gefühl ausgekostet, etwas anderes um sich zu haben als sein Bett. Seit ihm die Schwester eröffnet hatte, dass sein Gerät wohl offenbar leider auf dem Weg hierher verlorengegangen sei, das passiere manchmal bei solchen Nottransporten, hatte Tin in seinem Zimmer das Gefühl gehabt, alleine auf einer weißen Landkarte zu existieren. Er und das Loch in seinem Bauch. Der Spaziergang bis hier, entlang an Fenstern, hinter denen sich ein Park und darin offenbar etwas wie Schwimmbad-Anlagen befand, das war ein erstes neues Erlebnis seit fünf Tagen. Nicht nur sein Verdauungstrakt brauchte Schonkost, nein, seine ganzen Sinne waren höchstens dazu bereit, Umgebung in kleinsten Mengen zu verdauen. Nichts an der Person, die gerade den Satz mit »Thunfisch« am Ende gerufen hatte und ihn jetzt mit abnehmender Neugier musterte, war Schonkost, das merkte sogar Tin Hasenglock.

»Hoppla, aufgewacht? Da war wohl die Narkose zu schwach, na, da muss ich mal die Schwester rufen«, sagte sie.

»Nein! Ach so, haha, hallo«, sagte Tin.

Das Mädchen trug eine Schlafanzughose und ein T-Shirt, auf dem in pinken Großbuchstaben »Die 35 besten Frühlingsdiäten« stand. Tin ließ sich die Buchstaben auf der Zunge zergehen, aber es fiel ihm nichts dazu ein, obwohl die Reihenfolge der Wörter irgendwie seltsam vertraut klang.

»Sorry, Mister, kleines Update, ich habe auch ein Gesicht, und es ist oberhalb meiner Titten angebracht.«

»Oh ja, sorry«, sagte Tin verwirrt und starrte ihr als Wiedergutmachung sofort paralysiert in die Augen, als hätte sie ihm verboten, auch nur irgendeinen anderen Punkt im Zimmer anzusehen. Blau, wie so ein ganz alter Windows-Hintergrund, dachte er.

»Oh Gott, was ist denn mit dir kaputt?«, stöhnte sie und warf sich aus Tins Bannstrahl und in die Sessel. »Hast du Zigaretten?«, fragte sie, aber Tin war schon drauf und dran, auf die erste Frage zu antworten, er zeigte auf seinen Bauch, »Große OP, am, äh, Mastdarm, also meinem oberen Mastdarm.«

»Na, dazu aber Glückwunsch! Klingt ja reizend. Ich kann zwei fehlende Finger bieten.« Erst jetzt sah Tin, dass die linke Hand dick verbunden war.

»Oh, auch ein Anschlag, das heißt, warst du auch da am Flughafen?«

»Was für ein Flughafen? Nein, ich war bei der Arbeit. Nix Flughafen, Biobäckerei Dank, kennst du bestimmt, Slogan: ›Sag *Danke, Bio*, mit Biodank.‹ Die große Kette, die grünen Werbeschilder im Netz überall. Ich war in der Filiale am Herklplatz, bestes Retroviertel. Es war voll viel los, ist ja immer, aber dieses Mal war es ex-tr-em, und ich war auch noch zu spät, weil ich vorher ein Interview mit Dr. Sonja hatte, d-e-r Sonja.«

Sie dehnte die Buchstaben und kicherte dabei stolz, Tin sagte nichts.

»Jedenfalls gibt es da bei uns im Laden eine Schneidemaschine, oldschool natürlich, Retroviertel eben, so ein riesiges Ding, das man noch mit einem fetten Schwungrad bedienen muss, an einer gottverdammten Holzkurbel mit original belassener Patina, der Chef liebt das Teil mehr als seine Frau, believe me, okay?, das ist aber auch nicht schwer, nehme ich zurück, den Vergleich. Und ich muss die Kunden also jedes Mal fragen: Wollen Sie Ihren Dinkelklotz gerne geschnitten, ja? Darf der Roggenprügel ganz bleiben, oder soll er in Scheiben sein, bitte? Und etwa die Hälfte dieser sedierten Molche sagt ja, obwohl sie doch alle ihre beschissenen handgeschmiedeten Messer zu Hause haben und ihre Ahornbrotbretter, aber nein, mal schön die Tussi schneiden lassen, da muss die kleine, dicke Brotstituierte ran.«

In diesem Moment geschah bei Tin Hasenglock etwas äußerst Seltenes. Er musste lachen. Nicht dieses Anstandsgeräusch, das erwartet wurde, wenn andere Menschen eine Bemerkung machten, sondern richtiges, gewaltsam ausbrechendes Lachen, das direkt aus der Kindheit kam. Und wenn in diesem Moment jemand an dem kleinen Aufenthaltsraum im dritten Stockwerk des Seitenflügels B vorbeigegangen wäre, hätte er gesehen, wie ein Durstiger unverhofft auf einen Springbrunnen trifft, mitten in der Wüste. Einen kleinen, wütenden Springbrunnen.

»Jo, da kichert der alte Mastdarm«, sagte das Mädchen ungerührt und fuhr fort:

»Jedenfalls ich am Überschlagen und Dinkelklötze-Verticken, und dann kommt eine Mutti an die Reihe, also, Vollmutti, weißt schon, hat überall Kinderfahrradhelme und Kinderfahrräder und Kinder an sich dranhängen, und die lässt sich natürlich ihre zwei Roggenprügel schneiden, schön dünn, damit die Kleinen und so weiter. Aber was sie nicht weiß und du auch nicht, mein lieber Masterich, dass die original 1952er-Seidenbeck-Schneidemaschine für den neuen ultraharten Roggenprügel nicht ausgelegt ist, einfach zu klein, den muss man richtig reindonnern, mit beiden Händen, damit er liegen bleibt. Das hab ich gemacht.« Sie stöhnte, die Tränen waren so schnell gekommen, dass Tin sich verwundert zur Tür umdrehte.

Sie hob ihre verbundene Hand in die Höhe und wandte den Kopf ab. Zur Decke sagte sie, kehlig. »Leider hatte die Maschine da noch nicht ganz stillgestanden, ich hab nicht genau hingesehen, weil Supermutti mir ja noch dringend irgendwelche Ratschläge ins Kreuz stopfen musste, und tja, das war's dann. Hat gar nicht wehgetan, erst. Es war nur so, als würde ich in irgendwas Ätzendes greifen, verstehst du, irgendeine beschissene, eiskalte Säure, so hat sich das angefühlt. Ich hab meine Hand zurückgezogen und hochgehalten, der Verkaufsraum war voll mit Menschen, und alle waren kurz ganz ruhig, das war irre, wie bei einer Choreographie oder einer Zaubershow oder so. Und dann hat die Mutti gesagt: »Das zahle ich jetzt aber nicht.« Kannst du dir das vorstellen? Und eines ihrer gekämmten Kinder hat laut »Mama, die Frau macht Menstruation!« gerufen, als es das Blut gesehen hat. Ich bin erst mal raus, da gibt es so eine kleine Küche, und dahinter ist ein Büro, in dem die Frau vom Dank, also die alte Dank, gerade Bestellung gemacht hat, totaler Zufall, die ist nur einmal die Woche da. Ich jedenfalls rein und natürlich schon gut am Abdrehen, und die schaut nur, sie ist, weiß nicht, sechzig oder so, schaut und verdreht die Augen und schreit irgendwas und ich zurück, dass ich meine Finger wiederhaben möchte und dass die noch in ihrer scheißalten Schneidemaschine liegen. Und wie wir so schreien, kommt einer von den Kunden und sagt, er würde jetzt aber doch gerne mal bedient werden und was das soll? Er würde aus politischen Gründen größere Menschenmengen und Gluten meiden, und wenn das so wäre, dann könne er hier halt nicht mehr einkaufen. Und die Chefin ist schön brav hinter ihm her und hat die Leute bedient. Ich stand alleine da und hab mir mit einer Hand mal eben einen Rettungs-SUV gerufen. Ja, und jetzt ist das also meine neue Hand, sag mal hallo zu der.«

Sie zeigte trotzig mit der Verbandsfaust in seine Richtung. Tin erhob sich, tippte kurz auf den Verband.

»Hallo, ich bin Tin Hasenglock«

»Tove Boll.«

»Aha«, machte Tin. »Toller Name.«

»Ja worschej, ganz toll. Meine Eltern waren da auf so einem finnischen Pädagogik-Trip, üble Sache. Ich bin vermutlich auf Birkenholzhockern gezeugt worden. Hasenglock ist aber auch nicht schlecht. Sind deine Leute die letzten Minnesänger gewesen, oder was?«

Darüber hatte sich Tin noch nie Gedanken gemacht. Minnesänger kam ihm aber unwahrscheinlich vor. Wenn er sich die Verwandtschaft so vor Augen hielt, war musikalisch wohl kaum einer über Pfeifen an der Bushaltestelle rausgekommen. Tove Boll schien auch keine Antwort zu erwarten. Sie war damit beschäftigt, ihre grellgefärbten Haare von der unrasierten Schädelhälfte über die rasierte zu legen, es waren dieselben innigen Bewegungen, mit denen sich Katzen reinigten. Sie war höchstes achtzehn, schätzte Tin, und sie gab sich wirklich sehr viel Mühe, nicht niedlich auszusehen.

»Sind die, äh, zwei Finger jetzt wieder dran?«, fragte er und hoffte, dass es eine halbwegs vernünftige Nachfrage war.

»Och, nö, du. Hat ja keiner dran gedacht, mal nachzusehen, von wegen Biodank und so. Danke! Wurden erst mal schön auf Kinderscheibendicke klein geschnippelt, da kann selbst die Luxusklinik nicht mehr viel machen. Der Chirurg hier hat tatsächlich gesagt, vielleicht wachsen sie wieder. Kannst du dir das vorstellen? Bin ich fünf Jahre alt und hab Spüli im Kopf, oder was? Echt 'ne Legende, der Typ.«

»Dr. Fischer.«

Tove sah ihn wach an.

»Hast du auch?«

Tin nickte, und ja, er konnte sich den Satz mit den Fingern vorstellen.

»Das kriegt er jedenfalls zurück«, flüsterte Tove düster zum Fenster hinaus.

»Und was war mit dem Thunfisch?«

Stille. Dann: »Ach, der. Der ist offiziell ausgestorben.«

»Was?«

»Steht da drin«, sie deutete auf das Magazin. »In dem Drecksheft. Kennste? Das ist das mit dem Spießerfaschisten Sternberg als großer Held.«

Tin nahm das Heft, er kannte natürlich den Titel, aber er konnte sich nicht erinnern, wann er zum letzte Mal eines in der Hand gehabt hatte. Offen gestanden war er immer erstaunt, dass es diese ganzen alten Dinge noch gab, Papier, auf dem rechts oben der Preis stand, auch in Schweizer Franken und so. Er blätterte es durch – als er auf einer Seite mit einer Illustration angekommen war, heulte Tove auf.

»Das ist es, Sternbergs Etikette. Thema heute wie jede Woche: Alter weißer Mann erklärt den entzückten Bio-Molchen in den Retrovierteln, wie sie Hofknicks machen und sich die Frauen auch weiterhin gefügig halten. Ganz bittere Männertümelei, ganz sexistischer Brainfuck, immer richtig schön in den breiten Arsch des Wohlstandsprekariats geschmiert.«

Toves Stimme hallte sich überschlagend durch den Raum. Tin verstand aber trotzdem wenig von dem, was sie sagte. Sicher, sie hatten auf harpf.com immer wieder Probleme mit irgendwelchen Aktivisten gehabt, die mit ihren Parolen und riesigen Propaganda-Paketen die Seite verstopften oder anderen Usern Angst einjagten. Aber er hatte sich dabei nicht um die Inhalte gekümmert, dafür gab es eine eigene Wächtergruppe. Er hatte Filter programmiert und

Herkunftsadressen gesperrt, Schutzwälle hochgezogen und Menschen dafür bezahlt, in die Schutzwälle einzubrechen, das war es. Keine Ahnung, wie gedruckte Magazine mit solchen Sachen umgingen. Er las die Überschrift der Kolumne, die Tove so aufregte: »Skandal: Wieder Herrenknöchel im Urlaub bloßgestellt!« Das stand da, es klang irgendwie nach Archäologie. Tove schlug ihm das Heft aus der Hand und sprang darauf herum, als würde es brennen, dazu machte sie Geräusche: »Tschi, Tschi!« und »Aus, Aus, Aus!« Als das Magazin sich nicht mehr wehrte, warf sie sich wieder erschöpft in den Sessel.

Nach einer Weile fragte sie gönnerhaft: »Und was ist deine große Leidensgeschichte, was ist das mit dem Flughafen?«, gerade in dem Moment, als Tin eigentlich schon angenommen hatte, er wäre wieder vergessen worden.

Er erzählte ihr alles. Angefangen von der ganzen lange Sache mit Sara, seiner Freundin, zu der Tove zwischendurch nüchtern feststellte: »Ach soooo, die war eigentlich nur deine Mitbewohnerin und wollte nix von dir. Hat sich nur ein bisschen im Warmen untergestellt.« Von wegen, dachte Tin und berichtete mit gekränktem Stolz von den beiden besonders betrunkenen Nächten, ohne die letzten Dinge dabei genau zu benennen. War auch nicht nötig. Tove schob verächtlich Luft durch ihre doppelt beringte Oberlippe. »Das bedeutet doch gar nix. Ey, Mastdarm, nur weil sie zweimal in deiner Hose den Lichtschalter gesucht hat, muss sie doch nicht das ganze Haus kaufen. Was hast du denn für rückwärtige Vorstellungen, wohl doch irgendwie bei den Minnesängern hängen geblieben, oder was?«

Tin hatte noch nie eine Frau getroffen, die so brutal war. Es fiel ihm kein anderes Wort dafür ein. Tove Brutal. Draußen hätte er zweifellos Angst vor ihr gehabt, hier in diesem aseptischen Aufenthaltsraum konnte er aus unklaren Gründen offenbar ihr Komplize sein, jedenfalls schoss sie von hier aus über ihn hinweg. Ein bisschen Echtzeit-Harpfen mit Tove, jeden Tag, das kam ihm wesentlich heilsamer vor als das, was die Schwestern mit ihm veranstalteten. Sie schien das Hasenglock'sche »Ungenügend« noch nicht entdeckt zu haben, jedenfalls ließ sie sich nichts anmerken. Er erzählte weiter, von seiner festen Absicht, Sara in Portugal zu überraschen, der Ankunft am Flughafen, dem Aufwachen unter dem LOT-Schalter, der deutlichen Gewissheit, dass es einen Knall und, ja doch, auch einen Blitz gegeben hatte, und dann folgte ein Einschub darüber, wie sich seiner Ansicht nach schlechtes Liegen von gutem Liegen unterschied und in der Folge auch frühes Kinder-Bauchweh von aktuellem Bauchweh. Sein Aufwachen hier ohne alles, die Verweigerungshaltung der Krankenschwestern, was genauere Informationen für ihn betraf, schließlich Dr. Fischers Orakelstunde, die OP-Narbe an seiner linken Seite und der unverrückbare Beschluss, dass er nie wieder etwas essen würde. Das alles erzählte er Tove Boll, ohne sich unnötig mit dem Einhalten einer logischen Reihenfolge zu belasten.

Als er fertig war, lag der Aufenthaltsraum im fortgeschrittenen Halbdunkel. Es war gut möglich, dachte Tin, dass er noch nie so viel am Stück geredet hatte, alles war wund, innen und außen. Aber er war auch zehn Pfund leichter. Tove saß reglos im Schneidersitz auf ihrem Sessel, ein großer Zeh hatte sich durch einen Socken gegraben und wackelte ein bisschen im Dunkeln hin und her.

»Alles klar«, sagte sie dann. »Also richtig obernicer Darmkrebs. Und wenn dich die verdammten Terroristen nicht gesprengt hätten, wärst du also demnächst still draufgegangen, ja?«

Das war eine Deutung der Situation, die Tin sich selbst bis jetzt nie ganz eingestanden hatte. Aber aus Toves Mund klang es gar nicht so schlimm. Sie kicherte wie eine Märchenhexe, mit einem irgendwie tödlichen Oberton.

»Schätze, du musst den Typen oder Typinnen so richtig dankbar sein, was? Wir müssen sie unbedingt finden und Ihnen einen Kuchen vorbeibringen, ich empfehle Biodanks Merci-Torte aus Kakaopulver, das in Papua-Neuguinea in fairen Kooperativen eingekauft wurde und die es, unter uns gesagt, null bringt.«

»Dankbar sein, dafür, dass sie mich umbringen wollten?«

Sie hatten sich so wenig bewegt, dass der Sensor für die Deckenleuchte irgendwann nicht mehr angesprungen war. Es war deshalb nicht mehr genau zu erkennen, was Tove machte, die Windows-Augen lagen im Dunkel, nur der Metallschmuck in ihrem Gesicht blinkte manchmal noch kurz auf. Auf einmal aber war sie ganz dicht vor Tin, das Licht ging an, er schirmte panisch seinen Verband mit den Händen ab. Tove stützte sich mit der gesunden Hand auf sein rechtes Bein, das in einer dünnen Baumwollhose des Krankenhauses steckte. Den Arm mit dem Verband ließ sie wie einen Schlagbaum auf seine Schulter sausen. »Alles klar, das ist das erste Mal, dass ein Mann nicht seinen Pinning vor mir in Sicherheit bringt, sondern seinen Mastdarm«, stellte sie zufrieden fest.

Tin schluckte. Feste kleine Frauenhand auf seinem Schenkel, das war gar nicht gut, das war nie und nimmer Schonkost.

»Wir müssen herausfinden, wer für den Anschlag verantwortlich ist. Sie haben dir das Leben gerettet. Was denkst du, wie diese Idioten das finden? Das ärgert die richtig. Das kommt ganz groß raus, da können die einpacken. Virale Schlagzeile: ›Loser-Extremos als Wohltäter! Tin Hasenglock möchte sich bedanken‹. Und du großformatig mit Zierkragen und Blumenstrauß in dem Magazin da. Alte Schlemmerschnitte, lass mich raus!«

Sie hatte, Tin bemerkte das jetzt erst, einen Tick, der sie am Ende mancher Sätze immer noch etwas völlig Sinnloses nachschieben ließ. Wie ein Auto, das sich nicht mit Vorbeifahren begnügte, sondern zusätzlich hupen musste, bevor es um die nächste Kurve bog. Sie schaute Tin irgendwie hungrig und weiterhin aus problematischer Nähe an. Er machte die Augen zu. Nicht genau hinsehen half immer. Und die 35 besten Frühlingsdiäten rochen allesamt nach rotem Kaugummi.

Sonja

Sie wusste längst, dass sie zu jener Sorte Menschen gehörte, die immer zu anhänglich war, um sich über die Aussicht auf Veränderungen freuen zu können. Deshalb dauerte es eine Weile, bis sich Sonja Wilms eingestand, dass sich innerhalb von ein paar Tagen alles veränderte hatte. Als vor vier Jahren ihr »Kleines Kummerbuch« bis weit vorne auf die Bestsellerliste geklettert war, hatte sich das Interesse der Kultur-Institutionen und Medien mit träger Verzögerung über ihr ausgebreitet, als weiches und warmes Aufmerksamkeitsgel. Jetzt war es, als wäre ein Vulkan ausgebrochen und von allen Seiten strömte ihr heiße, brennende Neugierlava entgegen, durch jeden Spalt ihres gerade zum Stehen gekommenen Sonja-Seins. Es fiel ihr schwer, genau nachzuvollziehen, was eigentlich der Auslöser dafür war. Ihr Lebensgespräch vor drei Tagen war von der Netzseite des Senders aus über Nacht ein paar tausend Mal geteilt worden und stand jetzt als kleines Hörspiel auf den Bio-Seiten unglücklicher Frauen, dort kommentiert und wieder geteilt von allen ihren Freundinnen. Viele hatten das, was sie für die besten Stellen hielten, zusammengeschnitten, daraus Texttafeln gemacht oder es mit lustigen Bildern unterlegt und damit für eine zusätzliche Beschleunigung des Falles gesorgt. Denn diese Best-of-Schnipsel klangen wie eine wütende, aber virtuose Stegreifbeschimpfung, befreit von den Zwischenfragen und an manchen Stellen ziemlich willkürlich zusammengesetzt.

Aber Sonja musste zugeben, dass es oft wie eine wirklich schlagfertige, sogar witzige Abrechnung einer sympathischen Frau klang, die kein Mensch mit dem biederen Studio und der Moderatorin mit der jahrelang gereiften Balsamstimme zusammenbringen würde. Nein, es wirkte, als wäre das eine dieser Aktionen fürs Netz. Der Hashtag *Dr. Sonja* führte jedenfalls die landesweiten Trendcharts zwei Tage lang an. Trotz Fußball und trotz des Anschlags einer österreichischen Neobürger-Gruppe, bei dem ein Gleitschirmflieger mit Sprengstoffgürtel in ein Food-Festival fliegen wollte, aber ein paar Meter zu früh gelandet und einsam in einem Innsbrucker Hinterhof zusammen mit ein paar Rentnern explodiert war. Hashtag *Dr. Sonja* war also das ganze Wochenende vorne geblieben, was dazu führte, dass die großen Plattformen anfingen, immer mehr Platz weit oben auf den Seiten für sie frei zu machen und die auflaufenden Sonja-Inhalte zu sammeln und eigene Texte dazu zu schreiben. Sie beschrieben Sonjas Vortrag als eine wichtige Botschaft an alle Frauen, vorgetragen in jener unwiderstehlichen Mischung aus Zorn und ungenügender Vorbereitung, die einfach authentisch wirkte. Gerade die Yoga-Sätze und ihr Vorschlag zur Neuregelung der Ehe wurden, wenn Sonja es richtig deutete, allgemein bejubelt. Sätze davon zirkulierten auf virtuellen Plakaten und Bannern, am Sonntag sah Sonja T-Shirts und Kaffeebecher in ihrer Target-Werbung, auf denen in einer wulstigen Großschrift *sonja fires back, son ja, ja, ja!* oder *Keep calm and destroy Schwangerschaftsyoga* und derlei mehr gedruckt war. Dieses Eigenleben ihrer Worte machte ihr Angst, gleichzeitig war es auch faszinierend, dass alles von alleine funktionierte und sie ruhig in ihrem Bett liegen konnte, während ihr Name in alle Kanäle und Streams des Landes sickerte und überall von Nachrichtenagenturen und Bots buchstabiert wurde. Alles, was sie in dem Gespräch angedeutet hatte, wurde von anderen aufgenommen, bekam ein Schlagwort, wurde Diskurs. Das angesprochene Erinnern an die Frau, die man eigentlich mal war oder sein wollte, etwa wurde im Laufe des Wochenendes zur Hashtag-*IdeevonDir*-Methode. Innerhalb eines Tages fanden sich auf den Videoplattformen Hunderte Mädchen und Frauen, die sich mit belegten Stimmen unter diesem Hashtag öffentlich daran erinnerten, wer sie einmal gewesen waren, bevor sie eine Beziehung hatten. Bald begannen auch die ersten Prominenten damit, sodass die Boulevardsender darauf ansprangen und reiche Beute machten. Bei all diesem Wirbel war sich Sonja völlig im Klaren darüber, dass ihr Interview weder besonders radikal noch irgendwie wissenschaftlich tiefsinnig gewesen war, diese Dinge hatten schon so viele andere Frauen auf so viele andere Weisen erzählt. Und trotzdem war es, als hätte ausgerechnet sie damit auf einen On-Knopf gedrückt, und eine ganze Fabrik da draußen produzierte seitdem Sonja-Wilms-Begeisterung.

Die Reaktionen, die sie persönlich erreichten, ließen sich in den ersten Tagen nach dem Interview und dem erstaunlich modern geschnittenen Videoclip der beiden Mädchen in drei Lager einteilen. Die größte Menge waren Zuschriften von Frauen, die ihr gratulierten oder schrieben, welche Stellen an dem Interview ihnen gefallen hatten, gefolgt von sehr privaten Einsichten, die sie mit Sonja teilten wie mit einer Schwester. Sie endeten mit aufgewühlten Grüßen und Dankesbekundungen, und das bedeutete nichts anderes, als dass Sonja sie zunächst nicht weiter beachten würde, es waren ohnehin zu viele für eine Antwort. Vielleicht würde sie, wenn sich die Sache abgekühlt hatte, einen Standardbrief an jede schreiben. Auch Männer schrieben ihr, die meisten in der vorsichtigen und geduckten Tonart ertappter Jungs, die sich schnell auf die richtige Seite schlagen wollten. Zum Beispiel indem sie »Auch Männer«-Sätze aneinanderreihten oder ihre tapfere Rücksichtnahme in der eigenen Beziehung schilderten, oder ein Erlebnis, das sie diesbezüglich geläutert hatte. Ein paar beschimpften Paul offen als rückständigen Kerl, der das ganze Geschlecht in Verruf bringe, was Sonja nicht gefiel. Manche wollten Sonja unbedingt treffen, um sie davon zu überzeugen, dass es ganz andere Männer gab. Der andere große Teil der Zuschriften waren mehr oder weniger verklausulierte Bitten an Sonja, ihre Darbietung zu wiederholen. Also Fragen nach weiteren Interviews oder Studiogesprächen, eine Wochenzeitung bot ihr den Platz des großen Essays am kommenden Samstag an, andere fragten danach, das Skript ihrer »Rede« gegen Honorar nachdrucken zu dürfen, oder wollten Texte für feminitische Anthologien, Vorworte für bald erscheinende Bücher, ein Museum wollte eine Ausstellung zum Thema »150 Jahre Geschlechterkampf«, kuriert von ihr. Sie bekam Einladungen, als Rednerin bei Kongressen und Neo-Talks zu sprechen, bei Podiumsdiskussionen in Schulen und bei Parteitagen, aber auch Angebote für Dinner-Speeches bei großen Konzernen waren dabei. Diese Form kannte sie von Paul, Dinner-Speeches wurden nach Seminaren oder Tagungen am letzten Abend als eine Art bunte Nummer angesetzt und sollten mit einer heiteren Rede oder einem kleinen branchenfremden Vortrag die Anwesenden geistreich unterhalten. Sonja irritierten die Anschreiben der Feministinnen mehr als diese Anfragen, denn genau als heiteres Plaudern hatte sie ihr Interview in Erinnerung und nicht als Kampfrede, die dem superkritischen Publikum eines Frauenmeetings genügen würde. Eine hatte dazu extra geschrieben, dass Sonja in ihrer lebensnahen und frischen Art genau die Richtige wäre, um die jungen Frauen zu aktivieren und die Diskussion (Gab es da nur eine?, fragte sich Sonja) sozusagen aus einer nicht-politischen Ecke zu bereichern. Na, wenn das so ist, dachte sie und sagte alles zu, wo man ihr entweder ein Honorar bot oder ein gutes Hotel in Aussicht stellte. Sie hatte nichts vor und konnte die Kummerpraxis auch einfach mal zusperren, andere Therapeuten hatten längst eine Zwei- oder Drei-Tage-Woche, um in Balance zu bleiben. Andererseits zeichnete sich ab, dass auf Frau Bruck in dieser Woche eine Flut an Neuanmeldungen zukommen würde.

Tove und Maja fielen ihr ein, und wenn sie es recht bedachte, hatte sie nichts gegen diese neue Fem-Bewegung, zumindest solange sie gewaltfrei blieb, sie kannte auch eigentlich keine Frau, die wirklich etwas dagegen hatte. Es war ihr selbst nur immer ein bisschen zu langweilig vorgekommen, tagelang über die Möglichkeiten ihres Frauseins zu reden und dabei zwangsläufig jeden einzelnen Lebensentwurf der anderen Frauen in die Diskursmasse mit aufnehmen zu müssen. Nur um jeder Anwesenden schließlich die Absolution zu erteilen. Irgendwie, so kam es ihr vor, hatten die jungen Frauen der Bewegung heute doch vor allem das Bedürfnis, die kleinsten Falten ihres eigenen Ichs auszuloten, daraus Gesetzmäßigkeiten abzuleiten und mit Eifer dafür zu kämpfen. Aus »Mein Körper gehört mir« war etwas geworden wie: »Meine Selbstsicherheits-Psychose, meine mäßig durchdachte Weltmeinung und meine vierzehn unbegründeten Abneigungen gehören mir.« Vieles jedenfalls war kein Gewinn für die Sache der Frauen, sondern einfach nur individualistische Abgrenzung und Variationen über das ewige »So bin ich eben«, das sie schon in ihrer Praxis jeden Tag zu hören bekam. Die Leute wollten unentwegt versichert bekommen, dass nie etwas falsch sein könnte, wenn sie einfach nur auf sich selbst hörten. Dabei stimmte das nicht. Falsche Entscheidungen können Unglück verursachen, daran hat sich nichts geändert. Irgendwie schienen die Menschen in den Städten das vergessen zu haben, aber jedem, der den Weg in ihre Praxis fand, teilte sie es sicherheitshalber mit.

Ihr Buch war im Zuge des Wirbels und während sie schlief, umstandslos zurück in die Bestsellerliste gewandert. Sie las dazu eine erfreute E-Mail von ihrem Verlag, der zufolge man dort schnell reagiert hatte und mit Nachschub bereitstand. Vielleicht wäre ja auch gleich eine Neuauflage mit einem schnellen aktuellen Vorwort denkbar? Darüber hinaus stellten sie Sonja einen erstaunlichen Vorschuss in Aussicht, wenn sie sich verpflichten würde, innerhalb von vier Monaten ein Buch, »basierend auf Ihrer brillanten neuen Denkrichtung«, zu schreiben.

Bis zu dieser E-Mail hatte sie im Bett gelesen, das ganze Wochenende hatte sie weitgehend in einer unwirklichen Mischung aus Schlafen und neugierigem Verfolgen ihrer eigenen Spuren verbracht. Nun war es früher Sonntagmorgen, und von draußen waren nur die wenigen ersten Geräusche des Retroviertels an ihr geöffnetes Fenster über dem Bett gedrungen, das ziellose Krähen eines Hahns und das schöne Sechs-Uhr-Läuten der Glocke, die aus irgendeiner Anschlagskirche gerettet worden war. Für die putzigen Zeitungsboys, die seit ein paar Wochen in Hosenträgern plärrend echte Zeitungen und Akku-Ladungen anboten, war es noch zu früh. Sonja musste jetzt aufstehen und lange ziellos durch die Wohnung gehen, in der das Tageslicht noch ganz weiche Ränder hatte. Die Ereignisse und auch die Höhe der Honorare versetzten sie in eine hellwache Angespanntheit, die aber nicht unangenehm war. Sie musste ja gar nichts – wenn die Sache übermorgen vorbei war, dann war es eben so. Sie konnte einen Vertrag mit ihrem Verlag machen, und wenn in fünf Monaten dann keiner mehr wusste, warum Sonja Wilms ein Buch zum Thema allgemeines Glücksgelöt geschrieben hatte, dann war das nicht ihr Problem. Es bestand natürlich die Gefahr, dass sich im Netz gerade irgendeine Gegenseite formierte, meistens war es ja so, dass derartige Phänomene erst in die eine Richtung wogten und dann wieder zurück. Aber das war der Vorteil daran, dass sie (und das schloss auch Paul ein) nie sonderlich virtuell expandiert hatten: Man konnte ihr dort draußen kaum ernsthaft schaden, selbst ihre Bio-Seite war nur mit dem Nötigsten ausgefüllt und ohne jegliche Kommunikations-Tools, das Gleiche galt für die Seite der Praxis. Das Schlachtfeld, wenn eines entstehen würde, wäre genauso weit von ihr entfernt, wie es jetzt die Aufmärsche ihrer Anhängerinnen waren. Der Strom der Fanpost riss nicht ab, darunter viele junge Mädchen, die sich selbst fotografierten und dabei Posen machten, die Sonja nicht verstand, die aber offenbar Respekt ausdrückten.

Paul und sie hatten viele der Möbel und Teppiche gemeinsam ausgesucht, aber die Stehleuchte im Flur zum Beispiel hatte er von sich mitgebracht und mit Hingabe so installiert, dass es das Erste war, was man beim Eintreten sah. Sonja kam aus der anderen Richtung, aber die Leuchte erinnerte sie jetzt daran, dass sie Paul vielleicht in irgendeiner Art warnen müsste. Womit auch immer er derzeit beschäftigt war, es würden ihn doch zumindest Ausläufer dieses Bebens erreichen. Sie sah vor sich, wie er irritiert, aber äußerlich ungerührt irgendwann Notiz davon nahm, wie Hinweise auf Hashtag *sonjastrikesback* in seinem Gerät aufliefen, wie ihm Kollegen vielleicht Links schickten und er schließlich, mit versteinert-amüsierter Miene, das Interview hören und danach immer noch annehmen würde, was Sonja selbst ja auch zunächst angenommen hatte, dass es keine große Sache wäre.

Sie musste sich, in der Küche stehend, mehrmals selbst versichern, dass sie dabei eigentlich keine wirklich intimen Dinge ausgepackt hatte, und ging in Gedanken das ganze Gespräch noch mal durch. Nichts, verglichen zumindest mit dem, was heute über jeden Promi, jeden Politiker so öffentlich erzählt wurde, meistens von den Betreffenden selbst. Jeden der im Radio angesprochenen Streitpunkte aus ihrer Trennungszeit hatte sie mit Paul lange diskutiert, es war nichts dabei gewesen, was ihn überraschen würde oder ihr als üble Nachrede ausgelegt werden konnte. Sicher, er hatte nicht verdient, dass die Frauenbewegung jetzt offenbar gewillt war, an ihm ein Exempel zu statuieren. Paul Neulich am Marterpfahl der Feministen, darüber musste sie beinahe lachen. Aber gerade weil er sich immer so selbstverständlich als Mann moderner Prägung empfunden hatte oder eben als Gentleman alter Schule, kam es ihr auch ein bisschen gerecht vor. Er hatte ihre Gründe für die Trennung nie richtig verstanden und sich wenig Mühe gegeben zu verschleiern, was er in Wirklichkeit dahinter vermutete: Unzufriedenheit Sonjas mit sich selbst, übertragen auf ihre Beziehung. Weil sie dank ihrer Arbeit selektiv nur noch Unglück unter Liebenden wahrnehme, hätte sie ihr Glück irgendwann verdächtig gefunden. Das war seine alberne These, zu der er immer wieder zurückkehrte. »Du willst doch Strafzölle fürs

Glücklichsein erheben!«, hatte er eines schlimmen Abends theatralisch gerufen und war hinausgestürmt, um sich mit naturtrübem Wein in der nächsten Bar zu betrinken. Nach diesem Abend war alles zwischen ihnen eigentlich naturtrüb gewesen, dachte Sonja. Jedenfalls Paul hatte in seiner Kolumne so viele Lebensratschläge verteilt und so oft die halbe Welt pauschal zurechtgewiesen, es schadete nicht, wenn er nun einen Dämpfer aus dem gleichen Instrument verpasst bekam. Ein bisschen war es Sonja sogar egal, was sie aus ihrer langen Kummererfahrung heraus als gutes Zeichen deutete. Egalwerden ist das abklingende Fieber der Getrennten. Trotzdem würde sie Paul eine Nachricht schreiben, und dazu schlüpfte sie wieder ins Bett, wo sie von vertrauten Nestern ihrer eigenen Wärme empfangen wurde.

Paul

Beinahe hätten sie ihre Entscheidung doch wieder rückgängig gemacht. Kiko selbst nämlich versetzte das Angebot der freundlichen Restaurant-Übernahme in solche schamhafte Aufregung, dass sie die beiden zunächst richtiggehend hinausgeworfen hatte, als sie damit am nächsten Mittag bei ihr aufgekreuzt waren. Abends sah sie an ihnen vorbei, ließ einen der Jungen das Essen an den Tisch bringen, die sonst dafür da waren, den Transport von Bierkisten und Weinflaschen zwischen der Bar und einem gemauerten Verschlag auf der Rückseite des Gebäudes zu organisieren. Dieses Essen nach ihrem Angebot an Kiko war das erste Mal, dass er Sara unsicher gesehen hatte, sie konnte schlicht nicht begreifen, warum Kiko ihnen nicht um den Hals gefallen war. Das bestätigte seinen Verdacht, dass sie in männlichem Denken eigentlich heimischer war als bei den Frauen. Sie war schließlich später und auf seinen Rat hinter Kiko hinaus zwischen die aufgebockten Schiffsrümpfe in die Nacht getreten und hatte mit ihr geraucht. Viel später war Kiko wiedergekommen, hatte eine Flasche Wein und zwei Gläser aus dem Thekenschrank genommen und war damit wieder hinaus zu Sara, ohne Paul dazuzuladen.

Es machte ihm nichts aus, alleine an einem Tisch zu sitzen und in den Ruinen eines großen Mahls spazieren zu gehen. Das war gewissermaßen das Talent, das ihn zu August Sternberg gemacht hatte, ein stiller, ausdauernder

Beobachter zu sein, verborgen in unauffälliger Kulisse. Und da er seit Monaten fremde Tische, Betten und Kissen hinnehmen musste, erfüllte es ihn schon mit tiefer Zufriedenheit, irgendwo einen festen Platz zu haben. In dieser Stunde sah er vor sich, wie er mit Sara hinter diesem Tresen stehen würde, im berühmten Kiko's im Hafen, er dachte an all die Teller, die sie in den letzten Wochen hier gegessen hatten, und wie seltsam beglückend es wäre, nicht mehr Empfänger, sondern Verteiler dieser kleinen Wunder zu sein, für die zu seiner Überraschung zwei mürrische Frauen in der Küche verantwortlich waren. Er hatte sich immer eine halbwegs romantische Geschichte zwischen einem dicken, trinkenden Koch und der lachenden Kiko mit ihrer wehen Niere vorgestellt und deswegen die beiden schmallippigen Tanten in ihren Schürzen mehrere Sekunden erstaunt angesehen, als wären sie schlecht maskierte Betrüger. Sei's drum. Er würde munter Flaschen entkorken und hilflos im Eingang herumstehende Touristen froh machen, indem er ihnen Plätze zeigte, wo scheinbar keine mehr waren. Geduldig warten, bis alle Zutaten erfragt und Allergien erläutert waren. Mit Hunden könnte es etwas Probleme geben, denn er mochte es nicht, sie in der Gegenwart von offenen Gläsern und Tellern zu sehen, aber selbst das würde er mit Gleichmut und vielleicht einem gezielten Schluck Tinto dann und wann ertragen. Contenance war nicht von ungefähr eines der wichtigsten Themen von August Sternberg. Ja, er spürte in dieser Stunde des Wartens eine große Sehnsucht nach etwas, das er in Ordnung bringen oder durch seine Hände gelingen lassen könnte. Das alte Leben in der Stadt und mit Sonja hatte jede Woche Einladungen zu Premieren, feierlichen Eröffnungen oder Vernissages gebracht, Termine, die Sonja meist von vornherein gelangweilt oder über deren hohlen

Lärm sie sich hinterher lustig gemacht hatte. Er hatte es nie offen zugegeben, aber ihn hatte es immer erfrischt, wenn er bei solchen Anlässen enttarnt wurde, wenn die Blicke der Gäste nach einem zugeflüsterten Namen länger auf ihm verweilten und er der Prüfung (Die Fliege! Die geputzten Schuhe! Das Monogramm auf der Hemdmanschette, natürlich: A.S.) schließlich standhielt. Ja, so stellte man sich den Benimmpapst Nummer eins vor, und man beobachtete fortan, wie er mit der ausstellenden Künstlerin oder dem Veranstalter ein paar Sätze wechselte. Sätze, natürlich so perlend leicht, dass sie nie den Boden berührten. Er mochte es, dann als einer der Ersten auch wieder zu gehen, alle Bitten freundlich, aber bestimmt auszuschlagen, weil alle dann annehmen mussten, dass er noch eine andere, bessere Einladung hatte, für die der wichtigere Teil des Abends reserviert war. So ähnlich, dachte er immer, musste es sein, wenn man einen großen Namen trug oder altes Geld hatte. Beides Dinge, mit denen er nicht dienen konnte, in deren Anschein er aber zumindest mit der Bekanntheit von August Sternberg gelangt war. Es war eben so, es gab unter den Männern immer noch die einen, das waren die lauten Gatsbys, und die anderen, das waren stille Carraways. Und dann gab es ein paar, die die Geschichten der beiden Männer erzählen konnten, und das, dachte Paul, das war das eigentliche Ziel für ihn. Dazu kam, er trank wirklich gerne Champagner. Aber nur im Stehen. Ihn im Sitzen zu trinken erschien ihm als eine Barbarei und ganz unsinnig. Wenn er dafür gemacht wäre, würde man ihn schließlich in kleinen, kugelbauchigen Gläsern servieren. Diese Überzeugung, sagte er sich, könnte es durchaus endlich einmal wert sein, in einer der nächsten Kolumnen ausgiebig besprochen zu werden. Das brachte ihn zu Wulfstedt und den Zeilen, die er an ihn geschrieben hatte. Nun schien es Paul im Bereich des Möglichen zu liegen, dass er dabei doch den falschen Weg eingeschlagen hatte, die übertrieben vertrauliche Schilderung ihres Lebens hier, was sollte die alte Nachrichtengräte damit schon anfangen? Einen schauernden Moment lang sah er seine E-Mail vor sich, im Magazinhaus weitergeleitet und ausgedruckt, als relevanten Bestandteil von Diskussionen über August Sternbergs Zukunft. Aber dann kamen die beiden Frauen wieder zurück und bauten sich gelöst und sanft vor ihm auf, es ist alles klar, sagte Sara und sah ihn auf eine Art an, die bedeutete: Genug geredet für jetzt, ich erkläre dann später.

Kiko war immer noch mehrheitlich stumm überwältigt vor Dankbarkeit, aber in den nächsten zwei Tagen durften sie ihr nachgehen wie Schulkinder, bekamen Schlüssel und Schrankinhalte erläutert, die Termine der Lieferanten und worauf sie achten mussten, wie sie die kleinen Gerichte zusammenstellten, die es zu jedem Glas gab. Eine Sardelle und ein paar Schmorzwiebeln auf eine dünne Scheibe Brot, hier ein Gläschen mit einer Paste aus Oliven, da Stücke gegrillter Paprika aus einem großen Glas. Die beiden Köchinnen wohnten der kleinen Schulung skeptisch bei. Sie entschieden sich zusammen dafür, eine etwas verkleinerte Karte anzubieten und nur an fünf Abenden in der Woche zu öffnen, Paul wurde zum Wächter über das Reservierungsbuch – ein wirkliches Buch – ernannt und zum Überseher der Bar, während Sara zwischen Gästen und Küche vermitteln und die Orientierung über die Tische behalten sollte.

Am Donnerstag, der auf eine stürmische Nacht gefolgt war, setzten sie Kiko schließlich in ein Taxi. Sie hatte vor lauter Aufregung die ganze Nacht über noch in ihrem Lokal rumort, der Boden glänzte jetzt, und die Fenster waren derart eindrucksvoll geputzt, dass Paul sich fragen musste, wie er sie bisher immer hatte übersehen können. In seiner Wahrnehmung war der Raum immer eine Höhle im Kerzenlicht gewesen.

»Egal wie wir uns anstellen, das Wichtigste haben wir eigentlich schon geschafft«, sagte Sara nachdenklich, als der alte Seat außer Sicht war.

»Und was wäre das?«

»Sie hat die Operation vollkommen vergessen, vor lauter Schlüsselbeschriften für uns. Und sie will jetzt so schnell wie möglich gesund werden, bevor wir ihren Laden ruiniert haben.«

Paul lachte, und das Geräusch erinnerte ihn an ihre Hängematte oben an der Cabana, normalerweise wären sie um diese Uhrzeit noch nicht einmal dort angekommen, jetzt aber standen sie schon hier, und ihm fiel ein, dass sie die nächsten Wochen kaum Zeit füreinander haben würden. Der restliche Sommer, dachte Paul, würde für sie im Kiko's stattfinden.

Der Sturm der letzten Nacht hatte das Hafengelände auf ähnliche Weise verwandelt wie Kikos Putzlappen die kleine Kneipe. Alles lag sauber gewaschen im hellen Licht des Vormittags und leuchtete aus sich heraus, die alten Farben der Boote ebenso wie die kräftigen Schnabelansätze der Möwen, die respektlos auf der kleinen Treppe zur Eingangstür herumstanden, als wären sie Kleinkriminelle, die Hände in den Taschen. Sie wussten schon deutlich länger als die beiden Menschen, wer donnerstags der erste Besucher im Kiko's sein würde und dass es sich lohnte, gemeinsam mit Paul und Sara auf den Fischhändler zu warten.

Es fiel sogar den Medical Stewards auf, dass sich die Situation in Zimmer 427, Patient Hasenglock Martin, postoperativ am Wochenende verbessert hatte. Auch wenn der Patient immer noch die selbstständige Nahrungsaufnahme verweigerte und täglich mit dem Schlauch gefüttert werden musste, während er schlief. Aber das gehörte wohl bei diesem Eingriff halbwegs dazu, »nettes kleines sekundäres Wundtrauma«, notierte Dr. Fischer in seinen Clippings. Zur Erleichterung aller hatte Hasenglock auch aufgehört, nach seinem verschwundenen Gerät zu betteln, und der wahnhafte Drang, das in Erfahrung zu bringen, was er für die eigentlichen Gründe seiner Einlieferung hielt, schien etwas gedämpft worden zu sein. Insgesamt jedenfalls, so kam es der dateiführenden Assistentin vor, hatte die Triple-A-Notaufnahme Hasenglock also endlich den ersten Schritt zurück in Richtung der Lebenden gemacht und damit hin zum eigentlichen Kernbereich der Life-Kliniken.

Geschäftsmodell der Kette und ihres Medical-Exellence-Schwerpunkts war es nämlich, wie Tin von Tove erfahren hatte, völlig gesunde, aber nicht ganz optimierte Menschen präventiv aufzunehmen und ihnen im Rahmen eines angenehm gestalteten, meist vierzehntägigen Aufenthalts (beliebig verlängerbar) zunächst eine Komplettdiagnose zu erstellen. Sie legten in beeindruckender Schnelligkeit eine

Anamnese-Akte pro Patient an, in der sich die Ergebnisse der Blutbilder, Belastungstests, Spiegelungen, Psychogramme, Bodyscans und der in die kleinsten Kanäle gesteuerten Sonden sammelten. Durch die Vielzahl an vorgenommenen Untersuchungen war gewährleistet, dass sich bei jedem Kunden etwas fand, und meistens etwas ganz anderes, als er vermutet hatte. Die solcherart festgestellten Mängel wurden den Patienten am fünften Tag ihres Aufenthalts in einer kleinen Status-Zeremonie mitgeteilt. Ihre Behebung war dann Gegenstand der nächsten zehn Tage, im Life-Klinik-Jargon genannt die Reset-Phase. Ihren landesweiten Erfolg stützte die Klinikgruppe dabei auf die Verfügbarkeit von Spezialisten zu sämtlichen Indikationen. Man schmückte sich mit Behandlungen von Haarausfall bis Zehenspreizung, nahm Hautunreinheiten, Zahnfleisch-Irritationen, mangelnde Libido und Grauen Star ebenso ins Visier wie Autoimmun-Erkrankungen, Schocktherapien, Antikrebs-Programme, Abnehmtrainings, moderne Allergieanalyse, Resilienz-Boosts, vieles davon gleichzeitig, soweit es die körperliche Verfassung der Gäste zuließ. Die meisten der Patienten opferten für diese Wiederherstellung ihren Jahresurlaub. Auch vorbeugende Eingriffe wurden gemacht, Beauty-Wünsche erfüllt, Stimm-Modulationen und religiös motivierter Blutgruppentausch waren ebenso verfügbar wie Verjüngungs-OPs für eine ganze Reihe von Körperteilen, sogar Mode-Amputationen (ab einundzwanzig Jahren), Metallinklusionen und Integralschmuck waren möglich. »Am letzten Tag noch schön die alte Ferse zum neuen Kinn hochjazzen«, hatte Tove gesagt und lustvoll ausgespuckt, obwohl sie bei Tin im Zimmer gesessen hatte. Während dieser Programme konnten die Gäste noch verschiedene Excellence-Zusatzangebote buchen, sich zum Tee-Sommelier, Kaffeeröster oder Löffelschnitzer ausbilden lassen oder Kurse in einer der populären Nahkampftechniken belegen, die von den Behörden empfohlen und gefördert wurden. Viele ließen es sich in der Reset-Woche aber vor allem gut gehen, deswegen gab es mehrere 24-Stunden-Themenrestaurants (alle mit Buffet) und üppige Wellnessbereiche, die streng nach Alterskohorten getrennt waren. Deshalb auch die überdachten Schwimmhallen, deshalb die grauen Anzüge der Stewards mit dem kleinem *Medical Excellence*-Schriftzug in Goldstick und die Lage des ganze Areals vor der Feinstaubgrenze der Stadt, in einem gesicherten Park, der ursprünglich mal zum Privatvergnügen eines Supermarkterfinders angelegt worden war. »Life after Life«, das war der Slogan.

Notfälle wie Tove und Tin wurden nur aufgenommen, wenn alle Betten der Stadt belegt waren, oder aber wenn es sich um Triple-A handelte. Dafür hatte die Klinik mit den Rettungs-SUV-Fahrern eine nicht ganz offizielle Abmachung getroffen, denn solche Notfälle ließen sich nach der Erstversorgung mit dem Life-Konzept noch wochenlang vergolden, und die Triple-A-Kasse zahlte als einzige Gesundheitsstufe auch hier alles.

»Freiwillig wäre ich nie her, lieber verblutet. Aber die hatten meine Bio-Card schneller draußen, als ich mit der halben Hand wedeln konnte. Der alte Boll hat fies Geld, dem gehört das halbe Retroviertel von Berlin. Alles schon geerbt, als es noch Doofhausen war, der musste dann nichts machen, als dafür zu sorgen, dass auf seinem Konto immer genug Platz war«, sagte Tove angewidert am Sonntagnachmittag, als sie zur Narbenschau bei Tin vorbeigekommen war. Sie hatte ein befremdlich starkes Interesse an Körperfunktionen, egal zu wem sie gehörten. Jedes Gluckern, jede neu gebildete Kruste waren für sie von Interesse, sie hatte ihren Verband an der Hand schon zweimal selbst geöffnet und Tin danach die Veränderungen dahinter mitgeteilt, als handle es sich um ein romantisches Naturschauspiel. Diesmal entdeckte sie auch die *Goril*-Tätowierung und war zum ersten Mal, seit Tin sie kannte, ein paar Sekunden stumm vor Hochachtung. Das hielt so lange, wie sie glaubte, dass es das Abzeichen einer Mafia-Gruppierung oder Prügelgang namens Goril war. Als Tin die wahren Umstände offenlegte, fiel die Hochachtung in sich zusammen, die Band Gorillatown war in Toves Augen »ein Kommerzprodukt, nur darauf ausgerichtet, studierten Besserwissern Avantgarde vorzuspielen«. Tin war zu schwach für eine Erwiderung und hatte auch keine Ahnung. Nach der Offenlegung ihres eigenen reichen Vaters zwang sie ihn, von den Umständen seiner eigenen Triple-A-Einstufung zu sprechen.

»Sorry, Mastdarm, du siehst nicht gerade nach altem Adel aus.« sagte sie. Er erzählte ihr also von harpf.com und wie sie mit einer simplen Schulidee fast über Nacht auf den Kreativcampus der Stadt gezogen waren und dort schon im ersten Jahr als Vorstand beschlossen hatten, sich auf Firmenkosten eine Rundumversorgung zu leisten und alle Chefs mit Triple-A zu versichern.

»Irgendwie ist uns nichts sonst eingefallen, womit man die Eltern und Lehrer beeindrucken konnte. Wir hatten ja nicht mal Führerscheine«, sagte Tin etwa kümmerlich, und Tove verdrehte die Augen, bis sie am gefärbten Haaransatz einrasteten. Sie kannte harpf.com natürlich und nannte es im nächsten Atemzug einen »wahren Meilenstein des Idioten-Eskapismus« und etwas später eine »sexistisch unterwanderte Sackgasse«. Das war vielleicht das Faszinierendste an ihr, fand Tin. Sie hasste alles mit großer Zuverlässigkeit und niemals versiegender Kraft. Anders als Sara, die irgendwie antriebslos alles immer unspezifisch gut gefunden hatte (vor allem andere Männer) oder ewig brauchte, bis sie sich zu etwas eine Meinung gebildet hatte, war bei Tove Wut, vor allem auf Männer, die Grundlage für alles andere. Tin schien für sie aber nicht unbedingt in dieses feindliche Lager der Männer zu gehören. Nach ihrem ersten Treffen im Aufenthaltsraum war sie jedenfalls zweimal täglich bei ihm vorbeigeschlendert und hatte es sich zur Aufgabe gemacht, ihm die Welt zu erklären, obwohl sie so viel jünger war. Tatsächlich fühlte sich Tin neben ihr wie ein Schlaganfallpatient, der das Sprechen neu lernen musste. Im gleichen schmerzhaften Prozess, in dem sich die Zellen rund um seine Narbe und in seinem zerstückelten Darm erneuerten, erneuerte sich dank Tove sozusagen auch die Welt vor seinem Fenster. Eine Welt, davon war Tin mittlerweile fest überzeugt, die es auf ihn abgesehen hatte. In der in jedem Mülleimer und hinter jedem Tiefgaragentor eine Sprengladung wartete, die einen Unschuldigen den Darm kosten konnte. Er hatte sich in Absprache mit Tove auch dafür entschieden, nicht dankbar für den Angriff auf ihn zu sein, mochte er ihm am Ende auch das Leben gerettet haben. Nein, ausschlaggebend war die feindliche Gesinnung, und daran gab es nichts Gutes. Einen Mann zu attackieren, der sich mühsam von den Liegenden erhoben hatte, um seiner Traumfrau hinterherzureisen, das war grobe Unsportlichkeit.

Tove hatte übrigens auch sofort eine Erklärung dafür, warum sie selbst auf ihren Geräten nichts von Tins Anschlag am Flughafen gefunden hatte. Ihrer Ansicht nach (sie meinte damit anscheinend oft die Position einer nicht näher umrissenen Gruppe von gleichdenkenden Frauen, offenbar schien es noch mehr wie Tove zu geben, eine Vorstellung, die Tin ziemlich absurd vorkam, denn dann wären die Sicherheitsbehörden bestimmt eingeschritten) wurde sowieso die Hälfte aller Vorfälle von den Behörden geheim gehalten oder anderweitig deklariert. »Ist dir nicht aufgefallen, dass es in den letzten Jahren viel mehr Massenkarambolagen und Reisebusbrände gegeben hat? Achte mal darauf, ständig explodieren alte Gasthermen, oder es versinken Häuser wegen angeblicher geostatischer Dings in der Erde. Tin-Boy, woher kommt das? Ist doch klar, wenn die Leute mitkriegen würden, dass jeden Tag in diesem Land Terrorfestspiele angesagt sind, trotz Checkstufen, Sicherheitssteuer und Hubschrauber und all den Einschränkungen, da wäre doch sonst was los. Also, deine kleine Bombe am Flughafen steht heute wahrscheinlich längst als lokal begrenzter Erdstoß oder mittlere Massenpanik unbekannter Ursache in den Akten, meldet ja keine Zeitung mehr, so was. Oder der Flughafenbetreiber hat selbst aufgeräumt und den Rettungsdiensten gesagt, es hätte nur eine Prügelei von zwei verfeindeten Gruppierungen gegeben, Tierschutz gegen Naturschutz, Heimatliebhaber gegen Fremdenliebhaber oder, ja genau, diese Touri-Feinde, die Menschen vom Reisen abhalten wollen, die treiben sich doch immer am Flughafen rum. Wobei …«, sie hob Tins Arm hoch, als wäre er eines ihrer Brote, »… die Prügelei würde man dir nicht unbedingt abnehmen. Alter, du solltest dringend noch eine Aufbauwoche hier dranhängen.«

Auch wenn er noch nie so oft auf seine körperlichen Unzulänglichkeiten hingewiesen worden war wie in den letzten Tagen, war Tin dankbar für ihren Eifer. Endlich nahm sich jemand seiner Sache an, und noch dazu ein Mensch, der so gut Bescheid wusste über die eigentlichen Vorgänge da draußen, jemand, der die Codes kannte, die Tin immer fehlten, egal wie lange er an seinen Rechnern saß, egal welche Datenbanken er anzapfte. Genau so eine Begleitung hatte er gebraucht. Ja, es war ihm, während Tove irgendwelche innigen Verwünschungen ausstieß, als hätte er bis zu diesem Punkt, bis zu diesem Schnitt in seinem oberen Bauch, dem großen Nachtschmerz und den Tagen mit ihr, sein Leben immer nur an einem kleinen Ort, ähnlich einer trüben Bushaltestelle, verbracht. Unsicher, worauf er wartete, welcher Bus der richtige war, wohin sie alle überhaupt fuhren. Niemand, war Tin klar geworden, sagte ihm diese Sachen, man ging davon aus, dass sich dieses Wissen von selbst eingestellt hatte. Seit der Schule waren alle, sogar seine Eltern, der Überzeugung, er hätte in seiner komischen Tin-Welt hinter den Computern einen Plan ausgeheckt, irgendein abstruses Gerüst, das ihn trug. Sogar seine Freunde, die Programmierer, mussten es gedacht haben, wenn sie an seinem Büro vorbei und zum Feiern in die Stadt gingen. Die Gründe dafür verstand Tin natürlich, er fragte die anderen ja auch nicht, und über ihn war immerhin und als Einziges bekannt, dass er Geld hatte. Das genügte den Menschen wohl. Er hatte ja selbst auch lange genug vergessen, über diesen Umstand hinauszudenken. Jetzt, er war vierunddreißig geworden, begann er die Sachen endlich deutlicher zu sehen. Hier in der Klinik war seit Tagen so eine seltsame Stille um ihn gewesen, ohne sein Gerät am Arm, ohne die vibrierenden Töne, wie ein Heiliger kam er sich manchmal vor, oder noch besser, wie ein Märtyrer. Die Bombe, an die er immer noch fest glaubte, weil er sie zum Festhalten brauchte, die Bombe also hatte ihn viel weiter geschleudert als nur bis unter die Gepäckwagen. Das zu überleben war das Größte, was er je geschafft hatte. Besser als harpf.com, besser als die ganzen

Nächte, die er für die Übernahme gearbeitet hatte, und auch als das Gefühl, als er zum ersten Mal die Zahlen auf seinem Konto gesehen hatte, das amerikanische Geld. Das hatte alles keine richtige Bedeutung, nicht für ihn, das spürte er hier. Er vermisste die Tech-Nachrichten nicht mehr und die Feeds, genauso wenig wie er das Essen vermisste, und sogar Sara zu vermissen fiel ihm schwer. Er war ihr dankbar, weil sie an diesen ganzen Entwicklungen beteiligt gewesen war. Aber Tove hatte vermutlich recht, Sara hatte sich immer nur bei ihm untergestellt. Ihre Busfahrten, die gerettete Abschlussarbeit, ihre Zusammenbrüche jenseits des Kanals, ihre gemeinsamen Abende, das hatte bei ihr nie nennenswerte Spuren hinterlassen, nur bei ihm.

Jetzt aber lag alles, der ganze restliche Sommer, wie frisch gewaschen vor Tin. Er würde bei harpf.com aussteigen, sobald er hier raus war. Das Projekt hatte sich verändert, sie waren nur noch Schaufensterpuppen in einem Geschäft, das ihnen nicht mehr gehörte. Die neuen Besitzer waren gar keine Besitzer im Sinne von begreifbaren Menschen, sondern ein seltsam körperloses Netzwerk, ein übergeordnetes Konsortium, börsennotiert, dessen Pläne ihnen immer in anderer Form mitgeteilt wurden, als Anwaltsbrief oder Artikel auf einem der Tech-Branchendienste. Und Tin war damit streng genommen nur noch der Gehilfe von Schaufensterpuppen, der Arsch von allen, ja er konnte schon denken wie Tove. Obwohl er nicht seit seinem sechzehnten Lebensjahr post-vegan und post-tantrisch war, wie sie ihm zuletzt erzählt hatte. »Da musst du dir nichts denken, Tin-Boy, Post-Tantra ist fast wieder so, wie Sex ganz am Anfang war, also irgendwie witzig schnell, krass, ziemlich mies. Viel echter eben, da stehen *wir* jetzt wieder drauf.«

Sie hatte ja auch möglicherweise recht, wenn sie sagte, die

Plattform wäre ein reines Werkzeug des Datenfaschismus. Sollten die anderen sich weiter an ihren Fantasieposten dort freuen, Tin Hasenglock würde einfach wieder von vorne anfangen. Die Idee dazu war ihm in einer der letzten Nächte wieder eingefallen, als seine Narbe sich so weit beruhigt hatte, dass er liegen konnte, nichts weiter. Dieses zurückgewonnene Liegen erinnerte ihn nämlich an die erste Zeit, als Sara wieder weg war. Aufgebrochen mit einem Mann, über den sie Tin nichts anderes mitgeteilt hatte, als dass es der seltsamste Mann wäre, mit dem sie je Zeit hatte verbringen wollen. Es war eine schmerzhafte Erkenntnis gewesen, dass selbst seine Seltsamkeit nicht ausreichend war. Zwei Dinge hatten ihn in den folgenden Wochen erstaunt. Wie nahe am Wahnsinn sich ein Mensch bewegte, bis er verstand, dass seine Liebe nicht erwidert wird. Und wie leicht es in den letzten Jahren geworden war, die Wohnung nicht mehr zu verlassen. Er hatte ein paar Nachrichten an seine Abteilung und an die Vorzimmer seiner alten Schulfreunde geschrieben. Danach hinderte ihn nichts mehr am Versinken. Alles wurde ihm gebracht, und er konnte bleiben, wo er war, niemand fragte nach, es wurde abgebucht, verpackt, geliefert. Wenn er das Verlangen verspürt hätte, hätten sie ihm heiße Ehefrauen aus der Nachbarschaft, Tiere und Autos vor die Tür gestellt. Es musste längst Millionen Menschen geben, die so ein Leben praktizierten, das war Tin klar geworden. Erst hatte er nur Essen bestellt, das Nötigste eben. Dann fing er an, Saras Zimmer – er ging davon aus, dass sie zurückkehren würde – ordentlich einzurichten. Er würde es so schön machen, dass sie beim nächsten Mal blieb. Bett und eine neue Matratze (für zwei), Teppiche, Leuchten und Vorhänge suchte er aus. Weil er sich bei den meisten Sachen nicht mit endgültiger Sicherheit entscheiden konnte, was Sara gefallen würde, war er dazu übergangen, meistens zwei, manchmal drei Varianten zu bestellen. Es hatte in dieser Logik keine Woche gedauert, bis seine Wohnung mit Paketen und verpackten Möbelteilen gefüllt war, aber das war ihm gleichgültig gewesen. Er war längst in den großen Shopping-Portalen und bei virtuellen Einrichtern mit Kaufzwang angemeldet und viel zu wund, um ihren Preisalarmen und VIP-Aktion etwas entgegenzusetzen. Als ihm nichts mehr für Saras Zimmer einfiel, hatte er Gartengeräte bestellt und Zubehör für eine Profiküche, neuartiges Sexspielzeug, das sich sogar programmieren ließ, hochwertige Homewear für sich und Sara (Größe S und XS) und ein paar lebende Pflanzen. Am liebsten war ihm aber bald die Welt der »pfiffigen Haushaltshelfer« geworden. Steckdosenbürsten und bunte Deckel zum Wiederverschließen von Flaschen, Tee- und Eieruhren, Universalöffner und Einwegspritzbeutel, witzige Eiswürfelbereiter und klappbare Spezial-Bügelbretter für Hemdsärmel, jeden Tag hatte er neue erstaunliche Geräte entdeckt, alles Dinge, die zum Haushalt eines Erwachsenen ganz offenkundig dazugehörten. Mit dieser Ausrüstung, so seine fiebrige Hoffnung, ließ sich irgendwann das Leben wieder in Ordnung bringen, es waren Trostspender, auch wenn er sie vorerst nicht auspackte. Die Raffiniertheit vieler Produkte nötigte ihm Respekt ab. Er selbst konnte vielleicht denken wie ein Computer, aber auf die Idee, eine Steckdosenbürste zu basteln oder eine Eieruhr, die wie ein Pinguin aussah, wäre Tin niemals gekommen. Seine schlimmsten drei Tage waren von einem akuten Aquaristik-Anfall gekennzeichnet gewesen. Danach war eine seiner Kreditkarten gesperrt, und er hatte über seinem Rechner einen Schwächeanfall erlitten. Von diesem Moment an wurde es besser.

Nach sechs Wochen war der Sara-Schmerz ein dunkler Nebel geworden. Durch seine Wohnung hatten in dieser Zeit längst nur noch Pfade geführt, zwischen Kartons hindurch, die sich bis an die Decke stapelten. Er hatte bald aufgehört, die bestellten Sachen auch nur anzusehen, er nummerierte nur noch die Pakete. Dabei war ihm endlich aufgefallen, was der Nachteil an seiner neuen Ersatzbefriedigung war, nämlich das Produkt an sich. Während das Kaufen selbst ein großartiger Akt der Überzeugung und des Willens war, waren die anschließende Logistik und Lagerung viel zu kompliziert, lachhaft analog und eigentlich überflüssig. Er war längst überzeugt, dass er, und die anderen vermutlich auch, nicht kauften, weil sie tatsächlich mitdenkende Hornhautentferner und ergonomische Pommes-frites-Schneider brauchten – was sie alle brauchten, war der Kick des Suchens, Findens und Bestellens. An diesem Punkt war ihm die Idee für ein System gekommen, das die Nachteile des alten Einkaufens schlicht beenden würde. Einmal installiert und aktiviert, konnte der Kunde damit ganz gewöhnlich im Netz bestellen, so viel er wollte, Produkte aussuchen und Schnäppchen finden, sogar Auktionen gewinnen, bestellen und bezahlen. Das Geld würde abgebucht, der Kauf bestätigt werden. Dann aber schaltete sich das Programm ein, nach Art einer Fangschaltung, und machte den Vorgang in aller Stille wieder rückgängig. Es wurde keine Ware verschickt, das abgebuchte Geld war in vier oder acht Wochen wieder zurück auf dem Konto, abzüglich einer kleinen Entschädigungssumme an die Händler. Es würde sein, als hätte es die Transaktion nie gegeben. Der Kunde hat das beglückende Einkaufserlebnis gehabt, sein Belohnungszentrum ist angesprochen worden, auch die wichtige Reuephase, in der er die Lücken auf seinem Konto bemerkte, aber er musste sich nicht mit Paketen vor der Tür herumschlagen und Tage später Dinge verstauen, während der Wunsch nach ihnen längst wieder vergessen war. Tin hatte den emissionsfreien Konsum erfunden. Wenn sich die Sache bewährte, würden vielleicht die Angebote nicht mal mehr auf tatsächlich produzierten Waren basieren müssen, dann gäbe es nur noch die *Bilder* von Dingen, die sich scheinkaufen ließen, und kein Arbeiter auf der Welt müsste wirklich Pinguin-Eieruhren herstellen.

Tove war mit der Idee durchaus zufrieden, biss sich aber unterwegs an einer anderen Sache fest. »Gegen die verkackte Vereinzelung ist das aber noch nichts. *Die* ist doch das Problem, das wollen die da oben ja, dass wir uns schön in der Wohnung verschanzen. Je weniger draußen unterwegs sind, desto weniger musst du beschützen, verstehst du? Das Bequemste ist der Bürger, der nicht zu sehen ist, keine Grüppchen bildet und nicht mehr in der Lage ist zu Solidarität. Deswegen subventionieren sie doch diese ganzen Heimatglück-Versprechen, riesige Fernseher, Streamingdienste und professionelle Kaffeemaschinen, damit musst du nicht mehr ins Cafe oder ins Kino. Ist ja unfassbar billig, das Zeug, frag dich mal, warum. Warum hat denn jedes Restaurant heute Lieferdienst, jedes Konzert einen Direkt-Link, warum machen denn alle ihre Turnstunden am Rechner, warum bieten dir die Konzerne heute mit Freude das Home-Office an und die Ärzte virtuelle Sprechstunden? Alles nur, damit die Menschen nicht mehr rausmüssen, verstehst du? Soll jeder still und sediert in seiner Schublade im vierten Stock krepieren, und dann kommt irgendwann der finale Lieferdienst und fährt dich im letzten Pappkarton deines Lebens mit Retourenaufkleber vor die Stadt, ja?« Tove sah ihn ungeduldig an, es war Sonntagabend, und sie trug ein T-Shirt mit der Aufschrift: *Palastdrama!!! Ihre Vergangenheit holt die schöne Kim (21) ein.*

»War es das jetzt, was du sagen wolltest?« Tin nickte ergeben. Sie krabbelte auf sein Bettende, er hatte sich an ihre Berührungen mittlerweile gewöhnt. So war es wohl in Wirklichkeit, dachte er, wenn man eine Schwester hatte. Das war dann zwar auch eine Frau, aber eben nicht vorrangig. Nur dass Tove sich absichtlich auch ein bisschen obszön benahm, wenn sie ihm so nahe war, mit dem kleinen Finger zwischen seinen Zehen herumstocherte zum Beispiel und dazu albern stöhnte. »Hör auf, mit deinen Zehen zwischen meinen Fingern rumzumachen, du darmloser Freak!«, kreischte sie, und als er artig darüber gelacht hatte, hängte sie sich mit der gesunden Hand an die Triangel über seinem Oberkörper, ließ ihren Bauch in Ruhe nach vorne auspendeln und sagte dann: »Junges Fräulein, im Gegenzug muss ich Sie jetzt in mein dunkelstes Geheimnis einweihen.«

Sara

Neben vielen anderen Erkenntnissen zeigten die nächsten Tage vor allem, dass Paul offenbar einer romantischen Vorstellung von Gastroarbeit aufgesessen war. Schon einfach nur hinter Kikos Tresen zu stehen, bereitete ihm zu Saras Erstaunen große Schwierigkeiten. Es schien ihm peinlich zu sein, dort Wein einzugießen, Flaschen zu verkorken, Gläser zu spülen oder auch nur nachzufragen, wenn er eine Bestellung nicht verstanden hatte. So deutlich, wie er ihr in den Tagen zuvor die Details ihres Abenteuers als Wirtsleute ausgemalt hatte, so schwierig, ja unmöglich schien es ihm zu sein, diese Handgriffe nun tatsächlich zu erledigen, sobald fremde Menschen vor ihm auftauchten oder darauf warteten, dass er sie bediente. Stattdessen verschwand er ständig in der Küche, wischte in einer hohen Frequenz hingebungsvoll die bodennahen Fächer der Bar, jagte alle paar Minuten durch den Gastraum, um Tische und Stühle zu rücken, die längst an der richtigen Stelle standen, lüftete, verschwand dreimal, um angeblich Fehlendes für die Küche zu kaufen, und war insgesamt so ängstlich-zappelig wie ein Fisch, der aus dem Wasser gehoben worden war. Sara hielt diese Veränderung erst für irgendein Spiel, eine Rolle, manchmal hatte er in den letzten Monaten auf slapstickhafte Weise seine Verbundenheit mit alten Filmen oder Büchern ausgedrückt, aber das hier war etwas anderes, das war echt. Die liebgewonnene Paul'sche Zutraulichkeit und seine diplomatische Eleganz jedenfalls waren dahin, sobald er den Posten an der Bar bezog, es fiel ihm schwer, auch nur Augenkontakt zu den Gästen aufzunehmen und in jene Hülle ansatzloser Verbindlichkeit zu schlüpfen, die man in solchen Lokalen eben erwartete. Er fand das rechte Maß nicht, schenkte absurd viel ein, gab sich bei Fremden vorschnell gönnerhaft und lud sie gleich hinter die Bar, um die Flasche selbst auszusuchen. Oder aber er bediente sie überhaupt nicht, hatte minutenlang scheinbar Gehör und Stimme verloren und zählte dann nur mit wachsender Panik im Blick Kikos Deckenbalken, sodass Sara die Bar mit im Auge haben musste. Gerade die dort träge angelehnten Stammgästen verursachten ihm eine unüberwindbare Scheu, schon wenn einer der Männer zur Tür hereinstolperte, machte Paul sich davon, und mitten im Gedränge des Abendessens am zweiten Tag ihrer Übernahme fand Sara ihn mit einem Glas Wein an einem reservierten Tisch sitzend, wo er sie eine Sekunde lang erwartungsvoll ansah, ganz so, als würde sie ihm das Bestellte bringen. Bei einem gemeinsamen Versorgungsgang zum Getränke-Verschlag fragte sie ihn ruhig, warum er eigentlich so verstört sei, es wären doch nur ein paar alte Männer, die dort an ihren kleinen Weingläsern hingen und kein Wort sagten. Da fuhr er sie an, dann könne sie die Herren ja bedienen, er müsse sowieso nun erst einmal hier für Ordnung sorgen, es sei alles durcheinander. Verdutzt war Sara allein zurückgegangen, und das fröhlich in den Abend torkelnde Kiko's hatte sie für die nächsten Stunden verschluckt wie ein Vergnügungspark einen Neunjährigen. Paul war den halben Abend in dem Verschlag hinter den Eisentüren geblieben, und als er zurückkam, hatte er nicht nur einen tiefhängenden Blick, sondern auch lediglich ein schlaffes Schulterzucken auf Saras Frage, wie zur Hölle er sie hier komplett allein lassen könnte? Es war Samstag, und sogar auf der Treppe zur Tür hatten Menschen mit Gläsern und Sardellenbroten gesessen. Sara hatte die vierzehn Tische eine ganze Zeit lang gut in Ordnung gehalten. Aber als erst eine unangekündigte Reisegruppe mit zehn niederländischen Frauen im Alter ihrer Mutter durch die Tür gequollen war wie vergessener Hefeteig und dann noch die vier Handwerker an der Bar aus Zorn über die Vernachlässigung eine kleine Meuterei anfingen, musste sie für ein paar Minuten in die winzige Küche flüchten, wo die beiden Frauen, Maria und Francesca, kein Wort, aber ein Glas Branntwein aus einer eigenen Flasche für sie hatten und ihr danach zu verstehen gaben, sie müsse nun wieder raus.

Als er wiederkam, ließ sie Paul einfach stehen, räumte die Tische ab, sortierte das Besteck und wickelte es für morgen in Servietten, platzierte neue Papiersets, füllte Bestellzettel aus, zerrte Müllsäcke die kleine Treppe hinunter, scherzte sogar mit den mittlerweile betrunkenen Handwerkern, die ihr vermutlich Anzüglichkeiten zuriefen. Die Makrelen sind weg, hurra!, rief einer, und das hatte Sara schon gelernt, dass die Einheimischen von den Touristen als Makrelen sprachen, weil sie auch immer nur im Schwarm lebten. Das wollte sie eigentlich Paul erzählen, das hätte ihm gefallen. Aber jetzt hatte sie keine Lust, ihm dieses Geschenk zu machen. Er stand schmal am Ende des Tresens wie ein vergessener Gast, und wenn Sara an ihm vorbeirauschte, fand sie, er sah von hinten und in seinem beigen Anzug (»Das nennt sich Safari-Jacket«) aus wie ein frustrierter Familienvater auf Sauftour, der noch dazu nur Wasser trank. Nein, entschied sie, er würde sich neue Kenntnisse über portugiesische Makrelen schon selbst aneignen müssen. Als sie ein paar Minuten später aus der Küche kam, in der Hand die kleine Kasse, war er verschwunden. Die Abrechnung hatte die drei Frauen zufrieden gestimmt, es schien, dass viele Gäste um Kikos Notlage wussten und sich großzügig gezeigt hatten, auch im Trinkgeld-Glas, das Sara am Eingang aufgestellt hatte, mit einem Bild von Kiko (ohne ihr Wissen natürlich) und einem roten Kreuz daneben, flatterten die Scheine wie ein Schwarm Vögel in einer Voliere.

Die Sternbilder hatten schon etwa die Hälfte ihrer nächtlichen Wegstrecke zurückgelegt, als sie die Tür des Kiko's hinter sich ins Schloss zog. Im Hafenbecken machten die Wellen sachte Geräusche, die Salzluft war immer noch mild. Sara hatte überhaupt keine Angst, der Weg hinauf durch den kleinen Ort, die wiegenden Schatten des Johannisbrotbaums vor der Kirche waren ihr so vertraut, und als sie auf das freie Feld mit der gewundenen Straße zu ihrem kleinen Haus trat, musste sie noch eine Weile stehen bleiben, weil jeder andere Raum jetzt für sie zu klein gewesen wäre. Trotz der Paul-Sache hatte sie das Gefühl, gute Arbeit gemacht zu haben. Das verdiente Geld plus ihre erschöpft pochenden Arme und Beine plus die Scherze der Gäste, ihre kleinen Portugiesisch-Erfolge plus dazu das Tosen der Kneipe und das wohlwollende »Adios« der beiden Köchinnen noch in ihren Ohren – was für ein unsinniges Glück diese Addition ergab! Es war anders als die Glücksgefühle, die sie mit Männern gehabt hatte, anders auch als bei der Arbeit mit ihren Tanzperformances und Aktionen an der Universität, wo jede Erschöpfung eigentlich verdächtig gewesen war, jede Zufriedenheit Anlass zur Kritik. Eigentlich, so schien es ihr, war sie bis zum heutigen Abend niemals gut genug gewesen. Ihr Leben bis zu diesem Punkt war eigentlich wie ein ewiges Improvisationsstück gewesen. Sie hatte auf Zurufe reagiert,

Wünsche der Umstehenden erfüllt und so getan, als würde sie tatsächlich jenem untrüglichen Instinkt und Freiheitsdrang folgen, den alle Welt seit der Schule bei ihr vermutete. Aber Idee und Umsetzung dieser scheinbar angeborenen Sara-Leichtigkeit hatte sie seither vor allem Kraft gekostet, und ihre Lebenslust hatte eine lange Kette von Komplikationen, Missverständnissen und Enttäuschungen erzeugt. So wie jede ernsthafte Performance nach einer Meta-Ebene und einem komplexen Theoriegerüst verlangte, hatten bei ihr die kleinsten Vorgänge immer unendlich viel Erklärung gebraucht. Selbst in ihrem Versteck bei Tin Hasenglock hatte sie unentwegt auf der Bühne gestanden, war angestarrt und analysiert worden wie eine neu entdeckte Spezies, was sie für Tin ja auch irgendwie gewesen war.

An den Abenden im Kiko's war es umgekehrt, sie war zum ersten Mal irgendwo diejenige, die die Regeln machte, vor ihr entstand ein Chaos, ein Lebensknoten aus Freude, Erwartungen, Missmut und Wein, der sich bis Mitternacht wieder entwirrt hatte. Nichts von dem Lärm dort versetzte sie wirklich in Unruhe, nichts davon würde sie morgen noch beschäftigen. Es gab da unten nur erfüllbare Wünsche, ihr Gebiet war klar abgesteckt, es würde keine Kritik ihres Auftritts geben, keine Optimierungsvorschläge von anderen, sie hatte keine Stichworte zu beachten oder war darauf angewiesen, dass andere sie auffingen. Nein, wenn sie nur jeden Tag ein paar tausend Handgriffe erledigte, auf die sie wahrscheinlich bald keinen Gedanken mehr verschwenden musste, die Übersicht behielt, am Ende alles abwischte und zusperrte, dann wäre das ein richtiges, ganzes Leben. Nicht vergleichbar mit den Kellnerjobs, die sie in den Städten gemacht hatte. Dort hatte sie nie Schlüssel in der Tasche gehabt, und niemand hatte es je für nötig gehalten, ihr zu erzählen, wie viel Umsatz sie gemacht hatten, stattdessen musste sie sich allabendlich ab einer gewissen Zeit vor den Händen der Barleute und ihrer besten Kunden in Acht nehmen. Kiko würde, auch wenn sie ganz gesund zurückkam, eine Hilfe brauchen. Sie hatte schon so etwas angedeutet damals, als sie vor der Tür mit ihr eine Flasche geweihten Neujahrswein getrunken hatte. Die Arbeit bei Kiko war natürlich nicht vergleichbar mit einem der richtigen Berufe ihrer Mitschüler, es war kein Schreibtisch in einem Hochhaus, nichts, wo man eine Chipkarte und einen Parkplatz bekam, aber es war etwas, das ihr lag, das spürte sie. Sie mochte diesen kleinen Ausschnitt der Menschheit, der ihr jeden Abend vorgestellt wurde, sie mochte es, Teil des Hafens und seiner Bewegungen zu sein. Ein Hafen versprach immer genug Lebendigkeit, war es nicht so? Und sie liebte das Gefühl, jeden Abend zwischen den Tischen ein paarmal kurz vor der Kapitulation zu stehen, dann doch noch die Kurve zu kriegen und Minuten später lachen zu können, weil es ja nur um eine doppelte Reservierung, einen falschen Teller, ein vergessenes Glas ging. Kein Wunder, dachte sie, dass Kiko so war, wie sie war.

Von solchen klaren Geistern umtanzt, kam Sara in der Cabana an, wo Paul im Bett auf eine Weise schnarchte, die nicht mehr als liebenswert zu verklären war. Sie betrachtete eine Weile enttäuscht sein übersonntes Gesicht. Alles in ihr war so zugewandt und erhaben, sie hätte jetzt gerne noch mit jemandem geschlafen. Morgen würden sie reden müssen, und es wäre anders als der Streit mit den Doraden, sagte sie sich, während sie eine Wolldecke über dem alten Sofa in dem kleinen zweiten Zimmer der Hütte so abspannte, dass sie selbst möglichst nicht in Berührung mit dem schon spröde aufbrechenden Stoff kam. Sie hatten keine zweite Decke, und so schlief sie erschöpft unter den beiden Kaschmirpullovern und träumte von nichts als japanischen Männern mit schmalen Brillen.

Sie erwachte unter der Bettdecke, die Paul ihr übergelegt hatte. Die beiden Pullover hatte er sauber auf zwei kleine gepolsterte Bügel gehängt, die sie aus einem Hotel in Südfrankreich mitgenommen hatten. Er saß draußen an dem Tisch, auf dem er sonst zu schreiben pflegte, aber er schrieb nicht, sie sah, wie er einfach und mit geradem Rücken saß und ihre Orangenbäume fixierte. Ihr fiel auf, dass er eigentlich schon lange nicht mehr geschrieben hatte. Er hatte auch keinen Kaffee aufgesetzt, das gab Sara die Gelegenheit, erst ein bisschen mit Dosen und Kannen zu hantieren, bevor sie zu ihm hinausging, zwei Tassen in der Hand. Sie trat vor ihn, er schirmte die Augen mit dem Handrücken.

»Alles wieder gut?«, fragte sie.

»Ein bisschen Kopfweh.« Er deutete umständlich hin.

»Ja, ich weiß, wo dein Kopf ist. Wie viele Flaschen muss ich denn dafür auf die Rechnung schreiben?«

»Nur eine.«

»Ach.«

»Aber die ganz große.« Seine Kinderstimme, aber sie hatte darauf keine Lust.

»Das war nicht so gut, alleine gestern.«

»Ja, tut mir leid. Ich finde, ich konnte, da waren irgendwie so seltsame Menschen diesmal. Die alle.«

»Ach komm, Paul, das war die gleiche Mischung, die wir da unten immer haben werden, viele Touristen, ein paar vom Hafen, ein paar Verirrte und zwei Säufer, das ist hier der Kneipendurchschnitt, anders geht's nicht.«

Schmollend schürzte er die Lippen, das fand sie jetzt wirklich überflüssig.

»Warum kommen denn nicht mal nette Menschen, so wie wir, gut angezogen, mit Manieren, leise, großzügig und so weiter. Die sind da alle so …« Er machte einen Gesichtsausdruck, als müsste er einen bereits verknoteten Müllsack wieder öffnen.

»Paul, das ist das normale Leben im Kiko's, da geht es nicht um Hemdkragen und Silberbesteck, und ich weiß nicht, deine ganzen komischen Tanzschritte. Kannst du vielleicht den Sternberg mal zu Hause lassen, wenn wir da arbeiten? Kannst du nicht einfach als Paul neben mir stehen und deine Bar im Griff haben? Es ist doch eigentlich ganz schön, so ein Abend, also, wenn es läuft, die Leute sind eigentlich wirklich nett. Das war doch deine Idee, vor ein paar Tagen war das noch dein Traum.«

»Och, kein bisschen vom ollen Sternberg mehr?«, nuschelte er in seiner Berliner Taxifahrerstimme. Sara lachte nicht. Sie ging ein paar Schritte bis an die Stelle, von der man das Meer sah. Saubere Schaumkronen.

»Ich muss um halb elf unten sein, heute kommt der Wein. Aber du hast ja wenigstens das Lager gut aufgeräumt, stimmt's? Kommst du mit?«

Sie sah ihn an, aber er nicht zurück.

»Ach so. Ich würde lieber ein bisschen rumfahren und ein paar Höfe abklappern, du weißt schon, Spezialitäten von hier finden, die die Leute noch nicht kennen und die wir zu den Getränken servieren könnten.«

»Besser als die geschmorten Portweinzwiebeln mit zwei Sardellen?«, fragte Sara zweifelnd. »Was willst du denn da finden?«

»Keine Ahnung, Schafskäse, Honig, andere Oliven, Nüsse,

hier gibt's doch jetzt total viel, ist doch gerade die beste Zeit.« Er zeigte vage auf das Land zwischen Berg und Meer und Richtung spanische Grenze.

»Wir verewigen uns im Kiko's mit ein paar Spezialtapas, die Leute wollen heute doch so was!«, rief er. Er war wirklich verändert.

»Na gut, wichtig wäre mir aber, dass du dann rechtzeitig unten bist. Ich muss heute mal den Boden wischen und will vor der Arbeit noch schwimmen, wir können uns ja am Strand treffen und von dort dann zusammen zum Aufsperren rübergehen. Dann machst du heute Abend ordentlich die Bar, und morgen ist Ruhetag, ja?«

»Aye, Chef.«

Sara staunte. Nicht nur über Pauls nebulöse Vorhaben, sondern vor allem über die Art, wie sie mit ihm sprechen konnte. »Wichtig wäre mir«-Sätze hatte sie bisher nicht im Repertoire gehabt. Die gehörten zu Müttern von Schulkindern und Frauen mit Hang zu Führungspositionen, und insgeheim hatte sie auch Pauls Exfrau in Verdacht, genau so eine »Wichtig wäre mir«-Frau zu sein. Jetzt aber sprach sie schon selbst so mit ihm, und das Beunruhigende war, es fühlte sich an wie das einzig Richtige.

Paul

Als er am Strand ankam, war Sara noch nicht da. Er ging den Abschnitt einmal an der Wasserlinie entlang bis zu dem Bereich, an dem die Lagunenlandschaft anfing, das Reich staksender Vögel, Krabben mit einer einzigen großen Schere und anderer Schlammwesen. Es war Nachmittag, der Sand unter seinen Füßen glühte. Er hob eine interessante Muschel auf, die sich als Stein entpuppte, hielt Ausschau nach einer exzentrischen Schwimmerin in Richtung der Boje, aber da war nichts. Dann ließ er sich in jener Ecke des Strandes nieder, an der sie bisher jedes Mal ihr Lager gehabt hatten. Er musste an Pissoirs denken und wie Männer statistisch dazu neigten, immer dasselbe zu benutzen, als gelte es auch dabei, einen dauerhaften Platz in der Weltordnung zu markieren. Als würde irgendwann eine Messingplakette über dem Urinal Nummer fünf hängen, auf der stand: »An dieser Stelle pflegte der Autor August Sternberg sein Wasser zu lassen.« Eigentlich gar nicht so übel, sagte er sich und schälte sich aus der Hose, um mit einem umgebundenen Handtuch den würdelosen Tanz hinter sich zu bringen, nach dessen günstigem Ausgang er die grüne Badehose trug.

Die Ergebnisse seiner Expedition ins Hinterland hatte er in einer gelben Plastiktüte bei sich, es war nicht viel. Die portugiesischen Bauern schienen noch nicht ganz verstanden zu haben, wie groß die Sehnsucht der Touristen nach authentischen Einkaufserlebnissen war. Paul hatte bei der Fahrt mit dem geliehenen Elektroroller überhaupt nur zwei Schilder gesehen, die auf einen Hofverkauf hinwiesen. Einmal hatte seine hoffnungsvolle Anfahrt dabei vor einem mit Kette verschlossenen Tor geendet, auf dem anderen Hof hatte er immerhin etwas Honig bekommen, war aber mit seinen Fragen gescheitert, welche Blüten die Bienen dafür angeflogen hatten. Die alte Frau hatte ihn nicht nur nicht verstanden, sie hatte auch keinerlei Interesse an seinen eifrigen Bemühungen gezeigt, den Zusammenhang von Bienenflug und Blüten mit Gesten zu verdeutlichen. Sie war einfach wieder ins Haus gegangen, und Paul musste die beiden erstandenen Gläser mit einer Hand auf dem Roller balancieren bis zum nächsten Ort. Dort hatte er in einem kleinen Lebensmittelgeschäft etwas frische Stockfischcreme in einen Becher gefüllt bekommen, außerdem eine hübsche Dose mit spanischem Paprikapulver und zwei große Gläser mit eingelegten Peperoni. In der festen Überzeugung, dass sich damit irgendetwas machen ließ und sein Ausflug nicht umsonst gewesen war, war er zurückgefahren, um rechtzeitig am Strand zu sein. Jetzt, es war halb vier, spürte er die Müdigkeit und den Rotwein der letzten Nacht, der immer noch fest an seinem Haaransatz zog. Er würde kurz ins Wasser gehen und dann unter seinem Hut in der Sonne dösen, bis Sara kam. Später würde er als Paul Neulich seinen Dienst in der Bar antreten, wie sie es gesagt hatte, und er würde es besser machen, als alle von ihm erwarteten, charmant und locker, aber auch akkurat, und am Ende würde er sich die Krawatte, die er schon am ersten Tag vorsorglich in der Bar deponiert hatte, weil ein Kellner ohne Krawatte oder Fliege undenkbar war, am Ende würde er sie lockern und den obersten Hemdkragen öffnen, wie es alle jungen Männer in den Filmen irgendwann taten, und das war die einzige Belohnung, die er sich heute gestatten würde. Er konnte sich selbst nicht genau erklären, was ihn in den letzten Tagen so gehemmt hatte. Es war wie ein Rückfall in seine Jugend, in der ihm alles peinlich gewesen war und er so schüchtern, dass er auf nicht mal der Hälfte der Klassenfotos von damals zu sehen war. Er hatte sich einfach nicht getraut, sich dazuzustellen, und niemand von den Verantwortlichen hatte je gemerkt, dass er fehlte. Woher diese Schüchternheit eigentlich rührte, konnte er nicht genau sagen, vermutlich war es aber einfach das Ergebnis zweier klein gewachsener und ebenfalls sehr schüchterner Eltern. Wenn du zusehen musst, wie dein Vater daran scheitert, einen Kellner nach einer fehlenden Besteckgarnitur zu fragen, und sich lieber mit deiner Mutter das Besteck teilt, dann wirst du als Kind schwerlich zum Draufgänger. Dabei war er, nach seiner heutigen Einschätzung, gar nicht unbeliebt gewesen. Es hatte zu jeder Zeit seines Heranwachsens eine Gruppe Jungen und sogar bald auch Mädchen gegeben, die sich in kindlicher Anhänglichkeit um ihn scharten. Er war kein strahlender junger Mann gewesen, kein glänzender Sportler, aber diejenigen, auf die das zutraf, hielten sich durchaus gerne in seiner Nähe auf, als verfügte er über einen seltenen Rohstoff, der ihnen fehlte. Jede zweiundfünfzigste Frau, die er kennenlernte, verliebte sich in ihn. Das war wahrscheinlich kein großartiger Schnitt, aber es hatte bis jetzt gereicht, um nie lange allein zu sein. Das alles wusste er heute, und es hätte vermutlich geholfen, wenn es ihm schon jemand gesagt hätte, während er komplizierte Umwege zwischen der Tür seines Elternhauses und der Schule plante, um nicht gesehen zu werden.

Das Mittelmeer war ihm allezeit nahezu gleich vorgekommen. Das Wasser des Atlantiks aber fühlte sich jeden Tag anders an, es trug immer eine andere Verkleidung. Heute hatte die Gischt einen Bart aus grünen Fäden, dazu Tausende weißer Muscheln angeschwemmt, nicht größer als ein Daumennagel, und in den Prielen, die Paul wegen der Ebbe durchwandern musste, um ins offene Wasser zu kommen, flankten winzige Fische um seine Füße. Als er schließlich eintauchte, löste sich sein Kopfweh in Salz und Saphir auf. Er schwamm wie immer knapp hinter der Linie, an der sich die Wellen brachen, parallel zum Ufer und spürte unter sich die Aufregung des Wassers auf den letzten Metern seiner langen Reise. Der Strand war heute nahezu leer, Paul paddelte genüsslich herum, suchte gelegentlich die Uferlinie nach Saras dunkelblauem Bikini ab, dachte in Folge erst an ihre Hüftknochen, dann an den erstaunlich großen Abstand zwischen ihrem Bauchnabel und dem dunklen Flaumhaar zwischen ihren Beinen, und als Ergebnis dieser Bilder rührte sich der Laurel tief unten, in seiner umtosten Badehose. Die stattliche Körperreaktion verhinderte etwas später auch, dass Paul unbefangen wieder an Land gehen konnte. Stattdessen sah er sich gezwungen, noch eine Weile im hüfthohen Wasser zu spazieren, bis wieder Anstand eingekehrt war.

Sonja

Lieber. Lieber Paul. Lieber Paul Neulich. Ach, darf ich einfach nur du sagen?
Du.

Als Erstes möchte ich fragen, wie es dir geht heute und wie es dir die letzten Monate ergangen ist. Du bist immer noch auf Reisen, nicht wahr? Ich hatte zwei- oder dreimal probiert, dich anzurufen, wegen irgendwelcher Kleinigkeiten, die hier für dich gelandet sind, aber ich bin nie durchgekommen. Bist du wirklich in so fernen Ländern, alter Paul, muss ich mir Sorgen machen?
Bei mir ist alles weitgehend unverändert, ich wandle vorwiegend zwischen der Praxis und meinem Bett hin und her und kann sagen, dass meine Patienten im Schnitt nicht glücklicher, aber auch nicht wesentlich unglücklicher geworden sind, was ich mir, wie du weißt, immer schon als Erfolg anrechne. Wenn mich nicht alles täuscht, war es hier bis jetzt ein herrlicher Sommer, und sie haben in unserem Kino wieder den Schwarz-Weiß-Hinterhof eingerichtet, erinnerst du dich? Ich war aber noch nicht dort.
Ich schreibe dir, weil sich hier in den letzten Tagen eine kleine Sache zugetragen hat, die vielleicht auch dich erreicht. Ich will nicht, dass du denkst, es wäre eine kalkulierte Geschichte gewesen wie in irgendeinem Film, die Dinge haben sich einfach und sehr schnell so ergeben. Ich war letzte Woche zu

einem Interview beim Radio, und natürlich stürzten sie sich dabei bald auf die Trennung der Trennungsspezialistin, na ja, irgendwann musste jemand auf diesen Dreh kommen, das hatten wir uns ja schon gedacht, nicht wahr? Jedenfalls ist dieses Interview nun auf dem besten Weg, eine gewisse, tja, Bekanntheit zu erlangen, ohne dass ich genau sagen könnte, warum eigentlich. Es war eigentlich gar nichts Besonderes, weißt du? Ich habe viel allgemein über Männer und Frauen gesprochen und ein wenig über unseren Fall, aber eher als Expertin, zumindest kam es mir so vor. Falls du das Interview selbst hörst und falls du danach das Gefühl haben solltest, diese sogenannte Sonja, mit der du mal verheiratet warst, hätte nicht mehr alle Schweine im Rennen, dann ruf mich bitte an, hörst du? Ich vermittle dann zwischen dir und der Verrückten, ich bin dafür ausgebildet. Ich war, wie gesagt, auch überrascht, dass sich irgendjemand davon angesprochen fühlte. Es war eigentlich nur eine kleine eigene Akupunktur, bei der eine Nadel aber offenbar versehentlich den Nerv der Frauenwelt getroffen hat, die ganzen Feministenplattformen und so weiter, alle haben sich bei mir gemeldet, du solltest mal meinen Posteingang sehen. Jetzt dreht das Ganze jedenfalls seine Runden, und ich bin, wie es scheint, kurzfristig zu seiner Art Heldin der neuen Kaffeekränzchen-Bewegung befördert worden.

Sie hielt inne. »Kaffeekränzchen« war ein Wort nach Pauls Geschmack, aber nicht das ließ sie stoppen, sondern ein bei sich selbst diagnostiziertes Verlangen danach, einen Brief zu schreiben, der ihm gefiel. Der irgendwie anders zu ihm sprach, als in den letzten Monaten und als von der anderen Frau zu ihm gesprochen wurde. Sie wollte, dass Paul beim Lesen lachte. Denn das war ja doch die größte Angst, dass er mit der Neuen so lachen konnte und sie schon diese verschlüsselten Codes benutzten, die bei allen glücklichen Paaren ähnlich waren, sie aber doch von allen anderen, allen früheren und allen späteren unterschieden. Der Fingerabdruck eines Paares liegt in einer Sprache, die nur *ein* anderer Mensch auf der Welt wirklich vollkommen richtig entschlüsseln konnte. Sie war ein bisschen verwundert, dass sie ihre gemeinsame Sprache noch so gut konnte. Dann schrieb sie weiter:

Du musst natürlich gar nicht auf diese ganze Sache reagieren und kannst es auch einfach vergessen, wahrscheinlich bis du ja eh ganz woanders, auch inhaltlich. Ich wollte nur vorsorgen für den Fall, dass du dich irgendwann in den nächsten Tagen wunderst oder komische Nachrichten bei dir ankommen. Noch mal schreibe ich es jetzt: Das war keine Rache. Vielleicht war ich ein bisschen genervt, vielleicht hat mich die Tante vom Radio auch einfach herausgefordert. Und ja, ich habe immer noch das Gefühl, wir hätten nicht wirklich so etwas wie ein Ende gefunden, weißt du? Jedenfalls kommt mir unsere schnelle Scheidung (wir sind geschieden!) manchmal vor wie ein ulkiges Missverständnis. Ich weiß, dass ich die treibende Kraft dabei war, und dazu stehe ich nach wie vor, warum, wird ja, fürchte ich, auch in diesem Interview noch mal deutlich. Ich finde nur auch, zu einer Trennung gehören zwei, und du hast dich ihr irgendwie entzogen. Übrigens, kleiner Einschub, würde mir eine meiner Patientinnen diesen Brief zeigen, würde ich ihr als Erstes die vielen Satzanfänge mit »Ich« am Anfang einkreisen, so als leicht aggressiv-pädagogische Therapeutenmethode, und dazu würde ich nachdenklich etwas sagen wie: Mir sind in diesem Text als Erstes die vielen großen Ichs aufgefallen. Und

dann vielsagend schweigen. Und weißt du, 98 Prozent aller Frauen, ich inklusive, würden dann schuldbewusst nicken und sich betroffen ihre eigenen Ichs ansehen und sich bei mir und der Stechpalme in der Praxis dafür entschuldigen. Aber in dem Moment würde ich, alter Therapeuten-Umkehrschwung, mit Schwert und Flamme auf sie niederfahren und rufen: Haha, sehen Sie, wie Sie sich selbst verleugnen wollen? Daran müssen wir arbeiten! Und alle würden denken, verdammt, Dr. Wilms, die allerbeste Therapeutin.
Tut mir leid, du hast wahrscheinlich gar keine Zeit für so einen Quatsch, aber es tut so gut, irgendwem wieder solche Sachen erzählen zu können. Nein, falsch, Fräulein Bruck, streichen Sie »irgendwem«! Ich meinte, dir diese Sachen schreiben zu können, und das ist wieder ein Satz mit einem großen Ich vorne dran.
Männer würden das mit den eingekreisten Ichs übrigens vermutlich erst mal gar nicht einsehen und ein bisschen herumrechnen, mir schließlich beweisen, dass immer noch mehr Sätze ohne Ich anfangen als mit und so weiter, ich höre jetzt auf damit. Es erstaunt mich nur immer wieder, wie bereitwillig Frauen sich sofort eigene Fehler eingestehen, während Männer zum Beispiel sehr getroffen und beleidigt sind, sobald ich nur mal andeute, dass sie ja vielleicht ein bisschen Sport machen könnten. Bei dir ist es natürlich umgekehrt: Bitte mach keinen Sport, Paul! Insbesondere dein Brustschwimmen war immer schwach, und wo du doch nun die ganze Zeit am Meer bist …

Na ja, wo waren wir? Ach ja, getrennt! Natürlich, ich weiß es selbst, du hast jemand Neues, und wahrscheinlich knuspere ich an dieser Tatsache immer noch mehr herum, als mir lieb ist. Bild dir nichts darauf ein, ich kann tausend Männer

haben, wenn ich möchte, sie kommen sogar pünktlich nach Terminkalender in meine Praxis und sind alle schon Single oder zumindest in absehbarer Zeit. Trotzdem, ich bin immer noch für mich und ganz zufrieden damit. Aber daher kommt vielleicht das Gefühl, ich hätte mich irgendwie alleine getrennt und müsste jetzt deshalb auch doppelt traurig über uns sein, also für dich mit. Weil du ja keine Zeit hast, wegen Dings. Du, sei nett zu ihr, ja? Lass sie nicht deine Kolumne ausschneiden, unter uns gesagt, nach dem dritten Mal fühlt man sich wie eine stolze Mutter, und das ist, äh, kontraproduktiv?
Ich lese sie übrigens immer noch, schlechte Angewohnheit. Aber weil das Magazin nicht mehr ins Haus kommt (hast du das abbestellt? Frechheit!), muss ich mich auf der Seite einloggen, und da gibt es für deine Texte jetzt auch eine Sicherheitsschranke mit Altersabfrage (why ever?), und das ist vielleicht die größte Neuigkeit bei mir: Ich hasse es neuerdings, so weit runterfahren zu müssen, bis mein Geburtsjahr kommt. Es ist zweieinhalb Mal die ganze Scroll-Strecke, kannst du dir das vorstellen? Zweieinhalb Mal Augenrollen, von oben nach unten. Das ist demütigend, und dabei gehörte ich mal zu den Frauen, das weißt du hoffentlich noch, die weder ein Problem mit ihrem Alter hatten noch halbjährlich in einer Life-Klinik aufwachen wollten. Das will ich immer noch nicht, aber ach, diese verdammte Altersmaske. Schreib darüber mal was, dieses Ding ist nicht galant!

Jetzt lasse ich dich wieder. Ich hoffe, es geht dir gut. Und ich hoffe sehr, du bist mir noch irgendwie gut. Auch nachdem dich die Feministinnen erwischt und zu Aufstrich verarbeitet haben (vegan).
Ich möchte jetzt auch noch sagen, dass ich den Laurel vermisse,

aber ich weiß nicht, wie, ohne dass es komisch klingt. Na, sag ihm mal Hi! von mir, in einem unbeobachteten Moment, ja?

Sei umarmt, du alter, dummer Paul.
Deine Sun

Trachinus vipera

Das Gift im ersten Stachel der Rückenflosse macht das Petermännchen zu einem der gefährlichsten Tiere auf dem europäischen Kontinent. Die beiden stabilen Dornen an den Kiemendeckeln des Fisches ergeben zusätzliche und für einen Angreifer schwer zu kontrollierende Waffen. Das dort eingelagerte Gift ist eine klare Flüssigkeit mit einem leichten Geruch nach Ammoniak. Es enthält den Wirkstoff 5-Hydroxytryptamin, der maßgeblich in der Lage ist, beim Menschen plötzliche und außerordentliche Schmerzen zu verursachen, sowie ein Protein, das zu Histaminausschüttung führt. Je nach Veranlagung des Opfers kann es dadurch zu hartnäckigen Schwellungen und Rötungen kommen, das Gewebe rund um die Wunde kann sich verändern, weitere Proteinbestandteile im Gift können zudem einen Einfluss auf Blutgerinnung und das Herz-Kreislauf-System nehmen, und diese Schmerzen können in unverminderter Schärfe mehrere Tage anhalten. Bei kleineren Säugetieren wurde nach einem direkten Kontakt mit *Trachinus vipera* eine letale Beeinflussung des Herz- und Gefäßsystems, überwiegend durch Atemstillstand, festgestellt. Petermännchen gehören zur Ordnung der Perciformes (Barschartige) und bilden selbst die Familie der Trachinidae (Petermännchen). Die Familie besteht aus zwei Gattungen und neun Arten, das sogenannte kleine Petermännchen, im Volksmund auch Viperqueise, zählt zur Gattung *Echiichthys*. Es gilt mit seiner hohen Giftkonzentration als die gefährlichste Art der Familie, zumal sich der Fisch fast ausschließlich in Ufernähe aufhält, wo er sich bis zu den Augen im Sand vergräbt und auf seine Beute lauert. Laut *Brehm's Tierleben* bevorzugt er dabei die flachen, sandigen Stellen des Atlantischen Weltmeeres, des Mittelmeeres und der Nord- und Ostsee. Vor allem gegen den Sommer hin nähert es sich, um zu laichen, dem flachen Strand.

Paul

Der Laurel hatte sich gerade so weit beruhigt, und die Sehnsucht nach seinem Strohhut war gleichzeitig so groß geworden, dass Paul endlich einen besonders weiten ersten Schritt Richtung Ufer machte. Der Stachel des Fisches trat knapp hinter seinem von den vielen Strandspaziergängen der letzten Monate weich geschliffenen Ballen ein, und zwar, vom Standpunkt des Petermännchens betrachtet, in einem optimalen Winkel. Eine Sekunde lang bildeten der Autor der bekannten Sternberg-Kolumne und der kleine Fisch aus der Ordnung der Barschartigen ein erstaunliches Zwitterwesen im seichten Wasser des Atlantiks. Dann wechselten einige Milligramm einer klaren Flüssigkeit den Besitzer, und im Gefühl einer interessanten, wenngleich unerquicklichen Begegnung verschwand das Tier mit zwei kräftigen Schlägen seiner Schwanzflosse in Richtung der dunkleren Schichten. Obwohl Paul schon im erschrockenen Zurückziehen wusste, dass es keine Kante einer Muschel oder eine Glasscherbe gewesen war, sondern hier gerade ein Angriff stattgefunden und er verloren hatte, stapfte er unverdrossen weiter an Land. Viel Unerfreuliches, das wusste er, ließ sich durch bloßes Weitermachen überwinden, und manches mehr war durch Contenance und Nichtbeachten zu bezwingen. Die betroffene Stelle rieb er bei jedem Schritt besonders feste in den Sand, als könnte er so abstreifen, was immer es war. Aber der Schmerz strahlte zunehmend klarer, und als er hüpfend das Handtuch erreicht hatte, lag schon einen kalter Schweißfilm auf seinen Lidern. Er ließ sich fallen, knetete den Fuß, fühlte mit den Fingerspitzen nach der winzigen Wunde. Ein blasser Riss in rosig gequollener Haut, nichts weiter. Wäre da nicht das Gefühl von Reißzähnen, das sein Bein hinaufbrannte. Als Kind hatte er gerne Geschichten von Trappern und Goldsuchern im hohen Norden gelesen, Geschichten, zu denen unverzichtbar die Schilderung von rostigen Bärenfallen gehörten, die mit ihren scharfen Metallzinken immer wieder unvorsichtige Männerbeine zerfleischten. Das also war der Schmerz dazu, und er wirkte an einem hellen Nachmittag am Strand noch deutlich alarmierender als in einem Wald in Alaska. Panisch grub Paul das Bein in den warmen Sand, riss es gleich danach wieder heraus, um zurück zum Wasser zu humpeln, Kühlung, musste es in solchen Fällen nicht immer Kühlung sein? In der Vergrößerung des Prielwassers, in dem er stand, wirkten seine Zehen klobig und bleich, wie angeschwemmtes Material am Grund. Er versuchte sie zu bewegen, erreichte aber zu seinem Entsetzen diese letzten Ausläufer von Paul Neulich schon nicht mehr. Jetzt war er ganz Sirene und Frage. Hier am Strand? Im seichten Wasser? Quallen? Zum Arzt, zur Apotheke, jemanden hier um Hilfe bitten? In solchen Entscheidungen war er schlecht, selbst sein Überlebensinstinkt war begraben unter Sedimenten von Manieren und vornehmer Zurückhaltung. Er humpelte gehetzt am Handtuch vorbei, nahm Hemd und Geldbeutel an sich, den Rest ließ er liegen, in die Hose zu steigen war unmöglich mit einem Bein, das sich wie eine flammenschlagende Laterne anfühlte. In Italien hatte es alle fünfhundert Meter Häuschen mit Strandwächtern gegeben, hier war nur der halb versandete Parkplatz mit ein paar geparkten Mietwagen von

Touristen. Entlang der Straße zum Ort und in Gesellschaft des windgebeugtem Strandhafers hatte Paul zweimal das Gefühl, er könnte vor Schmerz ohnmächtig werden, und zwar immer, wenn er versehentlich das Bein belastete. Er hoffte, dass Sara ihm entgegenkam, aber die Straße zum Ort lag vor ihm, und sie war leer. Die Apotheke würde noch geschlossen haben, aber es war das Einzige, was Paul einfiel, vielleicht gab es dort Auskunft, was in Notfällen zu tun sei. Ein paar Minuten später hielt ein Auto neben ihm, ein junger Mann fragte in kernigem Alpendeutsch, ob alles in Ordnung wäre.

»Bedauerlicherweise nein«, sagte Paul, der gegenüber Fremden nie anders sein konnte als auf Papier. Er zeigte auf sein nacktes rechtes Bein, das inzwischen seine Konturen deutlich verändert hatte. Es sah jetzt aus wie von einem Kind mit einem zu dicken Stift in der falschen Farbe ausgemalt, rosa marmoriert und geschwollen. Vom Fahrersitz beugte sich ebenfalls ein junger Mann herüber, musterte deutlich angewidert das Bein und die grüne Badehose, tauschte einen kaum merklichen Blick mit seinem Begleiter und sagte:

»Wir können Sie mitnehmen.«

»Sehr verbunden, aber nur wenn es keine Umstände macht«, sagte August Sternberg.

Paul schob sich auf die Rückbank des Wagens, Kopf voran, wie eine Standuhr und ohne zu bedenken, dass er die Tür so nicht mehr schließen konnte, was schließlich der Beifahrer erledigen musste. Er sah im Liegen in die scharf ausrasierten und braungebrannten Nacken der Männer, die beide ärmellose Unterhemden in Pastellfarben trugen, und fühlte, er wäre eine Erklärung schuldig, wenn nicht ihnen, dann doch sich.

»Es ist mir unerklärlich, aber irgendetwas hat mich im Wasser gestochen. Oder gebissen.« Keuchte er förmlich und so als wäre es ein kurioser Witz auf seine Kosten.

Der Fahrer suchte im Rückspiegel seinen Blick.

»Weit draußen?«, sagte der Mann mit mühsam aufgebrachtem Interesse.

»Eben nicht, direkt im Sand am Ufer. Ich dachte erst ...« Der junge Mann ließ mitten in seinen Satz hinein etwas fallen: »Shit.«

Es klang teilnahmslos und eher so, als wäre in der Ferne ein Hindernis aufgetaucht, war aber offenbar schon die ganze Reaktion auf Pauls halbfertige Schilderung. Der Typ wandte seinen Blick wieder der Straße zu, der andere schwieg weiter. Mehr Erklärung war offenbar nicht gefragt. Diese Art zu reden hatte Paul schon fast vergessen, aber so sprachen die Menschen in den Retrovierteln. Es war, als würden sie beim Reden immer Abkürzungen suchen, das Ende schon vorwegnehmen, als wäre der verschlungene Pfad eines normalen Gesprächs in den meisten Fällen nur Zeitverschwendung. Die neuen Gespräche, die eher dem Austausch von Botschaften auf den Geräten ähneln, das müsste man sich auch mal in einer Kolumne vornehmen, dachte der letzte Rest von Paul, der dazu noch in der Lage war, aber er vergaß es sofort wieder.

Schweigend kamen sie beim Kreisverkehr im Ort an, Paul sah, dass die Apotheke geschlossen hatte, das grüne Leuchtkreuz fächerte nicht, und so bat er die beiden, ihn noch bis zur Kirche hinaufzubringen und dort dann, in einer flehenden Art, die für Paul den Grenzbereich des Zumutbaren darstellte, aber er bekam jetzt fast keine Luft mehr, ihn noch bis zum Ende der gemauerten Straße zu fahren, vorbei an den Orangenplantagen. Der Mann gab genervt Gas, winkte ab, als Paul ihm fünf Euro geben wollte, sein Freund öffnete die Tür, und die kaputte Standuhr kam schwankend und rot marmoriert am Straßenrand wieder zum Stehen.

Es waren nur ein paar Schritte bis zu ihrem kleinen Garten, aber es fühlte sich an wie eine Tagesetappe. Es war gut, dass Sara die Tür nie abschloss. Jetzt, dachte Paul, würde doch alles wieder richtig werden. Er würde eine Schmerztablette finden, sich hinlegen, ein bisschen dösen, es konnte ja nur eine Schockreaktion sein, etwas Kurzes, vielleicht auch wegen der Sonne, eine ungünstige Kombination sicherlich. Dann würde er wieder hinuntergehen und Sara in der Bar treffen, keinesfalls durfte er sie heute dort allein lassen. Als er aber lag, wollte er gleich wieder stehen, weil sein Herz wie eine Keule gegen seine Brust schlug. Er fühlte zum ersten Mal die Ausmaße seiner Luftröhre und fühlte auch, wie wenig von dem, was er einsog, nur noch dort ankam. Histamin, das Wort fiel ihm ein. Damit war etwas gewesen, in seiner Kindheit. Seine Mutter hatte Anti-Histamin-Tabletten in ihrer Handtasche gehabt, für ihn. Damals hatte es noch überall wilde Bienen gegeben, wie lange war das her. Aber sie hatten die Tabletten nie gebraucht, und so hatte Paul vergessen, was es damit auf sich hatte, und dann waren ja auch die wilden Bienen ausgestorben und mit ihnen die letzte natürliche Gefahr in den Städten. Unter seinen Lidern tanzten jetzt Bilder durch. Die vergessene Stockfischcreme in der Plastiktüte am Strand, überhaupt, der glühende Sand, seine Hose. Sara würde das alles finden. Er setzte sich mit einem Ruck auf. Sie würde denken, er wäre ertrunken, sie hatte sich über seinen Schwimmstil lustig gemacht. Ihre Telefone im Wasser, die Öffnungszeiten des Kiko's, der Wein, den er gestern getrunken hatte, diese unendliche Menge einsamen Weins, Sonja, deren Stimme er nicht mehr im Ohr hatte, die E-Mail von Wulfstedt, die heute Morgen gekommen war, als Sara gerade zur Tür hinaus gewesen war. Er hatte schon beim Öffnen gesehen, dass der Mann nicht auf sein Friedensangebot eingegangen war, seine seitenlange zärtliche Schilderung des Schriftstellers auf Reisen war dem Ressortleiter ganze vier Zeilen Antwort wert gewesen. Vier Zeilen, in denen für Paul zu lesen gewesen war, das Magazin hätte sich dazu entschieden, die bereits geschriebenen Folgen und eine bitte zu schickende Abschlussfolge noch abzudrucken, aber dann wolle man ab September die Stil-Seiten neu ausrichten. August Sternberg solle »in irgendeiner Form natürlich« auch in Zukunft darin auftauchen, das sei durchaus der Wunsch der Redaktion, aber wie genau, sei noch nicht klar, schließlich müsse sich das ganze Heft deutlich verjüngen und in seiner Ansprache zeitgemäßer und weiblicher werden, das sei nicht zuletzt eine Bitte der neuen Besitzer. Neue Besitzer. Wenn Paul recht informiert war, war es eine Holding aus den Niederlanden, die zunächst mit landwirtschaftlichen Geräten, danach mit Verkaufssendern im Fernsehen groß geworden war und schließlich in weitere Medienunternehmen investiert hatte. Es waren sozusagen Bauern, die das Sagen hatten. Er persönlich, schrieb Wulfstedt weiter, habe die Kolumne sehr gerngehabt, sie wäre eines der Aushängeschilder des Heftes gewesen, aber nach so langer Zeit sei es verständlich, dass auch andere Ideen »auf dem Tisch lägen«. Es wäre zudem allgemeiner Konsens gewesen, dass Sternbergs Themenfelder zunehmend »männlich konnotiert« und insgesamt »etwas auserzählt« gewesen wären und man dem Verdacht des Kulturpessimismus als modernes Medium und gerade in heutigen Zeiten gerne entgehen würde. Und da Paul offenbar auch einen »anderen Lebensmittelpunkt« gewählt habe, komme ihm ein bisschen weniger Schreibverpflichtung zum jetzigen Zeitpunkt ja vielleicht auch nicht ganz ungelegen? Mit kollegialen Grüßen.

Die Scheinheiligkeit der letzten Frage war atemberaubend, hatte Paul gedacht, ohne zu wissen, dass er ein paar Stunden später eine Dimension der Atemlosigkeit erleben würde, die alle Vergleiche hinfällig machte. Ihm war jetzt, als wären alle Organe in sein pulsierendes Bein gewandert, das Herz donnerte von dort, die schmerzhafte Gänsehaut schauerte von dort herauf – wenn er die Augen schloss, sah er das grelle Marmormuster seiner Haut, aber wenn er das Bein auf dem Bettrahmen ablegte, ging es ein bisschen besser. Wenn nur das Herz nicht alle paar Schläge entweder überhart stoßen oder ganz aussetzen würde. Er tastete nach seinem Rechner, klappte ihn auf, das Programm war immer offen, eine weiße Seite, der wartende Cursor, das ganze Leben lang schon wartete diese erste leere Zeile auf ihn. Sein Einatmen machte seit einigen Minuten kratzende Geräusche, sein Ausatmen war eine Anstrengung, für die ihm zunehmend die Kraft fehlte. Er schrieb also zunächst mit geschlossenen Augen.

August Sternberg: Abschied

Es ist die vielleicht bemerkenswerteste und sicherlich die letzte Frage, die sich ein Gentleman stellen muss: Wie würdig abtreten? Lange Zeit gab es darauf nur eine befriedigende Antwort, und die lautete, für das Vaterland und auf dem Feld der Ehre, im tröstenden Bewusstsein damit seine Pflicht getan zu haben. Nun leben wir in einer Epoche, in der Armeen nicht mehr im Morgengrauen auf einem Feld gegeneinander antreten, was in vielerlei Hinsicht zu bedauern ist. Nein, der Soldatentod ist heute in den meisten Fällen Ergebnis einer digital gesteuerten Fernoperation. Eine Vermutung: Nahezu lautlos und vollkommen überraschend von einer Drohne füsiliert zu werden, dürfte es schwer (oder: noch schwerer als zuvor) machen, im eigenen Tod etwas Heldenhaftes zu erkennen, Soldatenblut hin oder her. Auch wer durch eine deponierte Sprengfalle oder das gewitzte Werk eines Selbstmordattentäters umkommt, wird wohl kaum im Gefühl der Erfüllung seiner Mannespflichten sterben. Sicher, heute im Kampf gegen die extremen Gruppen zu fallen, mag einem den Dank der Gesellschaft einbringen. Aber wer hat dabei schon noch die Sicherheit, auf der richtigen Seite zu kämpfen und zu sprengen? Seit unserer Welt die Kaiser ausgegangen sind, ist die Unterscheidung zwischen Richtig und Falsch, Ehre und Verrat ja eher eine Frage des persönlichen Geschmacks geworden. Wem folgt man in reinster Überzeugung bis in den Tod, wenn alle Seiten die Wahrheit für sich reklamieren?

Es soll also an dieser Stelle lieber um das würdevolle Verschei-

den des Zivilisten gehen. Zu dem die meisten von uns schon deshalb nicht in der Lage sein werden, weil sie weit vorher die Herrschaft über Körperteile und Sinne verloren haben und als Anhängsel einer Maschine noch eine ungewisse Zeitspanne leben werden, bis zu einem recht willkürlich bestimmten Ende. Wer an Verfügungen und Testamente glaubt, sollte sich vielleicht überlegen, diese Phase des künstlich erhaltenen Lebens auf neun Monate zu begrenzen. Das wäre eine elegante Reminiszenz an die ersten neuen Monate unseres Lebens, die wir ja auch fremdbestimmt und fremdernährt verbringen, wenngleich unter deutlich angenehmeren Umständen.

Er hatte bis hierhin fliegend schnell geschrieben, es war, als hätte sein Kopf in Sauerstoffmangel und Schmerzen die Dringlichkeit der Sache erkannt, aber an dieser Stelle im Text bekam Paul Neulich so lange keine Luft, dass seine Hände den Rechner umkrampften und seine Augen versuchten, aus dem kleinen Fenster der Cabana hinauszuklettern, um diese enge Kammer hinter sich zu lassen. In diesem Moment sah er die Nachricht von Sonja, und ihr Name auf dem Bildschirm war ein zusätzlicher Schock. Aber die Finger taten noch ihren Dienst und öffneten, die Augen taten noch ihren Dienst und lasen, und es gab noch Bereiche in seinem Gehirn, die das Gelesene verarbeiten konnten und die Paul Neulich jetzt zu allem Überfluss eine fürchterliche, lebensbedrohliche Sehnsucht nach zu Hause bescherten, nach der Zeit vor einem Jahr und einem Bücherschrank, in dem die kleinen Abenteuer der Ferne alle sicher verstaut gewesen waren.

Sein gestochenes Bein war so angeschwollen, dass es ihm nicht gelang aufzustehen, er robbte hinüber zu Saras Bettseite, wo ein Glas Wasser von heute Morgen stand, versuchte zu trinken, aber der Schacht, der sich so zuverlässig am Ende des menschlichen Gaumens auftat, war bei Paul Neulich verwachsen und eingedickt, und die paar Milliliter warmen Wassers kehrten ratlos von dort zurück, liefen ihm über Kinn und Brustkorb, der sich in diesem Moment rasselnd und hustend etwas Luft verschaffte. Histamin, Sonja, Kaffeekränzchen Sternberg, Mama, Octopodes, Kiko, grüne Badehose, unfertige Kolumne, unfertig, dachte er in rasender Reihenfolge und dann – er zwang sich, eines davon herauszugreifen – etwas ruhiger noch einmal: Mama. Seine Mutter hatte er lange nicht gesehen, sie lebte als achtzig Prozent Demenzpatientin in einem Pflegeheim in einem kleinen Ort an den Bergen. Anfangs war Paul oft hingefahren. Aber die Besuche mit ihrem Programm aus stundenlangem vorwurfsvollen Schweigen und Kuchen, der nach Metall schmeckte, hatten jedes Mal so viel bitteres Grau in seine Wochen danach gemischt, dass er sich immer seltener überwinden konnte, loszufahren und auch anzukommen. Und irgendwann war der Zeitpunkt überschritten gewesen, an dem er einfach nur lange nicht mehr dort gewesen war. Und seit diesem unsichtbaren Grenzpunkt war es ihm nunmehr ganz unmöglich, hinzufahren. Er bekam von der Abteilung, auf der seine Mutter untergebracht war, eine monatliche Übersicht der Untersuchungen, ärztlichen Maßnahmen und Ergebnisse und natürlich auch der auflaufenden Kosten. Er bezahlte diese Rechnungen immer sofort, in der seltsamen Hoffnung, irgendjemand würde aus dieser Eile die Liebe zu seiner Mutter herauslesen, ganz so, als wäre die schnelle Überweisung eine besonders innige Umarmung. Er hätte jetzt, am jähen Übergang des Lichtes, wirklich gerne auch mit Sonja gesprochen. Über das, was sie ihm geschrieben hatte, und über seine Mutter. Sonja hatte so eine wissenschaftliche Art, über menschliche Schwierigkeiten zu reden, sie kannte die richtigen Ausdrücke und vermittelte einem immer das Gefühl, schon einmal an dem Ort gewesen zu sein, den man selbst so sehr fürchtete. Das, dachte Paul auf den letzten Metern, war eigentlich das Beste an Sonja, und es war ihm erst jetzt aufgefallen. Wie konnte das sein?

Er verlor mehrfach kurz das Bewusstsein. Es war eine Zwangsmaßnahme seines Körpers, der sich seit fast zwei Stunden einem ebenso überraschenden wie übermächtigen Angriff ausgesetzt sah und jetzt damit begann, vernachlässigbare Körperfunktionen abzuschalten, um den Kampf zumindest noch eine Weile offenzuhalten. Als er wieder durch die wässrige Hitzewand drang, zog Paul den Rechner bis ganz knapp vor seine Augen. Nur die rechte Hand gehorchte noch, aber das musste reichen. Er war noch nie einen Text schuldig geblieben.

Grundsätzlich lässt sich also sagen, dass ein stilvoller Tod nur bei voller Geisteskraft zu bewerkstelligen ist. Perfektionisten und Pedanten erledigen diese Aufgabe, das zeigt die Geschichte, deshalb gerne selbst. Dieses Vorgehen hat unzweifelbar für sich, dass man hinsichtlich Garderobe und Kulisse recht konkrete Vorstellungen umsetzen kann. Allerdings sollte man nicht vergessen, dass das Leben, egal in welcher Form, immer noch verflixt ergötzlich ist. Wer seinen Tod vorbereitet wie eine Inszenierung, ist ja eigentlich doch noch an seiner Rezeption interessiert. Und auch wenn man im Alltag dazu neigt, es zu vergessen, diese Welt ist dafür gemacht, mit kleinsten Löffeln verkostet zu werden. Wir sollten uns bemühen, so lange wie möglich etwas davon zu haben. Das Leben voreilig aufzugeben ist etwa so, wie eine Fla-

sche Champagner wegzuschütten, nur weil man gerade keinen Durst verspürt.

Sie merken, es fällt schwer, hinsichtlich des perfekten Todes konkrete Verhaltenstipps oder gar Benimmregeln zu geben. Auch wenn wir das sonst an dieser Stelle nicht gelten lassen, ist die letzte Sache doch eine des persönlichen Geschmacks, der eigenen Veranlagung und wohl auch des Zufalls. Aus der Warte der Nachwelt betrachtet, scheint ein Sterben aber immerhin dann besonders gelungen, wenn es zum Leben des Menschen passt oder sogar wie eine gelungene Schlusspointe wirkt. In dieser Hinsicht haben einige Künstler in der Vergangenheit recht bemerkenswerte Leistungen vollbracht. Der Philosoph Francis Bacon starb infolge eines Experiments, bei dem er Hühnchen probehalber mit Schnee ausstopfte um ihre Haltbarkeit zu verlängern. Der Dichter Ödon von Horvarth wurde beim Flanieren auf den Champs-Élysées von einem Baum erschlagen. In seinen Taschen fanden sich Manuskripte und Pornographie, was als recht lebendiger Gruß an die Hinterbliebenen gewertet werden darf. Er ist also tatsächlich in Ausübung seiner Pflicht als Bohemien gestorben. Der Architekt Gaudí und noch manch andere wurden von der Straßenbahn überfahren, was vermutlich in der Praxis keinen schönen, im Klang der Nacherzählung aber einen beinahe romantischen Tod ergibt. Eine bessere Metapher für den Kampf mit der Moderne, in dem sich alle guten Künstler befinden, ist jedenfalls kaum denkbar. Ein wackerer Sportsmann, der vom Pferd fällt, ein Kinobesitzer, der in seinem liebsten Sessel gefunden wird, ein Reisender, der in der Ferne in einen giftigen Fisch tritt – das sind stimmige Tode, die in ihrer Konsequenz etwas Trotziges haben. Denn wer so stirbt, als würde er leben, hat dem Tod die Schärfe genommen.

In diesem, hoffentlich tröstlichen, Sinne verabschiedet sich auch der Verfasser nun von seinen Lesern, nämlich in Erfüllung seiner Pflicht und ohne großes Federlesen. Möge dieser liebgewonnene Platz einen würdigen Nachfolger finden. Adieu und godspeed und …

Die letzten Sätze hatte Paul schon gegen eine andere Dämmerung geschrieben. Die Welt um ihn roch nun deutlich nach Vanille. Er vermisste seinen Herzschlag sehr und wagte es nicht mehr, die Augen zu öffnen.

Sara

Den Mann mit den Getränken mochte sie. Ein schmaler Portugiese, der schüchtern an die Tür des Kiko's geklopft hatte, nahezu pünktlich. Als sie öffnete, erhitzt vom Putzen, hatte er sie in der Tür unsicher angelächelt, entschuldigend auf seinen Lieferwagen gezeigt und ein paar Sätze geflüstert, die Sara nicht verstanden hatte, aber das war sie schon gewohnt. Es war angenehm, wie leise die Männer hier waren, kein Vergleich mit den Franzosen und Italienern, die sie auf ihrer Reise getroffen hatten, auch nicht mit den Touristen. Ganz so, als wäre das Mannsein hier längst über seinen Zenith. Sie öffneten zusammen die Türen des kleinen Verschlags auf der anderen Seite des Gebäudes, weit schwangen die alten Eisentüren ins Sonnenlicht. Paul hatte dort gestern tatsächlich etwas aufgeräumt, die Weinkisten waren nach Sorten zu sauberen Türmen gestapelt, leere Flaschen in einen großen Korb versammelt, sogar die Scherben auf einen Haufen in der Ecke gefegt. Der Mann, sein Name war Rui oder Roi, entlud seinen kleinen Laster. Als Sara helfen wollte, sprang er hinzu, drückte ihren Arm sacht nach unten und lächelte schüchtern. Bitte nicht, sagte er, es ist viel zu schwer. Sie spürte der Berührung nach, zwei Arme in der gleichen Sonne, aber doch so unterschiedlich warm. So fangen Pornoclips an, dachte Sara, aber sie spielen wahrscheinlich nie in Portugal, fast unmöglich bei diesen schwermütigen Männern. Aber die Vorstellung gefiel ihr und sein verschwitzter Haaransatz am Hals, und sie gestattete sich noch ein paar Augenblicke darin, während Rui oder Roi das Lager bis unter das schiefe Dach füllte. Am Ende, als sie an die Fahrertür gelehnt ein paar zerknitterte Blätter unterschreiben musste, sagte der Mann etwas, das klang wie: »Danke für Kiko.« Und dabei zeigte er auf Sara und auf den Verschlag, und seine aufrichtige Dankbarkeit ließ Saras unanständige Sehnsucht zerbröseln wie der Händedruck eines ängstlichen Kindes. Es war noch einiges an der Bar zu tun.

Das hatte sie unterschätzt, das Auffüllen und Vorbereiten, überhaupt die Unordnung und den Schmutz, die jeden Abend hier entstanden und die in der Sonne des nächstens Tages immer schon uralt und festgetreten wirkten. Der Sand vom nahen Strand kam jeden Abend mit den Gästen hinein, aber er ging nicht mehr mit ihnen hinaus. Seit acht Wochen waren sie jetzt hier, seit ein paar Tagen stand sie im Kiko's, und es war ihr heute, als würde sie zum ersten Mal deutlich das leise Schwingen des Ortes spüren, sein eigenes Flüstern hören, dass allen Durchreisenden sonst vorenthalten blieb. Sogar die Hitze des Nachmittags kam ihr weniger zerstörerisch vor, während sie Kikos Post durchging und versuchte, wirkliche Sendungen von bloßen Einwurfsachen zu unterscheiden. Sie hatte es Paul noch nicht gesagt, aber sie vermisste ihr Telefon, und jetzt, bei der Abstimmung mit den Lieferanten und mit den beiden Köchinnen, könnte sie es unbedingt gebrauchen. Sie würden in die nächste Stadt fahren, gleich morgen vielleicht, und eines kaufen, ein neues Gerät ohne die alten Nummern, was sprach schon dagegen? Bei ihr hatte ohnehin nur Tin Hasenglock angerufen. Und gelegentlich hatte ihr ein verheirateter Galerist aus London »Ich denke gerade an dich«- oder »Mal wieder nur wir zwei und Wein?«-Botschaften geschickt, und als sie jetzt daran dachte, hatte sich die Abscheu vor diesem Mann, den sie vor hundert Jahren einmal versehentlich geküsst hatte, in mildes Kopfschütteln verwandelt.

Als sie endlich am Strand war, begann das Wasser gerade zurückzukommen. Die großen, unentschiedenen Pfützen schlossen sich wieder zu einer einzigen Fläche, und das kniehohe Meer war voller Leben, als würden Fische, Krebse und Würmer die Rückkehr der Flut mit einem Fest feiern. Einem Fest, bei dem es unvermeidlich war, sich gegenseitig zu fressen, aber das sind, dachte Sara, ja ohnehin die besten Feste, bei denen auf Leben und Tod gefeiert wurde.

Sie sah die grüne Badehose nicht, aber nach ein paar Minuten war sie auf Pauls Handtuch gestoßen und eine Plastiktüte. Was sie darin fand, Gläser und eine helle gelbliche Paste die sicherlich nicht in der Sonne stehen sollte, gab keinen Hinweis auf seinen Verbleib. Unentschlossen setzte sie sich kurz daneben, stand wieder auf, zog sich schließlich um und ging ins Wasser, halb in der Annahme, die Dinge würden sich von selbst regeln, während sie hinausschwamm, halb weil sie es nicht mehr aushielt, immer nur auf Paul zu warten. Ja, es kam ihr vor, als hätte sie die letzten Tage länger auf einen einzelnen Mann gewartet als auf alle ihre Männer zuvor. Das Wasser aber war herrlich und gehörte ihr allein. Als sie bei der Boje wendete und auf den Strand zurückschwamm, sah sie das vom Wind verschlagene Handtuch. Jetzt kamen die Sorgen, als hätte bei diesem Anblick eine unheilvolle Musik eingesetzt. Sie schwamm schneller, als könnte sie damit die Zeit aufholen, die sie so sorglos davongeschwommen war. Eigentlich war sie davon ausgegangen, dass Paul in den Ort spaziert war, um noch etwas zu besorgen, ein Picknick vielleicht, oder sogar um sie abzuholen. Er war ja, bevor man neuerdings immer auf ihn warten musste, durchaus ein Abholer gewesen. In den ersten Wochen ihres Kennenlernens hatte er oft vor der Tür von Tin Hasenglocks Mietshaus gewartet, von oben hatte sie ihn schmal, diplomatisch und viel zu früh ein paar Meter unterhalb der Haustür stehen gesehen, hatte zehn Minuten absichtlich getrödelt und war schließlich die Treppe hinuntergestürmt, um sich ein paar Schritte stromabwärts in seine Arme treiben zu lassen. Jetzt trieb sie nur an einen leeren Strand, postierte sich hilflos kerzengerade am Handtuch und drehte sich um sich selbst wie ein Leuchtturm, gut sichtbar, wie für ein Kind, das die Orientierung verloren hatte. Er konnte nicht besonders gut schwimmen, das wusste der ganze Strandabschnitt. Eigentlich, dachte Sara, konnte er nichts besonders gut, außer schreiben. Selbst beim Kochen übertraf sein vorausgehender Eifer seine tatsächliche Geduld und Sorgfalt beim Zubereiten um Längen. Sobald er eine halbe Zwiebel geschnitten, eine Hälfte des Fisches gebraten hatte, verlor er das Interesse daran, wollte das Ganze am liebsten ungeschehen machen und ins Restaurant gehen. Für alle anderen Dinge des Lebens war er wahlweise zu fein oder zu schüchtern, um sich genauer damit zu beschäftigen. Es war eigentlich unverantwortlich gewesen, mit ihm so eine Reise zu machen, es war doch für diesen Mann ganz wesensfremd, sagte sie sich, während sie ratlos einen kleinen Graben in den Sand um das Handtuch stampfte. Paul Neulich war jemand, der in eine Bibliothek gehörte oder in ein kleines Haus mit abgezäuntem Garten, in dem er herumschlurfen und nicht umgesetzte Ideen haben konnte, so viel er wollte. Ihn allein mit einem Motorroller über die heißen Schotterstraßen fahren zu lassen war ein Risiko, das sah sie nun ein, genau wie ihn mit einem enormen Weinvorrat den ganzen Abend zehn Meter neben einem wirklich steilen Hafenbecken traurig sein zu lassen. Er brauchte eine ständige Aufsicht, die sich als ständige Anbetung verkleidete. Wenn es mit diesem Mann weitergehen sollte, musste sie besser werden, irgendwie war sie das vor allem auch seiner Exfrau schuldig, sagte sich Sara. Aber so sind wahrscheinlich die Leben von großen Männern, sie müssen von einer ganzen Schar von Frauen betreut werden, von Müttern, Kindergärtnerinnen, Lehrerinnen, Freundinnen, Geliebten und Ehefrauen, die ihnen eine geschlossene Wärmekette bieten. Jetzt war ihr Paul durch die Arme gefallen. Sara packte sein Handtuch und die komische Tüte zusammen, fragte sich dann stur bei allen anderen Badegästen am Strand durch und beschrieb ihnen den gesuchten Mann, so gut sie es vermochte. »A small, handsome man with friendly eyes, always trying to disappear a little. Wearing green, very green shorts.« Niemand hatte ihn gesehen.

Als Sara am Hafen ankam, war es schon halb sechs, die Wärme flimmerte immer noch über dem gerissenen Asphalt, und die beiden Köchinnen warteten vor der Tür, sie hatten keinen Schlüssel. Sie sahen ihre zögernden Schritte, jeden Meter zur Umkehr bereit, und die Spuren der Tränen in Saras Augwinkeln, der heiße Wind hatte sie zu kleinen nierenförmigen Krusten geklebt. Aber das war nichts Besonderes. Frauen weinten in Portugal, vielleicht nicht unbedingt um diese Zeit und in aller Öffentlichkeit, aber woher sollte die Ausländerin das wissen? Sie drückten wortlos die Zigaretten aus, während Sara aufschloss, nahmen ihre großen Tragetaschen, in denen noch irgendwelche Zutaten, in Gläser gefüllt und in Papiere eingewickelt, waren und machten sich an ihre stumme Kunst, an Olivenöl, gewürztes Mehl und Tintenfisch. Die ersten Gäste, Deutsche bestimmt, würden in einer halben Stunde vor der Tür stehen und an den Speisekarten nesteln.

Sara trank ein großes Glas Tinto, ohne Luft zu holen. Danach bewegte sie sich bei den Vorbereitungen des Abends, als wäre sie an Seilen aufgehängt. In die drückende Unsicherheit mischte sich bald ein neuer Teil Zorn, damit war es leichter zu arbeiten. Bestimmt war Paul irgendeiner albernen Spur gefolgt, hatte seine Dackelneugier an einem Fischhändler oder einem alten Kräuterweib ausgelassen, war mit irgendjemanden nach Hause gegangen oder hatte Wein für alle gekauft und seinen Bardienst darüber genauso vergessen wie seine stinkige Tüte am Strand. Schließlich, sie wusste es, jedes Fähnchen am Mast konnte ihn ablenken. Ha, wenn er ertunken wäre, sagte sie sich, während sie wütend Gläser polierte, hätte man ihn doch sofort gefunden, er schwamm ja immer ganz am Rand, die nächste Welle schon hätte ihn an Land befördert. Ihre Sorge von solchen Gedanken und dem Wein halbwegs eingefasst, empfing sie die Gäste, balancierte zwischen der lässigen Form, die man hier von Kiko kannte, und dem Anspruch der Neuen, an jedem Ort gleichzeitig zu sein. Alle konnten in diesen Stunden sehen, dass sie ihre Sache gut machte. Jeder der letzten Tage hatte ihr neue Abkürzungen und kleine Hilfestellungen für diesen Job verraten, und nun war es in manchen Momenten, als dirigiere sie ein Zufallsorchester, das ihr tatsächlich gehorchte. Nichts würde zwischen dieser Tür und der Küche geschehen, auf das sie keine Antwort hätte, das merkte sie, und das anerkennende Brummen der trinkenden Fischer am Tresen gab ihr ebenso recht wie die Trinkgelder, die die

Touristen artig in den kleinen weißen Untertassen hinterlegten.

In einer ruhigen Minute fragte sie die beiden Frauen in der Küche, ob sie nicht ihre Hausherrin kannten, oben bei der Cabana? Sie machte nach, wie die Alte mit dem Besenstiel gegen die Tür geklopft hatte, und die beiden verstanden, berieten sich eine Weile, konsultierten ihre kleinen, abgegriffenen Telefone und notierten Sara schließlich eine Nummer. Es war etwa halb neun, als Sara das kuriose alte Telefon in Betrieb nahm, das Kiko als Notreserve unter dem Spülschrank versteckt hatte, sie wollte den Anruf so nebensächlich wie möglich wirken lassen, als wäre nur etwas vergessen worden. Die Alte nahm tatsächlich nach dem ersten Klingeln ab und ließ den ganzen Lärm des Kiko's und Saras beschwörende Fetzen von »meu marido« und »ao a restaurante Kiko« reglos über sich ergehen, nichts geschah in der Leitung, bis eine der Köchinnen Sara den Hörer aus der Hand nahm und in ruhigem Ton ein paar Sätze hineinsagte, von denen sie kein Wort verstand. Die Frau hörte dann selbst eine Weile zu, offenbar hatte die Alte am anderen Ende zu reden begonnen, schließlich legte sie nach ein paar bekräftigenden Worten und einem Gruß auf und verstaute das Telefon sorgfältig, bevor sie sich wieder an Sara wandte. Ja, ihr Mann, der Paulo, sei in der Cabana und habe sich hingelegt, das habe die Alte gesehen, es brenne auch Licht. Sie habe die Frau nun beauftragt, ihn zu wecken und hierherzuschicken, in Ordnung? Sara nickte erleichtert und dankte der Köchin mit einem warmen Griff an die Schulter. Es war wohl die Schnelligkeit, mit der nun alles von ihr fiel, die sie sogar kichern ließ. Wie kompliziert das alles war, nur weil sie ihre Geräte versenkt hatten, das durfte doch nicht wahr sein! Wie drollig die Vorstellung, dass Paul nun gerade von dem Gespenst wach gerüttelt würde, am Ende trug er noch seine Badehose. Ha! Wie seltsam weit entfernt ihr die drei Kilometer zur Cabana von hier unten schienen, wie ein fernes Land, das Haus in den Bergen und sie selbst, ja, am Meer. Aber sie sah nun immerhin, wie alles gekommen war. Paul hatte entweder über einem Spaziergang sein Handtuch vergessen und war in der Cabana eingeschlafen. Er mochte das Prinzip der Siesta, hatte schon eine Kolumne darüber geschrieben, erinnerte sich Sara, während sie wieder Teller ausgab und einsammelte, Zutaten übersetzte und Wein in die kleinen Glaskaraffen zapfte. Oder er hatte sich doch einen Sonnenstich geholt und war nach Hause ins Bett geflüchtet. In diesem Fall hielt sich ihr Mitleid aber in Grenzen, denn das würde bedeuten, dass sie auch die nächsten Tage im Kiko's allein blieb. Wer hatte ihn gezwungen, ausgerechnet in der Mittagssonne mit einem Roller (Richtung spanischer Grenze) zu fahren? Ein paar Minuten später hatte sie sich auch mit dieser Sonnenstich-Variante abgefunden, denn eigentlich brauchte sie Paul nicht unbedingt, er passte gar nicht in die Ordnung, die sie in den letzten Tagen hier eingerichtet hatte. Sollte er, wenn er wollte, am Tresen stehen, davor oder dahinter. In ein paar Wochen würde sich sowieso alles wieder ändern, und dann mussten sie klären, wie der restliche Sommer für sie weitergehen sollte. Kiko, Paul, Sara. Die Gewichte auf dieser Personenwaage hatten sich in den letzten Tagen verändert, Sara wusste es und Kiko auch. Nur Paul wusste es noch nicht, und das machte Sara in diesen Minuten wieder ganz weich. Sie sah zur Tür, gleich würde er hereinkommen, in dunkler Hose und mit weißem, leicht zerknittertem Hemd. Er würde kurz wie fremd im Eingang stehen, ein bisschen heißen Schlaf noch im Haar, und dann verlegen auf sie zukommen. Er würde Durst haben, den schrecklichen Durst des jäh Geweckten. Sie nahm ein Glas, füllte es mit Eiswürfeln und hellgrüner Limonade. Sorgfältig nahm sie eine der Barservietten, auf die er solchen Wert legte, platzierte das Glas darauf, es war der äußerste Platz am Tresen. Ein geringelter Strohhalm, der sich wie ein Zeiger in Richtung der Tür neigte. Sacht knackten die Eiswürfel im Glas.

Tin

Toves dunkelstes Geheimnis bestand kurz gesagt darin, aus Rache für ihre Finger und für die ganze Verkommenheit der Bioszene nächste Woche, spätestens übernächste, eine Filiale der Bäckerei Dank in die Luft zu sprengen. Es musste nicht unbedingt diejenige sein, in der sie die Finger verloren hatte, da war sie großzügig. Auch das Sprengen war nur der erste Einfall gewesen, eigentlich fand sie es zu abgeschmackt, das machten schließlich alle. Aber sie hatte Gefallen an der Vorstellung gefunden, wie sie neben einem zersplitterten Loch in der Retrofassade in pinker Farbe »Danke, Biodank!« an die Wand schmieren würde.

Tin hielt das Ganze für einen Scherz, Tove-typische Übertreibung, und hörte sich alles mit freundlicher Miene an, als ginge es um die Planung einer Geburtstagsfeier. Es war königlich, so liegen zu dürfen, während Tove vor ihm im Bett in ihrer Stakkato-Sprache über die richtige Tageszeit sinnierte und ob man Sprengstoff in Form eines Dinkelklotz-Brotes verwenden könnte, weil das symbolisch ja wohl *ober* wäre.

Dann wurde sie sauer, weil Tin einmal zu oft saftlos »Okay« gesagt hatte.

»Denkst du, ich mache hier Witzchen? Nur weil du zu der Generation gehörst, die sich fünfzig Jahre lang nicht zwischen On und Off entscheiden kann und am Ende eine Depression kriegt, von wegen nichtgelebtes Leben und so, heißt das nicht, dass wir auch so sind, verstanden? Bei mir passieren Dinge. Und es werden noch eine ganze Menge Dinge passieren demnächst, Maja hat schon fast …«

Sie biss sich auf die Zunge, aber so auffällig, dass Tin jetzt nachfragen musste, obwohl das gar nicht in seiner Natur lag. Sie sprach oft von ihrer Freundin Maja.

»Was hat sie?« Tin riss die Augen auf. »Hat Maja Sprengstoff in Brotform besorgt?«

Tove schnaufte verächtlich aus, sprang ab und begann im Zimmer herumzuspazieren und dabei ihre Armkeule zu schwenken wie ein kleiner, untersetzter General in Schlafanzughosen.

»Ich kann es dir nicht sagen. Aber wir planen etwas, von dem sich die Männerwelt nicht so schnell erholen wird, hihi. Und es hat nichts mit Biodank zu tun, das ist mein eigenes kleines Ding, nein, das andere wird heftig. Deine Harpf-Maschine hat dabei übrigens auch eine kleine Rolle gespielt.«

Das klang beunruhigend, Tin setzte sich aufrecht und sah Tove flehend an. »Keine Sorge, wir killen – wahrscheinlich – erst mal keinen. Nur schön oldschool Entführung, und damit pressen wir dann den ollen Sternberg aus dem Amt. Tschi! Tschi! Maja opfert sich dafür, echt hart, aber mehr darf ich nicht sagen, den Rest wirst du dann ÜBERALL lesen, hundertpro, Stullenalarm, Hosenficker, zack, zack.« Sie war offenkundig erregt.

In diesem Moment kam eine der Schwestern ins Zimmer, fixierte Tove, als wäre sie ein schmutziger Waschbär, sagte aber nichts, sondern machte sich umstandslos daran, Tins Geräte zu kontrollieren und den Verband um seinen Bauch zu wechseln. Das lockte Tove magisch an. Mit einem Seitenblick auf Tin versicherte sich die Schwester, ob es in

Ordnung wäre, den hektisch ruckenden halbrasierten Kopf in seine Nähe zu lassen, und Tin schloss ergeben die Augen. »Man sieht sogar deinen Pinning!«, jubilierte Tove kurz darauf, und er spürte, wie sie ihm mit kleiner, gesunder Faust einen anerkennenden Schlag auf den Oberarm gab. Das tat weh, aber das war nicht die größte Neuigkeit für ihn. Unten tat es dafür nämlich nicht mehr sehr weh. Die Schwester drückte ein paarmal vorsichtig herum, bestrich ihn mit einer kühlen Salbe, und als Tin vorsichtig die Augen öffnete, nickte sie ihm aufmunternd zu, was den Höhepunkt in ihrer einwöchigen Beziehung darstellte. Bevor sie wieder weg war, begleitet von Toves guten Wünschen für eine »heitere Nachmittags-Amputation«, hatte sie Tin versprochen, bald den Arzt zur Begutachtung zu schicken.

Wenn Tin das richtig beurteilen konnte, gehörten die Klinik und ihre Angestellten zu den jüngeren Zuwächsen auf Toves Todesliste, vor allem aber das Publikum hier, das sie auf ihren Streifzügen drüben in den Wellness-Arealen und Themenrestaurants ausgekundschaftet hatte. Eine ganze Gesellschaftsschicht, die sich im Urlaub optimieren lässt, um dann wieder Überstunden schieben zu können und den Chef runderneuert anzulächeln. Als würden sich Kühe freiwillig salzen und pfeffern, hatte Tove gesagt. Tin verstand das Bild nicht ganz, aber es klang akzeptabel abwegig.

Am Montagmorgen vertiefte Tove das Thema auf ihre Art, als sie bereits kurz nach dem Frühstück bei ihm vorbeikam, mit einem neuen und viel kleineren Verband an der Hand. Aber das war es nicht, was sie so gut gelaunt machte. Sie schob Tin mit sanfter Gewalt aus dem Bett und zwang ihn, aus dem Fenster zu sehen. Über die ganze Wandbreite des gegenüberliegenden Gebäudes stand in etwas dünner und wackliger roter Linie geschrieben:

Nicht du bist kaputt. Das System ist kaputt!!!

Drei Ausrufezeichen und ein paar unmotivierte Kringel dahinter, das alles auf niedrigen 1,20 Metern Wandhöhe, was ziemlich genau der Position von Toves gesunder Hand entsprach, der Parole aber auch etwas Kleinmütiges gab. »Yeah, Mastdarm, yeah, so geht das, so passiert was, yeah, sprich mit mir, Silberfuchs Zweitausend!« Tove glühte vor Stolz, und Tin nickte anerkennend und boxte sie sogar leicht in die Seite, weil er das deutliche Gefühl hatte, alles andere hätte ihn selbst in Gefahr gebracht. Und es war ja auch erstaunlich, wozu sie in der Lage war, während er vor sich hin döste. Sie wollte dann, angeschoben von diesem kleinen Triumph, weiter über ihren Rachefeldzug gegen die Bäckerei reden.

»Wenn ihr aber doch gerade, äh, ein anderes Ding plant, ist das nicht unklug, noch so eine auffällige andere, äh, Sache zu machen? Würde das nicht alles in Gefahr bringen?«, wandte Tin vorsichtig ein. Es fiel ihm schwer, in diesen Kategorien zu denken, aber er hatte sich die halbe zurückliegende Nacht bemüht. Zu seiner Überraschung sagte sie daraufhin nichts, sondern lief heiß und brütend durch sein Zimmer, das ihm sehr klein vorkam, seit er Tove kannte. Tin beobachtete, wie drüben bei Toves Schmiererei eine hektische Betriebsamkeit begann und mehrere Menschen in grauen Klinik-Anzügen erst mühsam die weit auseinanderklaffenden Kringel zur Botschaft zusammensetzten, dann berieten und schließlich offenbar anfingen, den ersten Buchstaben mit einem Spray zu bearbeiten.

»Hm, okay, aber was dann? Ich muss die irgendwie zusammenschlagen, die haben mir meine Zukunft zerstört mit ihrer Uralt-Maschine. Rache, Alter, endlose Rache! Und die Bio-Freaks mit ihren Vollkornkindern haben mich dabei angeglotzt und gedacht, ob sie trotzdem den letzten Roggenprügel bekommen und noch rechtzeitig zum Samstags-Smörebröd zu Hause sind.« Tin hatte mit einer Aufwallung gerechnet. Er stieg zurück in sein Bett, ordnete ein wenig Decke und Gedanken und sagte dann: »Was hältst du davon, wenn wir sie virtuell fertigmachen? Bequem von hier aus.« Beinah hätte er »im Liegen« gesagt. Tove hörte die nächsten zwanzig Minuten zu und verpasste darüber sogar, wie draußen ihre Botschaft an die Patienten der Life-Klinik vom Kopf her getilgt wurde, bis die Fassade wieder im ursprünglichen sterilen Grau leuchtete.

Tins Gegenvorschlag zu einer Bäckereisprengung folgte im Wesentlichen einem Muster, das er bei seiner Arbeit oft genug beobachtet hatte. Mit Toves Rechner, einem erstaunlich hochgerüsteten Gerät, waren die grundlegenden Schritte dafür schnell getan. Erst suchten sie zusammen ein paar stimmige Bilder von Lebensmittelkontrollen in Bäckereibetrieben. Sie hatten bald eine reiche Auswahl an verdorbenen Mehlsäcken in verschiedenen Stadien von Nagetierbefall bis hin zu allerlei unappetitlichen Close-ups, in denen von Larven bis zu kleinen Säugetieren alles in die unterschiedlichsten Backprodukte geraten war, auch von fehlgegangenen menschlichen Exkrementen und Werkzeugteilen in Brot gab es Galerien. Sie entschieden sich für ein besonders drastisches Bild, das eine unglückliche Ratte zeigte, die offenkundig in eine Maschine gefallen war, die den Brotteig rührte. Tove befand ungerührt, dass der Teigkessel dabei genauso aussah wie einer, den sie bei Biodank gesehen hatte. Das andere Bild war etwas subtiler, es zeigte eine an einem heimischen Frühstückstisch aufgenommene Weißbrotscheibe, aus der schwarze kleine Späne auf einen Teller gebröselt waren. Tin machte jeweils neue Ausschnitte von den Motiven, veränderte die Farbstimmung, kreiste die schwarzen Krümel auf dem tadellos weißen Teller ein, setzte einen Bullet-Point und schrieb in Großbuchstaben »Mäusekot im Biodank-Brot ›Toscana Spezial‹« daneben. Tove klatschte sich und ihn derweil vor Begeisterung auf diverse bloßliegende Körperstellen und biss sich mit leisem »Tschi! Tschi!« im Takt auf die Lippen.

Als Nächstes benutzte Tin eine seiner Fake-Identitäten, mit denen er regelmäßig Harpf als normaler User getestet und die Verknüpfung mit anderen Plattformen geprobt hatte. Er fing in einem relativ kleinen Forum für Verbraucherfragen an, schob das Bild hoch, zusammen mit der vorsichtigen Frage, ob man derlei hinnehmen müsse, schließlich handele es sich um ein Bioprodukt? Tove soufflierte den Text, Tin entschärfte ihn ein wenig. Das wiederholten sie auch bei der zweitgrößten Lebensmittelplattform, auf der Biodank ebenfalls seine Produkte und sogar Mutterhefe-Seminare anbot. Dann übernahm Tove die Tastatur, das ging ihr alles zu langsam. Das Bild mit der Ratte schickte sie an die Whistleblower-Kontaktadressen der vier großen Nachrichtenagenturen. Sie sei eine ehemalige Mitarbeiterin, die lange mit sich gerungen habe, aber nun doch an die Öffentlichkeit treten müsse, das Bild sei nur ein Vorgeschmack auf das Material, das sie in ihrer Zeit bei Biodank gesammelt habe. Das dichtete sie innerhalb weniger Minuten, und Tin musste sie dabei nur zweimal überzeugen, auf Kraftausdrücke zu verzichten. Am Ende sorgte er mit einem kleinen Spezialgriff dafür, dass die Ratte und die Geschichte von der Whistleblowerin, die endlich ihrem

Gewissen folgen musste, auf harpf.com ein paar Minuten jedem angezeigt wurde, der dort den Sitzplatz wechselte. Passend dazu verlinkt war die Bewertungsseite von Biodank. Als sie fertig waren – das Ganze hatte keine zwei Stunden gedauert –, sah Tove ihn mit einem Ausdruck an, der vermutlich Zärtlichkeit ausstrahlen sollte. Tin lächelte übertrieben. Es genierte ihn, wenn jemand wegen ihm glücklich war.

Er war davon ausgegangen, dass sich der Effekt dieser kleinen Störfeuer erst im Laufe der Woche zeigen würde oder sie sogar noch mal mit anderen Bildern nachhelfen mussten. Er hatte sich getäuscht. Die Bewertungen der Bäckerei nahmen bereits ab Montagmittag rapide ab, wie von einem unsichtbaren Mehlsack beschwert sackte die offizielle Kundenzufriedenheit bis zum Abend von 4,8 Sternen auf einen sehr mäßigen 3,2-Sterne-Kurs. Wie sich zeigte, nahmen viele Schlachtenbummler im Netz die Bilder zum Anlass, selbst von unerfreulichen Biodank-Erlebnissen zu berichten. Auf der Seite häuften sich bald Kritikpunkte, die von unzureichender Zutatenkennzeichnung über willkürliche Preistreiberei bis hin zu tatsächlichen Mängeln in den Broten reichten. Auch einige Bilder vom Kaliber des Mäusedrecks kamen noch dazu, was bei Tin und Tove für einen mittleren Gerechtigkeits-Schluckauf sorgte. Falsche Bilder, die dazu führten, dass echte Mängel ans Licht kamen, dagegen war ja wohl nichts einzuwenden. Als Tove zu einer Behandlung abgerückt war, konnte sich Tin Hasenglock den ganzen Nachmittag ausgiebig über die fahrlässige Trägheit bei Biodank wundern. Bis zum Abend hatte die Bäckerei es nicht mal geschafft, ihre Seite abzuschalten oder die Flut der Zuschriften zu kanalisieren, so was hatten sie bei

Harpf in Krisenszenarien immer wieder geübt, dort dauerte es keine zehn Minuten, bis in solchen Fällen skandalfreie Umgebungen geladen, Zeitsprünge vollzogen, Speicher gelöscht waren und vorbereitete Erklärungen, Dementi und Abmahnungen gegen unbekannt verbreitet. Bei Biodank geschah nichts dergleichen, folgerichtig schwappten die Ratten und Mehlkäfer bald ungefiltert auf die großen Plattformen über, wo sie mit Begeisterung von der Menge geteilt und kommentiert wurden. Kurz vor Mitternacht hatte der erste News-Artikel den »Ekel-Skandal bei Biodank« zum Thema, Tin ließ auch ihn einmal komplett durchharpfen, und danach hatten ein paar Millionen Menschen von der Sache gelesen oder zumindest in den Augenwinkeln eine tote Ratte im Bioteig gesehen. Der Hashtag *biodankmussweg* kletterte in den Aktivitäts-Charts über Nacht weiter nach oben und schloss schließlich sogar zu den *Dr. Sonja*-Hashtags mit Bestwerten auf, von denen Tin nicht wusste, worum es sich handelte, eine Prominente mit irgendeiner Aktion wahrscheinlich.

Die Reaktionen in den Retrovierteln waren gewaltig. An Lebensmittelskandale waren die meisten Menschen zwar gewöhnt, aber Biodank war vor einigen Jahren gerade als Gegengewicht dazu aufgestiegen, hatte Filialen der in Verruf geratenen Schnellbäcker aufgekauft und den Menschen damals in einer vielbeachteten Werbeaktion versprochen: »Brot wird wieder Brot.« Schadenfreude und Entsetzen hielten sich deshalb nun ungefähr die Waage, je nachdem ob man den Bio-Kurs und die gewaltigen Preisaufschläge vorher mitgegangen war oder nicht. Vegetarische und vegane Lobbygruppen zeigten sich darüber hinaus entsetzt von dem Verdacht, über die Jahre tierische Proteine in Form von Mehlwürmern und Ähnlichem zu sich genommen zu haben. Bei allem Erstaunen darüber, wie leicht es immer noch war, solche Unfälle zu inszenieren, hielt Tin sich insgeheim zugute, dass er mit diesem Manöver einer ganze Reihe Menschen das Leben gerettet hatte. Menschen, die sich in den nächsten Tagen über Brot aufregen konnten, statt von einer fluchenden Neunzehnjährigen mit acht Fingern gesprengt zu werden. Er hatte nicht nur überlebt, jetzt war er auch noch Lebensretter. Diese ungeheuren Leistungen, zu denen er neuerdings imstande war, diese Wendungen, die sein Leben bereithielt, nachdem es sich jahrzehntelang mit Wendungen jeder Art zurückgehalten hatte, jazzten Tin Hasenglock so auf, dass er am Dienstag früh aufwachte. Es war das geringe Zitronenlicht, in dem er zu Beginn seiner Zeit hier schon einmal wach gelegen hatte. Aber alles war ihm jetzt vertraut. Tove hatte ihm den Rechner im Zimmer gelassen, er bummelte damit genussvoll die verschiedenen Brandherde ab. Über Nacht hatten sich mehrere Petitionen gegen Biodank formiert. Die Firma hatte in einer dürren Notiz auf ihrer Seite verlauten lassen, man werde den Vorwürfen nachgehen und die Geschäfte bis auf weiteres geschlossen lassen. Alle gekauften Waren der letzten vier Tage würden kulant erstattet. Aber die Mehrheit der Netzbewohner schien das kaum zur Kenntnis zu nehmen. Es kursierten stattdessen neue Insiderberichte, sogar die Person der Geschäftsführerin Dank, von der Tove erzählt hatte, rückte konkret in den Mittelpunkt. Jemand hatte Fotos von ihr hochgeladen, wie sie aus einem auch für Tins Begriffe übertriebenen Sportwagen stieg, und dazu gab es Steuerunterlagen der Firma, in denen eine kleine freiwillige Arbeitsgruppe wühlte. Gerade als Tin die Aktivitäten der Nacht für Tove in eine kleine Zugriffstatistik übersetzen wollte, erschien Dr. Fischer. Tin hatte ihn in der letzten Woche zweimal gesehen, heute kam er ohne sein Pad, trug einen richtigen Arztkittel und sah aus, als wäre er auf dem Weg zu einer anderen Aufgabe.

»Ahoi, Herr Hasenglock, na?« Das »na?« mochte Tin schon im normalen Leben nicht. Es gab auf »na?« keine Antwort, wahrscheinlich wusste nicht mal der Benimm-Onkel von Tove darauf etwas Kluges zu sagen.

»Ja, es geht mir recht gut«, sagte Tin absichtlich zivilisiert.

»Da wette ich drauf, Sie haben ja auch fleißig unsere Gastfreundschaft ausgenutzt, nicht wahr, haha, nur Spaß.« Dr. Fischer wirkte nicht ganz bei sich. Er wusch sich die Hände, dann begann er, den Verband, der mittlerweile eher eine Art handgroßes Pflaster war, zu öffnen, dabei redete er über die ausgeprägten Jahreszeiten hier im Park der Klinik und dass er es zum Beispiel in Kalifornien nie aushalten würde, immer nur Sonne. Tin hörte nicht weiter zu, diesen Kausalzusammenhang kannte sogar er schon auswendig. Wenig später wurde es aber wieder interessant.

»Bei manchen führen die gute Luft und unser Essen aber wohl zu ein bisschen viel Energie«, sagte der Arzt nämlich gerade und wackelte mit dem Kopf in Richtung Fenster. Das hatte Tin ganz vergessen.

»Da hat sich einer vorletzte Nacht Luft gemacht, Sie, Hasenglock hätten hier eigentlich die beste Aussicht darauf gehabt, Sie hätten uns das eigentlich in flagranti melden müssen, haha. Schwere Sachbeschädigung, hahaha, gestehen Sie, sonst lege ich meinen Finger in die Wunde! ›Nicht du bist kaputt, sondern du.‹ Nein, aber irgend so was stand da. Na, ich vermute, ich habe schon eine Ahnung, von wem das gewesen sein könnte.« Einen winzigen Moment lang sah er Tin spitz von unterhalb des Verbands an.

»Wer denn?«, sagte Tin mit aller Harmlosigkeit, die er aufbringen konnte. Das war zum Glück eine Menge.

»Die kleine Wilde, die sich hier mit Papas Geld die Nägel machen lässt.«

Tin war verdattert, in einem Ausmaß, das keinen Aufschub zuließ.

»Tove meinen Sie? Ich meine, ich habe eine Tove Boll im Aufenthaltsraum kennengelernt«, schob er nach.

Dr. Fischer interessierte sich gar nicht für seine eilige Richtigstellung, er war fertig, klebte das alte Pflaster wieder zu und drückte ein paarmal rechts und links davon herum. Dann strahlte er Tin an, als hätte er etwas gewonnen.

»Genau die. Die kleine Boll! Der Alte war auch schon mal hier, nebst jugendlicher Gattin. Als ob es in Berlin keine Life-Klinik gäbe. Aber mir ist das egal. Jedenfalls schützt Reichtum weder vor eingewachsenen Nägeln noch vor …«, er machte eine einstudierte ärztliche Pause, »… einer kleinen Last-Minute-Darmentfernung, nicht wahr? Ich will mich nicht selbst loben, aber da haben wir wirklich ausgezeichnet gespachtelt und furniert. Sieht ja aus wie neu. Alles sauber, keine Entzündung, keine Knoten, Blutwerte auch ohne Beanstandung. Ans Essen müssen Sie sich halt noch gewöhnen, aber ich sehe keinen Grund, warum wir Sie dazu hierbehalten sollen. Es sei denn natürlich, Sie wollen sich doch noch ein bisschen aufpäppeln lassen?«

»Sie hat sich nicht die Finger abgeschnitten?«, unterbrach Tin die Kaskade, die aus Dr. Fischer sprudelte. Der brauchte eine kurze Weile, bis er zurückgespult hatte.

»Ab-ge-schnitten? Aber niemals, verehrter Herr, das machen wir, wenn, dann hier und gegen Bezahlung, hehe. Nein, das war einfach ein Fall von, wie sagt man es am vornehmsten? Etwas vernachlässigter Hygiene. Ich glaube sogar, ihr

Arbeitgeber hat das feine Fräulein Boll selbst hier angemeldet. Sie arbeitet in dieser Nobelbäckerei, warum auch immer, das will wohl Daddy so, und der ist nun mal erbrelevant. Na ja, in den besten Familien wird am meisten gepuppert, hat meine Oma immer gesagt. Keine Sorge, das schreibe ich deshalb aber nicht gleich da unten an die Wand. Leben Sie wohl, Hasenglock, hat mich gefreut, bei Ihnen ein paar Kürzungen vorzunehmen, nichts für ungut. In ein paar Wochen sollte sich das jemand anschauen, der was davon versteht. Ausnahmsweise, hahaha!«

Damit war Dr. Fischer zu Tür hinaus. Das Zimmer lag wieder ruhig, es war immer noch früh. Schon bei den letzten Worten des Arztes hatte Tin angefangen, aus dem Bett zu steigen. Es würde warm werden, er brauchte also nicht viel. Er schlüpfte in die Shorts, die in dem kleinen Schrank hing und einen Aufdruck der Life-Klinik trug, genau wie das dunkelblaue T-Shirt. Damit gingen die Patienten hier in ihre Übungen oder an den Pool, wie Tin beobachtet hatte. An seine Sachen vor dem Anschlag konnte er sich nicht erinnern, es war auch nicht wichtig, seine Haustür ließ sich mit einem Code öffnen. Vorsichtig tastete er selbst noch mal an die Stelle, links unten, die seine neue Mitte geworden war. Alles ruhig. Das Bauchweh begleitete ihn nur noch als ferne Erinnerung, ziemlich ähnlich der Erinnerung an seinen Bruder. Toves Rechner ließ er neben dem Bett stehen. Er hatte kein Verlangen, ihr eine Nachricht zu schreiben. Wozu auch, sie war nur jemand, den er während eines ungeplanten Krankenhausaufenthalts getroffen hatte. So etwas geschah ständig, es war das rückständige Harpfen der echten Welt. Kein besonders zuverlässiges System, dachte er verächtlich, als er auf den Gang trat.

Sonja

Schau, so werden deine nächsten Tage sein, sagte sie sich. Es war früher Montagabend, die Stadt duftete nach Flieder. Das war einer der großen Vorteile des Retroviertels, die Stadtgärtner nahmen ihre Sache hier wirklich ernst und erst recht die Besitzer der Privatgärten, alles blühte um die Wette. Obwohl sie heute schon früh wach gewesen war, hatte Sonja bis jetzt mit einer altmodischen Munterkeit, die sie an ihre Mutter erinnerte, die Dinge sortiert, die auf sie niedergingen. Frau Bruck war dafür nicht zu gebrauchen. Sie hatte ihr also früher freigegeben und sich selbst ein neues Kalenderprogramm installiert und füllte es nun mit der eigenen Zufriedenheit, die von solchen Beschäftigungen bisweilen ausgehen konnte. Sie trug die bereits zugesagten Termine für Interviews und Vorträge ein, manche lagen weit im nächsten Jahr, fügte sauber Kontaktnummern und Wortlaut der Anfragen dazu, machte sich nebenbei Notizen für die Themenbereiche, die sie dazu genauer ausarbeiten würde. Das Radio-Interview hatte in seiner Oberflächlichkeit so viele Kapitel aufgerissen, und alle wünschten sich jetzt etwas anderes von ihr.

Das neue Verheiratetsein.
Machtgefälle in Beziehungen.
Akademikerinnen und die Liebe.
Frau vs. Frau vs. Mädchen.
Welches Bild vom Frauenkörper hat die Fitnessgesellschaft?
Die konsumfreie Beziehung als Modellversuch.

Und so weiter. Das waren alles gute Themen, aber besser noch, es war nichts dabei, was ihr Angst machte oder albern vorkam. Nach dem Kummerpraxis-Buch war sie sich manchmal wie eine öffentlich-rechtliche Aufklärungstante vorgekommen, alle Redaktionen brauchten ein wissenschaftliches Alibi für die reichweitenstarken Themen Liebe, Sex, Gefühle, und eine ganze Zeit lang hatte dieses Alibi immer Dr. Sonja Wilms geheißen, egal wie banal die Fragestellungen waren. Das war jetzt anders, seit dem Hashtag hatte sie eine andere Rolle, das fühlte sie. Jetzt wollten alle wissen, worüber sie nachdenken, was sie sich vorstellen könnte.

Die Themen auf der Liste würden eine gewisse Zeit brauchen, aber die Zugänge für die Aufsätze sah sie schon vor sich. Diese Aufgabe war das, was sie in den letzten Monaten gesucht hatte, ohne es zu wissen. Bestätigung und Ansporn, Menschen, die sich jenseits der Praxis mit ihr unterhalten wollten, genau das hatte sie gebraucht, das hatte sie schon während der letzten Zeit mit Paul gebraucht, als seine Komplimente nur noch wie Satzzeichen klangen, die jemand in einem alten Film seiner Sekretärin buchstabierte. Auf die Dankesschreiben der aufgedrehten Mädchen, bis jetzt waren fast fünfhundert Nachrichten für sie gekommen, hätte sie verzichten können, aber trotzdem las sie jede einzelne dieser meist ungelenken Botschaften durch, in einer Art heimlichem Naschzwang. Sie würde die Termine in der Praxis für den restlichen Sommer weniger werden lassen und dafür wieder mehr für sich arbeiten, vielleicht sogar einen Platz buchen in einem netten Co-Office, mit Aussicht und ein paar Menschen mittags, mit denen sich über Kaffeebohnen oder den letzten Aufenthalt in der Life-Klinik reden ließ, einfach so. Paul hatte immer das reine Schreiben, das einsame Formulieren gemocht. Sie aber fand das Davor spannender, die ganze Anbahnung, das Einsammeln, das köstliche Anhäufen von Materialien und Quellen, die vielleicht nützlich sein würden oder einfach nur die allgemeine Sicht verbesserten. Jetzt gab es niemanden, den sie von der Wichtigkeit dieser Vorfreude überzeugen musste. Vor zwei Stunden hatte sie mit dem Magazin telefoniert, mit Pauls Magazin. Der Anruf des Herrn Wulfstedt war in der Reihe kurioser Ereignisse zwar nur ein weiterer Punkt, aber er hatte letztlich doch dafür gesorgt, dass Sonja auf die Straße musste, sie brauchte danach viel Fliederluft. Eine wöchentliche Kolumne hatte dieser Wulfstedt angeboten, der offenbar nicht wusste, dass sie die Exfrau des berühmtesten ihrer Kolumnisten war. Hätte sie damit rausplatzen sollen? Aber wozu beschwor sie all ihre Klienten, sich nicht mehr über den Partner oder ehemaligen Partner zu definieren? Das war eine der wichtigsten Übungen, aus dem Wir wieder ein Ich werden zu lassen und so weiter. Also hatte sie auf sich selbst gehört und Paul am Telefon nicht erwähnt. Warum auch? Sie konnte sich gut vorstellen, dass es ihm gefallen würde, wenn sie in Zukunft zusammen dort erschienen. Irgendwie schien es ihr sogar möglich zu sein, dass sie selbst die einzige Konkurrenz war, die Paul in seinem ganzen Leben nie gefürchtet hatte. Immer hatte sie seine Texte aufbewahrt, auch wenn er nie mehr einen Blick darauf geworfen hatte, wahrscheinlich, dachte sie, hatte er den Ordner nie wahrgenommen. Wie auch immer, jetzt würde sie seine und ihre Texte ausschneiden und zusammen ablegen, die alten und die neuen, und in diesem einen Ordner würden Paul und Sonja sich weiterhin berühren, die Wörter sich streicheln, auch wenn es ihre Autoren nicht mehr taten.

Das Magazin plante offenbar für den Herbst eine Veränderung in seinen Ressorts und setzte dabei auf etwas, das

Wulfstedt die neue urbane Weiblichkeit genannt hatte. Genau ihre Sprache und ihre Themen suchten sie, das hatte er mehrfach gesagt. Urbane Weiblichkeit, beinahe hätte Sonja lachen müssen. Es war doch erstaunlich, dass, dachte sie und ließ den Satz dann einfach stehen. Es war doch erstaunlich.